Anna Marchal

Alvas Buch

Anna Marchal

Alvas Buch

Historischer romantischer Western

Bibliografische Information der Deutschen Nationalbibliothek: Die Deutsche Nationalbibliothek verzeichnet diese Publikation in der Deutschen Nationalbibliografie; detaillierte bibliografische Daten sind im Internet über http://dnb.dnb.de abrufbar.

Alle Rechte, einschließlich das des vollständigen oder auszugsweisen Nachdrucks in jeglicher Form, sind vorbehalten. Dies ist eine fiktive Geschichte. Ähnlichkeiten mit lebenden oder verstorbenen Personen sind rein zufällig und nicht beabsichtigt.

© 2022 Anna Marchal
Covergestaltung: Constanze Kramer, www.coverboutique.de
Bildnachweise: ©jon manjeot, ©Elena – stock.adobe.com
Herstellung und Verlag: BoD – Books on Demand, Norderstedt

ISBN: 978-3-7534-54719

Alvas Buch

Kapitel 1

Boston, 1852

Das hier war ihre letzte Nacht in Onkel Alvas Reich.

Annabelle Stanton wünschte, es könnte für immer Nacht bleiben, doch das Licht des neuen Tages kroch unaufhaltsam durch einen Spalt in den Vorhängen.

Ihr blieben nur noch wenige Minuten der Stille. Gleich nach dem Frühstück würden schwere Stiefel über das Parkett stampfen und kräftige Hände zupacken, um alle Möbelstücke zu entfernen. Die Regale würden ihrer Bücher und die Wände ihrer Landkarten beraubt. Dem Schreibtisch würden sie Onkel Alvas Papiere, seine Tintenfässer und seine Federkiele nehmen. Sie würden die bordeauxfarbenen Samtvorhänge herunterreißen und die schweren Teppiche rauszerren. Schließlich würden sie das große Ölgemälde stehlen, das über dem Kamin hing und das tiefausgewaschene Tal eines Flusses namens Bode im fernen Europa zeigte. Ohne ein einziges Zögern würden sie alles fortnehmen, was an Alva erinnerte. Vergessen hatten sie ihn schon.

Belle atmete nach den vertrauten Gerüchen. Sie waren nicht mehr da. Der Geruch der Zigarren war für immer verschwunden, der der Veilchen auch. Leere und Endgültigkeit hatten Alvas Reich in Besitz genommen.

Was sie hatte retten können, passte in ihre Handfläche: Die versteinerte, aufgerollte Spirale eines uralten Wesens. Ein Ammonit. Eines von Alvas Geschenken.

Seine Vitrinen waren voll davon gewesen, voller versteinerter Fossilien und seltsamer Knochenfragmente, voll wunderschöner Mineralien und Gesteine. Jetzt standen die Vitrinen einsam und leer.

Oh, Alva. Der Kaminsims verschwamm vor Belles Augen. Seit Monaten hatte niemand ein Feuer geschürt. Dabei war es Alva selbst im Sommer immer kalt gewesen. Abend für Abend knackten die Scheite im Feuer. Alvas Kopf hing tief über Steinen und Fossilien, die die Erde älter und älter machten und die Zeit auf unergründliche Dimensionen ausdehnten, während sie in ihrem Schaukelstuhl kauerte und Alva sie jedes Buch lesen ließ, das sie aus den Regalen wählte. *Das Wissen der Welt gehört jedem Einzelnen, Belle.*

Es tröstete sie, dass zumindest der Kamin verbleiben würde. Eine letzte, unverwüstliche Bastion gegen die Erneuerungswut ihrer Tante. Ophelia Burgess hatte es sich in den Kopf gesetzt, an diesem Morgen Alvas Tod ein und für alle Mal mit der Einrichtung eines Bridgezimmers beizukommen.

Alvas wertvollste Hinterlassenschaft aber lag sicher in

Alvas Buch

Belles Schoß. Ein in Leder gebundenes Buch, jede Seite dicht beschrieben mit winzigen Buchstaben, die sich zusammendrückten, als fürchtete Alva, das Papier könne ihm ausgehen, bevor es die Argumente taten. Seine Finger hatten dunkle Stellen auf dem Einband hinterlassen, als er wieder und wieder die eigenen Worte las. *Zweifele, Belle. Prüfe, ob deine Gedanken gegen die Logik bestehen.*

Ihr Vorhaben war nicht logisch. Onkel Alva würde es sogar ausgesprochen dumm nennen, doch er war nicht mehr hier, um ihr den Kopf zurechtzurücken.

Ein leises Klopfen an der Tür ließ sie aufblicken. Lottie steckte ihren Kopf herein. „Miss Belle, es ist Zeit. Bald werden alle wach sein."

„Danke, Lottie." Das Hausmädchen war ihr eine treue Freundin. Als einzige Vertraute ihrer Pläne hatte sie ihr in den wenigen freien Stunden, die Ophelia ihr zugestand, ein widerstandsfähiges Reisekleid genäht.

„Noch etwas, Ma'am. Ihre Cousine erwartet Sie in ihrem Zimmer."

Belle seufzte still. „Weint sie wieder?"

„Oh ja, das tut sie."

Belle hätte nichts dagegen, wenn Lottie darüber die Augen verdrehen würde.

„Schon gut, ich komme." Sie verstaute den Ammoniten in der Tasche ihres Morgenmantels. Es gab noch eine Sache, die sie retten musste. Auf Zehen balancierend lockte sie ein dünnes Heft aus dem Regal. Charles Knowltons *Früchte der Philosophie*. Kaum spürte sie das Büchlein in der Hand, schoss ihr das Blut in den Kopf. Dabei war es allein Alvas Freizügigkeit in prekären Dingen gewesen, die sie mit derartiger Literatur versorgte.

Alvas Buch

Mit glühenden Wangen wandte Belle sich ein letztes Mal dem Ölgemälde über dem Kamin zu. Das Bild zeigte tiefgrüne, dichtbewaldete Hänge, die ein schroffes Tal flankierten und die Umrisse zweier Männer mit Gehstöcken, nah beieinander am felsigen Rand der Schlucht. Am unteren Rand hatte der Künstler seine Signatur gesetzt: *P.D. in Freundschaft*.

Belle strich mit den Fingerspitzen über die Initialen. Ihre Entscheidung war getroffen. *Bitte Herr, hilf mir, Parcival Dalton zu finden.*

*** *** ***

Belle hörte das Schluchzen ihrer Cousine durch die Tür. Mit der Stärkung eines tiefen Atemzuges klopfte sie.

Sarah hockte auf dem Bett. Sie steckte in ihrem Morgenmantel, die Augen von roten Rändern umzogen und schniefte in ein Taschentuch. „Mutter ist verrückt."

Sarahs samtbezogene Reisetasche stand offen auf dem Bett. Ihr malvenfarbenes Kleid hing halb heraus.

„Solltest du dich nicht ankleiden? Soll ich Lottie für dich rufen?"

„Ich will keine Kleider, und ich will Lottie nicht." Sarah blies lautstark in ihr Taschentuch. „Und ich werde diesen Schwachkopf nicht heiraten."

Winston Hayward war ein gutaussehender Mann, zehn Jahre älter als Sarah, mit tadellosen Manieren, einem Händchen für Tante Ophelia und einer florierenden Papiermühle in Raysfield, Missouri. Die Hochzeit war für den Spätsommer geplant, doch Tante Ophelia hatte sie um drei Monate vorgezogen.

Alvas Buch

„Ich werde ihn nicht heiraten." Sarah schniefte einmal mehr in ihr Taschentuch. Sie sah blass aus. Kalter Schweiß stand auf ihrer Stirn.

Belle drückte die Tür hinter sich ins Schloss. „Hast du deine Mutter davon unterrichtet?"

„Sie will es nicht hören."

„Hast du es Winston gesagt?"

„Natürlich nicht!"

Winston würde der Letzte sein, der davon erfuhr. Sarah konnte melodramatisch sein, doch heute schien ihr Elend wahrhaftig. Blonde Strähnen hingen ihr wirr ins Gesicht. Weinte sie des Effektes willen, kämmte sie sich die Haare.

Belle setzte sich neben sie. Eine entfernt geplante Hochzeit war eine Sache, eine Heirat in einem Monat etwas anderes. Sarah hatte schlichtweg Angst.

Sie streichelte ihr über den Rücken. „Du hast gesagt, Winston sei galant."

„Galant ist nicht das gleiche wie liebenswert. Warum heiratest du ihn nicht?"

„Winston hatte doch nur Augen für dich." Sie kniff Sarah aufmunternd in den Arm.

„Au!" Sarah drückte ihr die Hand weg. „Lord Melvin hatte nur Augen für dich, und trotzdem hast du ihn nicht haben wollen!"

Ohne Alvas Intervention wäre sie längst mit einem britischen Lord fragwürdigen Rufs verheiratet gewesen. Bei ihrer eigenen Tochter wählte Tante Ophelia mit mehr Bedacht.

Belle strich ihrer Cousine die blonden Strähnen aus dem Gesicht. „Du wirst dich ganz sicher an Winston gewöhnen."

„Warum sollte ich mich an einen Dummkopf gewöhnen? Er ist kein bisschen wie Nat."

„Nat?" Es gab nur einen Nat, den Belle kannte. Ein junger Bursche mit rosigen Wangen und einer Schwäche für Pferdewetten.

Sarah streckte den Kopf nach der Beule aus, die die Bücher unter ihrem Morgenmantel machten. „Was hast du da?"

„Nichts."

„Warst du wieder die ganze Nacht in seinem Zimmer?"

Belle presste die Bücher gegen den Bauch. Alvas Studierzimmer war seit Monaten ihre Zuflucht. Jetzt, erschöpft von ihrer Trauer, nahm Tante Ophelia es ihr weg und sandte sie nach Clifton Springs, um ihren Zustand mit Wassergüssen zu kurieren.

Der Gedanke schreckte Belle nicht mehr. Solange Tante Ophelia sie in Clifton Springs glaubte, blieb ihr genügend Zeit, um nach Parcival Dalton zu suchen. Alvas Notizen würden nicht auf dem Dachboden verstauben.

Zunächst galt es, Sarah nach Raysfield zu begleiten. „Es wird dir sicher gefallen in Raysfield."

„Raysfield ist nichts als ein Kuhdorf voller Bauerntölpel." Sarah schoss auf die Beine. „Du wirst schon sehen, ich fahre in dieses verdammte Raysfield, aber gewiss nicht, um einen Holzkopf zu heiraten."

Alvas Buch

Kapitel 2

Das Warten bekam ihm nicht. Jonathan Cusker saß auf einer unbequemen Holzbank, die seinem Hinterteil eine harte Zeit bereitete. Die Kutsche, die ihn nach Raysfield bringen sollte, war seit einer Stunde überfällig. Wäre diese verdammte Hitze nicht, die die Luft über der staubigen Straße flimmern ließ, und wäre nicht Docs verdammtes Mikroskop, eingepackt in einer unhandlichen quadratischen Holzbox zwischen seinen Füßen, wäre er schon fünf Meilen die Straße hinunter.

Die Frau neben ihm saß wie eine Statue. Wie konnte sie das nur aushalten? Ein Strohhut beschattete ihre Augen und hielt kastanienbraune Locken im Zaum. Ihre blonde Begleiterin rutschte unruhig auf der Bank hin und her und presste ein Taschentuch gegen den Mund. Das blonde Ding sah elend aus. Er hoffte inständig, dass sie sich ihres Mageninhalts entledigen würde, bevor sie alle eingepfercht in der Kutsche saßen. Der Begleiter der Frauen, ein fetter Kerl namens Hobson, hatte die beiden im Schatten der Bank abgesetzt und war seitdem nicht wieder aufgetaucht.

Jon rückte in eine bequemere Position. Aus Langeweile hatte er begonnen, Verbesserungen an den Zeichnungen vorzunehmen, die er ein paar Tage zuvor in Boston angefertigt hatte. Da war die Ostseite der Faneuil Hall. Er hatte die Buchstaben exakt abgeschrieben. Die Worte sollten keinen Fehler haben, wenn er sie seiner Tochter zeigte. Julia war eine hervorragende Buchstabiererin. Sie war eine noch bessere Zeichnerin. Seine Brigg würde ihr am besten gefallen. Zwei Tage hatte er gebraucht, das vertäute Schiff im Hafen abzuzeichnen. Allerdings konnte der Hauptmast noch eine schärfere Kontur vertragen.

Die Spitze des Bleistifts brach und zog eine Linie, die nicht ins Bild gehörte. *Verdammt*. Er verwischte die Linie mit der Fingerkuppe, die schon schwarz vom Graphit und all den Verbesserungen war, die er vorgenommen hatte.

Er brauchte ein neues Motiv. Der Stationsbesitzer, der vorbeischlurfte und sich das Hinterteil kratzte, war kein netter Anblick. Die schlanken Finger der Frau neben ihm schon. Sie umklammerten einen seltsamen Stein mit spiralförmigen Rillen. Er hatte nie zuvor etwas Ähnliches gesehen. Der Stein ähnelte einer zusammengerollten Schlange. Nur das ihr der Kopf fehlte. Julia würde es gefallen. Eine Steinschlange.

Er schlug eine freie Seite auf. „Verzeihung, Madam. Dieser Stein ... Würde es Ihnen etwas ausmachen, wenn ich ihn zeichne?"

Die schlanken Finger schlossen sich reflexartig über den Stein. „Oh, das ist ... Es ist kein Stein. Es ist ein Ammonit."

„Ammonit?" Er probierte das seltsame Wort aus. Vielleicht würde Julia es buchstabieren können.

„Ein versteinertes Lebewesen. Ein Fossil."

Also doch eine Schlange. Nur eben zu Stein erstarrt. „Darf ich es zeichnen? Für meine Tochter?"

„Natürlich." Trotz der Zustimmung schien sie die Schlange nur ungern herzugeben.

Jon spürte das Gewicht in seiner Handfläche und ließ den Daumen über die Rillen gleiten. Vielleicht war ein Ammonit eine zu Stein verwunschene Schlange, so wie es in den Geschichten geschah, die Julia ihm vorlas. Sie las besser als er, und er liebte es, wenn sie ihre Stimme verstellte. Er konnte es nicht erwarten, sie in die Arme zu schließen, ihren schmalen Körper zu spüren und ihr Geschnatter zu hören.

Solange der Stein in seinem Besitz war, ließ die Frau ihn nicht aus den Augen. „Interessiert sich Ihre Tochter für Fossilien?"

Julia interessierte sich für Docs furchtbare Medizinbücher. Sie las ihm auch daraus vor, aber er mochte es nicht. Der Text bestand aus lauter fremdklingenden Worten und die Passagen, die er verstand, drehten ihm den Magen um. „Nun, sie mag Schlangen. Und alle anderen Tiere."

„Aber das ist keine Schlange."

„Ich sag's ihr."

Das Bild der Steinschlange nahm Gestalt an. Die kleinen Rillen gelangen ihm nicht so symmetrisch wie das Original verlangte, aber es war schwer, mit ruhiger Hand zu zeichnen, wenn jeder Strich unter Beobachtung stand.

„Ihre Zeichnungen sind sehr gut, Sir."

„Ist nur ein Zeitvertreib."

„Das macht Ihr Talent nicht weniger wertvoll."

Wertvoll? Meistens wurde nur das Papier für wertvoll befunden, das er mit seinem Gekritzel verschwendete.

„Belle, ich glaube, mir wird schlecht." Die Blonde schnellte von der Bank.

Die Dunkelhaarige - *Belle* - schenkte dem Stein einen besorgten Blick. Allein die Höflichkeit schien ihr zu verbieten, ihm das Ding aus der Hand zu reißen.

„Ich pass auf die Schlange auf, bis Sie zurück sind."

„Es ist keine …" Sie stoppte abrupt, als ihr klar wurde, dass er sie aufzog. „Bitte entschuldigen Sie mich, Sir."

Sie schoss von der Bank und der Saum ihres Kleides wusch ihm Staub von der Stiefelspitze. Er hatte die Schuhe in Boston gekauft. Feinstes Leder, das perfekt an seine Füße passte und dringend eine Politur benötigte. Doch zuerst wollte er sich dem Stein widmen. Ammonit, das hatte sie gesagt. Er hielt ihn unter die Nase. Das Ding roch nach nichts. Eilig kritzelte er das fremde Wort unter die Skizze und fügte *keine Schlange* aus Spaß hinzu.

Die Frauen kamen zurück. Schweiß glänzte auf der Stirn der Blonden. Sie sank auf die Bank. „Diese Hitze ist schrecklich, Belle. Man könnte meinen, dass Winston seine Braut abholt, bevor sie einen Hitzschlag erleidet."

Jon horchte auf. Die Blonde war Winstons Braut? Die Hochzeit war seit Monaten Stadtgespräch. Hayward hatte bereits einen albernen, weißgestrichenen Pavillon neben der Kirche aufgestellt.

„Aber wir haben doch Mr. Hobson. Er ist eine gute Gesellschaft."

„Sei nicht albern, Belle. Ein Mann mit Diarrhö ist keine gute Gesellschaft."

Alvas Buch

Jon seufzte still. Diese Kutschfahrt würde zur Tortur werden.

Der Stein lag noch immer in seiner Hand. Zeit, ihn zurückzugeben. „Hier, Ma'am."

„Danke sehr." Sie ließ den Ammoniten in die Rocktasche gleiten, heilfroh, ihn endlich wieder in Besitz nehmen zu dürfen.

Hufschläge drangen an sein Ohr. Die Kutsche kam. Nur noch ein paar Minuten, um die Pferde zu tauschen. In gut drei Stunden konnte er zuhause sein.

Alvas Buch

Kapitel 3

Auch wenn Belle froh darüber war, endlich in der Kutsche zu sitzen, wünschte sie, der Kutscher würde nicht so rasen. Ihre Ellbogen schmerzten von unvorhersehbaren Stößen. Das Geruckel der Kutsche löste ihr fortwährend Strähnen aus der Frisur. Sie hatte es längst aufgegeben, sie wieder an Ort und Stelle zu stecken. Sie hatte auch den Strohhut abgenommen, der ihr immer wieder auf die Nase rutschte. Trotz Alvas Versicherungen war ihr Kopf in all den Jahren nicht hineingewachsen.

Sarah saß neben ihr. Ihre Finger umkrampften noch immer das Taschentuch, aber es ging ihr besser. Etwas Farbe war bereits in ihre Wangen zurückgekehrt.

„Ich kann mich nicht erinnern, wann es im Juni das letzte Mal so heiß war." Mr. Hobson wedelte seinen Seidenzylinder vor dem Gesicht. „Die Hitze ist unerträglich, nicht wahr?"

Alvas Buch

Nicht die Hitze war das Unerträgliche, sondern die Mischung aus Knoblauch, Kirschwein und Winden, mit der Mr. Hobson die stickige Luft anreicherte. Sarah hatte recht behalten. Ein Mann mit Darmproblemen war keine gute Gesellschaft. Der geplagte Hobson tat ihr dennoch leid, und sie schenkte ihm ein zustimmendes Nicken. Er beanspruchte mehr als die Hälfte der gegenüberliegenden Sitzbank und ließ dem Zeichner gerade genug Platz, um mit an den Körper gepressten Ellbogen zu sitzen.

Mr. Hobsons Versuche, ihn in ein Gespräch zu verwickeln, waren kläglich gescheitert. Der Widerstand des Zeichners bestand aus einem über die Augen gezogenem Hut, verschränkten Armen und der Vorgabe zu schlafen - unmöglich bei den Stößen und Schlägen, die die Kutsche auch an ihn austeilte.

Sein Interesse an dem Ammoniten hatte ihr geschmeichelt, auch wenn es ihr missfiel, dass er ihn immerzu als Schlange bezeichnete. Sie war den ruhigen Bewegungen seiner Hand gefolgt, verzaubert von der entstehenden Kopie des Fossils, so perfekt, dass sie es anhand dieser Zeichnung von tausend anderen würde unterscheiden können.

Er konnte gut zeichnen. Sie hatte den Platz am Bostoner Hafen erkannt, von dem aus er die Brigg gezeichnet hatte. Dort hatte sie immer gestanden, wenn Onkel Alva auf Reisen war. Für sie war es ein Ort der Einsamkeit und Trauer, für den Zeichner schien es ein Platz voller Wunder. Sie konnte die Ehrfurcht spüren, die in jedem seiner Striche lag.

Belle rieb sich die schmerzenden Ellbogen. Am Fenster zogen Eichen und Hickorybäume vorbei. Nicht lang und sie würden Raysfield erreichen. Drei Wochen für Sarah, sich an ihren zukünftigen Ehemann zu gewöhnen. Genug Zeit für sie selbst, ihren nächsten Schritt zu planen. Tante Ophelia wollte drei Tage vor der Hochzeit anreisen. Bis dahin würde Belle bereits auf dem Weg zu Parcival sein.

Vermutlich war ihre Reise nach Philadelphia keine gute Idee. Jetzt, da die Kutsche ihr Hirn wieder zurechtrückte, kam ihr die Idee sogar äußerst fragwürdig vor. Immerhin hatte Onkel Alva sich die letzten fünf Jahre standhaft geweigert, auf Parcivals Briefe zu antworten. Seltsam wie das Wissen darum in den Nächten in Alvas Studierzimmer kein Gewicht zu haben schien. Jetzt ließ es ihr das Herz bis in den Magen sinken.

„Ho!", hörte sie die tiefe Stimme des Kutschers.

Die Kutsche verlangsamte die Fahrt, die Stöße und Schläge ließen nach und stoppten schließlich ganz.

„Was ist los?" Sarah rutschte auf dem Polster nach vorn.

Der Zeichner schob den Hut aus dem Gesicht. „Werd' mal nachsehen."

Er schien erleichtert, einen Grund zu haben, die Kutsche verlassen zu können. Sie konnte es ihm nicht verdenken.

Hobsons Gesicht leuchtete auf. „Verzeihung, Madams. Darf ich mich entschuldigen?"

Er stemmte sich aus dem Sitz. Das Geräusch, das ihm dabei entfuhr, trieb ihm die Schamesröte ins Gesicht. Er stolperte aus der Kutsche und hastete hinter einen Weißdorn. Belle presste die Hand gegen die Nase. Zu Knoblauch und Kirschwein mischte sich der Gestank fauligen Fischs. Was in aller Welt hatte Mr. Hobson nur gegessen?

„Ich muss hier raus." Sarah zwängte sich an ihr vorbei.

Auch Belle erschien die Aussicht auf frische Luft verlockend. Sie raffte den Rock und kletterte die Metallstufen hinab. Der Straßenstaub legte eine feine Schicht über das Leder ihrer Schuhe. Die Schuhe waren Ophelias Reisegeschenk. Außen glänzte das Leder, innen rieben sie ihr seit Anbeginn der Reise die Fersen wund. Belle biss den Schmerz hinunter und ließ den Rocksaum über die unsäglichen Stiefel fallen.

„Was gibt's?", hörte sie den Zeichner fragen. Er stand bei den Kutschern und besah sich das Vorderrad.

„Zuviel Last auf der Achse. Wir müssen die Ladung verteilen."

„Wie weit bis Raysfield?"

„Och, grad fünfzehn Meilen. Keine Sorge, wir werden rechtzeitig da sein."

Sie sollte nach Sarah sehen. Trockenes Würgen wies ihr den Weg. Sie humpelte zur Rückseite der Kutsche. Sarah stand vornübergebeugt und atmete schwer.

„Geht es dir besser?" Sie streichelte ihr über den Rücken.

„Ich steig da nicht wieder ein!"

Es würde ihr nichts anderes übrig bleiben. Keinem von ihnen. „In Raysfield gibt es sicherlich einen Arzt. Winston wird ihn für dich rufen."

„Winston kann mir gestohlen bleiben." Tränen glitzerten in ihren Augen. „Oh, Belle, du bist so ein Unschuldslamm. Du verstehst es immer noch nicht, hab ich recht?"

Ihr war nicht klar, dass es etwas zu verstehen gab. „Was verstehe ich nicht?"

„Herrgott noch mal, Belle." Sarah wischte erzürnt die Tränen weg. „Ich bin nicht krank. Ich bin schwanger. Deshalb hat Mutter es so eilig mit der Heirat."

Sarahs Geständnis nahm ihr die Luft.

„Jetzt sieh mich nicht so an!"

„Aber Winston ..." Winston konnte unmöglich der Vater sein. Der Gedanke war so unfassbar, dass Belle ihn nicht über die Lippen brachte.

„Winston wüsste nichts mit einer Frau anzufangen, wenn man sie ihm nackt auf den Bauch bindet." Sarah drehte abrupt um und prallte gegen den Zeichner. Sie murmelte eine Entschuldigung, bevor sie wütend in die Kutsche zurückkletterte.

Belle spürte ein Glühen in ihren Wangen, und die Sonne trug keine Schuld daran. Im Gesicht des Zeichners war nicht zu erkennen, wie viel von dem Gespräch ihm zu Ohren gekommen war. Sie räusperte sich. „Ist die Kutsche wieder in Ordnung?"

„Es ist nicht die Kutsche. Steigen Sie ein und verhalten Sie sich still."

Fernes Grollen drang an ihr Ohr; Hufschläge, die auf ausgedörrten Boden donnerten. Hinter der Schulter des Zeichners sah sie Reiter über die Hügelkuppe kommen. Drei Männer, mit Gewehren. Das Haar des ersten Reiters leuchtete kupferrot in der Sonne.

„Steigen Sie ein", wiederholte der Zeichner leise. „Das ist alles, was ich Ihnen raten kann."

Sein Gesicht war bleich, und es beunruhigte sie zutiefst. Sie folgte seinem Rat und stieg mit klopfendem Herzen in die Kutsche zurück. Sarah empfing sie mit düsterem Blick. „Du wirst ihm nichts davon sagen. Schwör es, Belle!"

„Bitte, Sarah, sei still."

Außerhalb der Kutsche wurde es laut. Die Hufschläge kamen näher, stoppten. Pferde schnaubten, Männerstimmen schallten herüber. „Woodson, kümmer dich um das

Gepäck!"

„Was ist denn?" Sarah wollte den Kopf aus dem Fenster stecken.

Belle zog sie zurück. „Ich glaube, wir werden überfallen."

Ein staubiger Stiefel trat in den Rahmen des Kutschfensters und war im nächsten Moment verschwunden. Die Kutsche schaukelte. Ein Gepäckstück flog am Fenster vorbei und landete dumpf im Staub. Einer der Männer musste auf das Dach geklettert sein.

Stiefeltritte näherten sich. Die Kutschentür klappte auf und der kurze Lauf eines Karabinergewehrs schwenkte durch den Innenraum. Ein rothaariger Bursche mit rostbraunen Sommersprossen zwinkerte ihnen zu. „Ladies, kommen Sie heraus. Das Wetter ist vortrefflich."

Sarah drückte sich an sie. Sich einem Gewehrlauf zu widersetzen, war unsinnig. Sie fasste nach Sarahs Hand. „Komm."

Der Zeichner stand am gelben Vorderrad, die Hände in den Taschen, den Blick auf den staubigen Stiefelspitzen.

„Hier entlang, Ladies." Der Rotschopf winkte sie zum Hinterrad. Sarahs Finger krallten sich so fest in die ihren, dass es weh tat.

Kleider segelten vom Kutschdach. Das grüne Samtkleid, das Sarah gern zum Dinner trug. Das malvenfarbene, das sie für Spaziergänge im Park wählte.

„Hab noch einen." Mr. Hobson wurde hinter dem Weißdorn hervorgezerrt. Die Hose schlackerte um seine Knöchel. Kurzatmig trippelte er neben einem Mann mit schmierigen Haaren und fleckigen Kleidern her.

Eine schwarze Ledertasche schlug dumpf vor die Füße

des dreckstarren Mannes. Er schrie den Kerl auf dem Dach an, gab der Tasche einen Tritt und presste Hobson den Revolver in den Bauchspeck. „Wem gehört die? Dir?"

Hobson schüttelte hektisch den Kopf. Schweiß rann ihm die Schläfen hinab. Er tat Belle leid. Die einzige Möglichkeit, ihm weitere Demütigung zu ersparen, schien ihr, die Wahrheit zu sagen. „Die Tasche gehört mir."

Der Mann mit den schmutzigen Kleidern fasste sie ins Auge. Ein Grinsen entblößte die Stumpen fauliger Zähne. Er ließ von Hobson ab. Kurz darauf schlug ihr Whiskyatem ins Gesicht. „Kannst deine Zeit nicht abwarten, he?"

Belle wandte den Kopf, um dem Gestank zu entkommen.

„Alles zu seiner Zeit, Schätzchen. Erst das Geschäft." Er sandte dem Zeichner einen unheilvollen Blick, bevor er ihm Tabak katschend entgegenstapfte.

Sarah schluchzte. „Ich will nach Hause."

„Schon gut." Sie tätschelte ihr beruhigend die Hand.

Der Zahnlose wühlte durch die Taschen des Zeichners. Eine Handvoll Bleistifte landete im Dreck, gefolgt von einer rot-weißen Zuckerstange. Dann zerrte er das Zeichenbuch hervor. „Schau an, was wir da haben."

Speckige Finger schmierten über die Skizzen. „Lauter Schiffe und Vögel. Warum malst du mir nicht ein fesches Weib. So wie ich es mag?"

Der Zeichner stand reglos, doch sie sah, wie er die Hände so fest zu Fäusten ballte, dass die Fingerknöchel weiß schimmerten.

Mit einem widerlichen Geräusch würgte der Angreifer Schleim aus der Kehle hoch. Er sammelte die Masse im Mund und ließ sie auf das Bild eines Blauhähers tropfen.

„Feines Vögelchen." Das Buch klatschte in den Straßenstaub. Zufrieden schob sich der Zahnlose einen neuen Priem in den Mund und schlurfte zu Mr. Hobson zurück.

Der Zeichner bückte sich nach seinem Besitz. Er sammelte die Bleistifte ein und strich sorgfältig die Seiten des Zeichenbuches glatt. Sein Blick glitt zu dem Rotschopf. Der grinste und nickte kaum merklich zurück. Fast schien es Belle, als ob die beiden sich kannten.

Der Mann, der sich bisher auf dem Dach der Kutsche zu schaffen gemacht hatte, sprang mit einem Satz herunter. Inzwischen lag das gesamte Gepäck auf dem Boden verstreut, und er machte sich daran, die Taschen zu durchwühlen.

Ihre war die nächste. Kleider wurden herausgezerrt. Knowltons Werk flog durch die Luft, gefolgt von Alvas Buch. Knowlton landete in den Ästen eines Haselnussstrauchs, Alva prallte gegen eine knochige Wurzel. Belle mahnte sich zur Ruhe. Männer wie diese scherten sich nicht um Bücher. Sie musste nur abwarten, bis sie verschwanden, um Knowlton und Alva wieder an sich zu nehmen.

„Woodson, verdammt noch mal, pass auf mit den Büchern." Der Rothaarige klaubte Knowlton aus dem Haselnussstrauch. Er nahm auch Alvas Notizen und strich sorgfältig den Staub vom Einband. Die Bücher verschwanden in der Satteltasche seines Pferdes. Belle starrte auf das Leder der Tasche, als könne sie die Bücher wieder hervorzwingen. Knowlton war ihr egal, doch sie durfte die Notizen ihres Onkels nicht verlieren. *Nicht Alvas Buch!*

Der Rotschopf bestieg sein Pferd. „Abmarsch, Männer."

Panik erfasste sie. Sobald diese Männer verschwanden, war Alvas Buch für immer verloren.

Alvas Buch

Der Rotschopf lenkte sein Pferd heran. Belle brauchte nur die Hand auszustrecken, um Alvas Buch aus der Tasche zu ziehen. Der eigene Puls pochte ihr in den Ohren. Sie war nahe daran, es zu versuchen, als sich der Rotschopf herabbeugte. „Miss, geben Sie mir Ihre Hand."

Es dauerte einen Moment, bis Belle verstand, dass er zu Sarah sprach. Doch es dauerte nur eine Sekunde, den Blick des Burschen zu verstehen. Sie kannte diesen Ausdruck von all den Männern, die Sarah über die Ränder ihrer Gläser verfolgten. Die Erkenntnis stockte ihr Herz. „Sir, bitte, tun Sie das nicht."

Der Rotschopf wandte ihr amüsiert den Blick zu. „Und warum, wenn ich fragen darf?"

Weil Sarah noch immer ein Kind war, auch wenn sie das nicht hören wollte. „Es ist nicht recht, ihr etwas anzutun."

„Ich fürchte, das spielt keine Rolle, Ma'am." Er packte Sarahs Arm. „Steigen Sie auf, Miss."

Sarah erstarrte.

Belle schlug das Herz bis in den Hals. „Ich bitte Sie, Sir."

„Es tut mir wirklich leid, Ma'am. Betrachten Sie das nicht als Ablehnung Ihrer weiblichen Reize, aber ein Mann hat seinen bevorzugten Geschmack."

Sarah schluchzte laut auf. Heftiges Zittern erfasste ihren Körper. Belle suchte verzweifelt nach Worten; irgendetwas, das den Rotschopf umstimmen würde. Sie öffnete den Mund, doch die Worte, die gesprochen wurden, kamen nicht von ihr.

Alvas Buch

Kapitel 4

Jon presste die Fingernägel in die Handballen. Die Angelegenheit würde furchtbar für die Frau enden, wenn er den Mund hielt. Sie würde vermutlich ebenso furchtbar enden, wenn er sprach.

Das letzte Mal hatte er den rothaarigen Teufel vor acht Jahren gesehen. Damals war er dumm genug gewesen, zu glauben, dass Hurenhäuser und Spieltische alles waren, womit Richard Alistair McLain sich die Zeit vertrieb.

Nichts an dem Burschen hatte sich verändert. McLain glänzte wie ein neuer Penny; stärkeweises Hemd, grüne Samtweste. Außer an Betrug und Mord glaubte McLain auch an den Wert einer gepflegten Erscheinung. Nicht, dass ein sauberes Hemd jemals eine der Frauen gekümmert hätte. Und doch besaß McLain einen Hauch von Moral, wie verworren und missgestaltet der auch immer sein mochte.

Jon sprach: „Nicht die Blonde. Sie ist schwanger."

Seinen Worten folgte Stille.

McLain musterte die Blonde von oben bis unten. Die Schwangerschaft war ihr nicht anzusehen. Mit einem Schulterzucken ließ er von ihr ab.

„Und die andere?" McLain lenkte den Falben zu ihm heran und beugte sich herab. „Etwa auch guter Hoffnung?"

Da war es wieder, McLains ewiges Grinsen.

„Was willst du?"

„Immer noch der alte Miesepeter, was?" McLain zog einen Lederriemen aus der Tasche und baumelte ihn vor seinen Augen. „Um der alten Zeiten willen, gewähre ich dir eine gute Tat. Ich erlaube dir, eine Frau vor Schaden zu bewahren."

„Warum?"

„Weil ich dein Freund bin und mir Sorgen um dich mache."

Sorgen? Er war McLains Spielchen leid. „Lass die Frauen gehen. Sag mir einfach, was du willst."

„Ach Jonny, ich hab dir doch schon gesagt, was ich will. Es liegt bei dir. Du musst nur Brody überzeugen."

Brody stocherte mit seinem Revolver durch die ausgebreiteten Kleidungsstücke. Jemand hatte ihm die Vorderzähne ausgeschlagen.

„Schade um ihn", sagte Rick. „Der Gute ist nicht mehr ganz klar im Kopf. Verbringt die meiste Zeit damit, seine Messer zu schärfen."

„Und wenn Brody mir nicht glaubt?" Er hatte Brodys Frauen gesehen, wenn der mit ihnen fertig war. Blutige Schnitte überall, grün und blau geprügelte Gesichter. Das erste Mal hatte der Anblick ihm den Magen umgedreht. Er war davongelaufen, um sich zu übergeben, kotzte, bis nichts mehr kam außer Galle.

Rick seufzte leise. „Dann wird der Gute sich wohl selber drum kümmern."

Die Dunkelhaarige stand bei der Kutsche. Sie hielt die Augen geschlossen. Natürlich, sie wäre verrückt, würde die Aussicht auf Vergewaltigung sie nicht zu Tode ängstigen. Er hätte diese verdammte Steinschlange nie zeichnen dürfen. Oder in dieser Kutsche fahren. Oder Brody keine Kugel in den Hinterkopf jagen, all die unzähligen Male, in denen er freies Schussfeld gehabt hatte.

Wenn er sich auf McLains Spiel einließ, mochte es ihm gelingen, die Frau halbwegs unbeschadet über den Tag zu bringen. Mehr konnte er nicht für sie tun. Halbwegs unbeschadet musste genügen.

Jon riss McLain den Lederriemen aus der Hand und marschierte auf die Dunkelhaarige zu. *Mach schnell. Gib ihr keine Zeit zum Nachdenken.* Er wollte keinen Kampf. Wenn sie kämpfte, würde er ihr wehtun müssen.

Er packte ihre Hände und schlang den Lederriemen darum. Sie starrte ihn mit weitoffenen Augen an, zu überrascht, um sich zu wehren. Er zurrte den Riemen fest. Dann verstand sie, und die Erkenntnis machte ihre Augen dunkel.

*** *** ***

Die Sonne brannte ein Loch in seinen Rücken. Jon bewegte die Schultern, um das nasse Hemd von der Haut zu lösen. Die Frau saß kerzengerade vor ihm. Er spürte den Druck ihrer Schenkel gegen seine und die weichen Rundungen ihres Gesäßes. Heißer Wind wehte ihm kastanienbraune Locken ins Gesicht. Hatte die Hitze in der Kutsche noch keinen Schweiß auf ihre Haut gelockt, zeigte ihr Kleid jetzt einen dunklen Streifen zwischen den Schulterblättern.

Die Spannung in ihrem Körper ließ nach, und sie rutschte zur Seite. Er legte seinen Arm um ihre Taille und schob sie auf den Pferderücken zurück. Sie erstarrte bei der Berührung, aber sie blieb stumm. Er ließ seine Hand auf ihrem Bauch ruhen, leicht genug, damit nur der feine Stoff des Kleides gegen seine Handfläche rieb, er sie aber jederzeit abfangen konnte.

McLain ritt voran. Er las in einem der Bücher, die er bei der Kutsche erbeutet hatte. Hinter ihm spuckte Brody Tabak. Selbst gegen den Wind erreichte Jon der Gestank aus Pferdemist und Whisky. Einen Barbaren überzeugen. Wie zum Teufel sollte er das anstellen?

Die Stute schnaubte und hob den Kopf. In der Senke vor ihnen flimmerten die aschgrauen Holzplanken eines verfallenen Farmhauses. Das Dach hing schief über einer Veranda aus rauen Bohlen. Mannshohes Gras wucherte durch die Reste eines Koppelzauns.

Rick lenkte den Falben heran. „Würde die Lady uns ihren Namen verraten?"

Sie wandte den Kopf ab. Drei Stunden hatte Rick sie durch die Mittagshitze gezwungen. Genug Zeit, um sich mit ihrem Schicksal abzufinden.

Rick musterte die Riemen, die ihre Handgelenke zusammenschnürten und reichte ihr seine Wasserflasche. „Es ist heiß, Miss. Nehmen Sie einen Schluck."

„Sie nimmt kein Wasser. Sie nimmt mich." Jon wusste

nicht, ob Brody ihm die Worte glaubte, die Frau jedenfalls tat es. Unter seiner Handfläche hämmerte ihr Puls.

Er trieb die Stute vorwärts. Sein Herz schlug so heftig, dass die Frau es spüren musste.

An der Hütte lenkte er das Pferd in den Schatten einer Eiche und stieg ab, ehe er der Frau herunterhalf. Ihre Hände waren blau. Er hatte den Riemen zu fest gezurrt.

Rick inspizierte das Innere des Hauses. Brody schob sich einen Priem in den Mund. Whiskydunst waberte von ihm herüber.

Jon schob die Frau die morschen Verandastufen hinauf, raus aus dem Whiskydunst, weg von Brodys irrem Blick.

Rick lehnte mit verschränkten Armen im Türrahmen. „Hab Blumen hingelegt. Ist romantischer, nicht wahr?"

„Halt mir Brody vom Leib."

„Du vergisst deine Manieren." Rick zog ihm den Hut vom Kopf. Er legte ihn gegen die Brust und verbeugte sich vor der Frau. „Seien Sie nett zu ihm, Miss. Ist sein erstes Mal."

Jon wollte ihm die Faust in den Magen rammen. Stattdessen drängte er die Frau in die Hütte und schloss die Tür.

Drinnen war es stickig. Bis auf einen viereckigen Fleck Sonnenlicht, der durch ein Loch in der Decke drang, erfüllte Dämmerlicht den Raum. Eine dicke Schicht Staub bedeckte die Holzplanken. Alte und frische Schuhabdrücke verliefen kreuz und quer. Es roch nach fauligem Holz. Auf einem morschen Sawbuck-Tisch lagen Ricks Blumen.

Die Frau stand in dem Lichtfleck. Wo die Sonne ihr Haar erreichte, leuchtete es bernsteinfarben.

Er strich sich den Schweiß von der Stirn. Das offene

Fenster störte ihn. Brody mochte es nicht nur, selbst über Frauen herzufallen, er sah ebenso gern dabei zu.

„Komm her." Sollte Brody das Ohr an der Tür haben, klangen die Worte besser überzeugend.

Die Frau schüttelte ruckartig den Kopf. Sie zog sich aus dem Sonnenfleck zurück, bis die Überreste eines Wandkamins sie stoppten.

„Nicht da." Er tippte auf die Platte des Sawbuck-Tischs. „Hier."

Sie stand zu nah am Fenster. Er wollte sie lieber in einer Ecke des Raumes wissen, die weniger gut einzusehen war.

Sie hielt die Arme vor die Brust. Der Lederriemen schnitt in ihre Haut. Ihre Hände waren blau und geschwollen. Er sollte die Riemen zerschneiden, um ihr Erleichterung zu verschaffen. Er zog das Messer.

Beim Anblick der Klinge weiteten sich ihre Augen. *Idiot!* Ein Messer ziehen, um ihr die Angst zu nehmen.

Faustschläge wummerten gegen die Tür. Brody kicherte. „Hey, Kleiner, brauchst du Hilfe?"

Er senkte die Stimme. „Kommen Sie her. Ich will Ihnen nicht unnötig wehtun müssen."

„Dann bleiben Sie weg von mir!" Ihr Atem kam flach. Ihr Angst einzujagen war das Einzige, das ihm bisher gelungen war, und allein aus diesem Grund stand sie noch immer vor diesem verfluchten Fenster.

Das dauerte alles viel zu lang. Er trat einen Schritt auf sie zu. „Kommen Sie hier rüber. Bitte."

„Bleiben Sie weg!"

Schweiß rann ihm die Schläfe hinab. Er wischte ihn weg. Grobheit war nicht das Mittel seiner Wahl, aber es würde der sinnlosen Diskussion sehr viel schneller ein Ende bereiten.

Mit zwei Schritten war er bei ihr. Er packte sie bei den Armen. „Zum Tisch, das ist alles, was ich von Ihnen will."

Sie rammte ihr Knie nach oben. Der Hieb traf seinen Oberschenkel und war heftig genug, um ihm einen blauen Fleck zu bescheren. Keine schlechte Attacke. Er schloss eine Hand um ihren Hals. „Komm jetzt."

Ihre Fingernägel bohrten sich schmerzhaft in sein Handgelenk. Er hatte den Tisch fast erreicht, als sein Fuß auf ihren Schuh trat. Sie verlor das Gleichgewicht, und ihre Hände krallten sich haltsuchend in sein Hemd. Er verlor den Kontakt zum Boden. Der Tisch gab unter ihnen nach, trockenes Holz splitterte. Er sah, wie ihr Kopf auf den Boden schlug, bevor seine Stirn mit ihrem Schädel kollidierte.

Er blinzelte benommen. Das Messer? Unter dem zersplitterten Holz reflektierte Sonnenlicht im Stahl der Klinge. Zu weit, um es mit dem ausgestreckten Arm zu erwischen. Er stemmte sich auf Knie und Ellbogen hoch.

Etwas krachte in seine Rippen und raubte ihm die Luft. Ein weiterer Schlag kollidierte mit seinem Jochbein und trieb ihm das Wasser in die Augen. Sie hatte nicht vor, es ihm leicht zu machen. Blind suchte er nach ihren Armen. Er bekam sie zu packen, streckte sich auf ihr aus und drückte sie mit seinem ganzen Gewicht nieder. Sie strampelte und wand sich unter ihm. Sie war viel leichter als er, doch sie am Boden zu halten, trieb ihm den Schweiß aus allen Poren. Nicht nur das. Sein Schwanz drückte hart gegen ihren Bauch. Als sie es endlich zu bemerken schien, lag sie von einem Moment auf den anderen stockstill. Sie drehte den Kopf weg. Unter der Haut ihres Halses raste ihr Puls.

„Es würde helfen, wenn Sie schreien."

Sie riss den Kopf herum. Wutgrüne Augen blitzten ihn an.

Sie begann schon wieder damit, sich zu winden. Er wünschte, sie würde stillhalten. Es war eine Weile her, seit er das letzte Mal bei einer Frau gelegen hatte. Er presste sie auf den Boden und brachte seinen Mund an ihr Ohr. „Jetzt hören Sie mir verdammt noch mal zu! Ich wäre schon längst bei der Sache, wenn das tatsächlich mein Wunsch wäre. Haben Sie das jetzt endlich verstanden?"

Ihr Körper versuchte noch immer, von ihm wegzukommen. Wie konnte Brody nur Spaß daran haben? Es war viel zu anstrengend auf diese Weise.

Die Frau bäumte sich erneut auf und lag dann mit einem Male still. Er misstraute ihrer plötzlichen Gefügigkeit. Trotzdem verlagerte er das Gewicht auf die Ellbogen, um ihr das Atmen zu erleichtern. Wie lang war er schon in der Hütte? Das Zeitgefühl war ihm irgendwo zwischen den zersplitterten Resten des Tisches abhandengekommen. Besser, er wartete noch eine Weile.

In Anbetracht der Tatsache, dass er keinerlei Erfahrung im Vortäuschen einer Vergewaltigung besaß, sah das Ergebnis seiner Bemühungen authentisch aus. Die Frau fürchtete ihn, sie verabscheute ihn, da glitzerte sogar Blut auf ihrer Lippe.

Er mochte den Anblick kein bisschen.

„Hören Sie. Ich lass Sie jetzt los, und wenn Sie ruhig bleiben, macht es das für uns beide einfacher."

Trotz des Versprechens bedauerte er, sie freigeben zu müssen. Sie war wunderschön. Schwere Locken breiteten sich wie ein Fächer um ihren Kopf. Sie sah aus wie eine

Feenkönigin aus Julias Büchern.

„Stehen Sie auf." Er holte sich das Messer zurück und verstaute es am Gürtel.

Sie glaubte, dass er nur eine weitere Niederträchtigkeit vorbereitete, und sein Schwanz gab sich nicht viel Mühe, sie vom Gegenteil zu überzeugen.

„Das geht vorbei, glauben Sie mir."

Bevor sie erneut in Panik ausbrechen konnte, kniete er sich neben sie. „Halten Sie still, ich will die Riemen zerschneiden. Das wollte ich schon vorhin tun."

Sie unterdrückte einen Schmerzenslaut, als er ihre Handgelenke berührte. „Warum haben Sie mir das nicht gesagt?"

Ihr Gesicht war so nah, dass er die kleinen gelben Sprenkel in ihrer Iris zählen konnte. „Hätten Sie es denn geglaubt?"

„Ja."

Mutig war sie, aber eine verdammt schlechte Lügnerin. Er schnitt den Riemen durch. „Hören Sie, Miss. Es ist besser, wenn die Kerle da draußen glauben, ich hätte es getan."

Die Hitze in ihrem Blick würde ihm die Knochen schmelzen, wenn er zu lange hinsah. Er zerrte sich das Hemd aus der Hose. „Die werden Sie gehen lassen. Sobald wir da raus sind, tun Sie was ich sage, verstanden?"

Alvas Buch

Kapitel 5

Rick McLain legte das kleinere der bei der Kutsche erbeuteten Bücher beiseite. *Früchte der Philosophie.* Er kannte das Werk. Selten fiel ihm ein Buch in die Hände, das er noch nicht gelesen hatte. Anders verhielt es sich mit dem in Leder gebundenen Buch. Es schien eine Art Notizbuch zu sein. Die winzig geschriebenen Buchstaben waren schwer auszumachen, doch es gelang ihm, einen Teil zu entziffern, der sich mit der Entstehung von Bergen beschäftigte. Der Schreiber unterstützte die Theorie eines gewissen Mr. Hutton, der die Existenz von Vulkanen und heißen Quellen für den Beweis eines unterirdischen Feuers aufführte. Dieses Feuer sollte Sand und Kies schmelzen, um daraus neues Gestein zu erschaffen und es letztendlich wieder nach oben drücken. Ein unterirdisches Feuer. Die Idee würde Jon gefallen. Immerhin glaubte er an die Hölle.

Rick warf einen Blick über die Schulter. Jon hockte am

Bach, der neben der Hütte floss. Er hatte das Gesicht der Sonne zugewandt und hielt die Augen geschlossen. Vermutlich bat er gerade den Herrn um Vergebung. Das war das Problem mit Jonny. Er erwartete, eines Tages für seine Sünden bestraft zu werden.

Rick verstaute das Notizbuch in der Satteltasche; er würde später weiter lesen. Mit den Früchten der Philosophie in der Hand schlenderte er zu Jon hinüber. Es war an der Zeit, mit ihm zu sprechen.

Jon stand auf und suchte sich einen Platz, von dem aus er Brody und die Frau sehen konnte. Sie saß im Schatten eines Haselnussstrauchs. Ihr Kleid war an der Schulter zerrissen und auf ihrer Lippe klebte getrocknetes Blut. Brody hockte vor ihr und schwenkte eine Whiskyflasche vor ihren Augen.

„Pfeif Brody zurück."

Jons Stimme war tiefer, als er sie in Erinnerung hatte. Und sie klang gereizt. Dabei war die Tatsache, dass sie Frauen in der Kutsche gefunden hatten, eine hervorragende Gelegenheit gewesen, ihm einen Gefallen zu tun. Nur deshalb hatte er eine von ihnen mitgenommen. „Hat es dein Gewissen erleichtert?"

Jon funkelte ihn düster an. „Seit wann kümmert dich mein Gewissen?"

Jonnys Gewissen war eine heikle Angelegenheit. Vor acht Jahren hatte es ihm so zugesetzt, dass er bereit gewesen war, sie alle an den Galgen zu bringen. „Es macht dir immer noch zu schaffen, nicht wahr?"

Jon verzog spöttisch den Mund. „Dass du die Pattersons hast abschlachten lassen? Wie könnte mich das kümmern?"

Der Abend bei Patterson war aus dem Ruder gelaufen,

zu viel Whisky, zu viel Blut. Nur ließ sich daran nichts mehr ändern. Er wünschte, Jon würde das endlich einsehen. „Vergiss Patterson. War furchtbar, das geb ich zu, aber es ist an der Zeit, die Toten ruhen zu lassen."

„Was zum Teufel willst du, Rick?"

Jons Starrköpfigkeit stellte ihm die Nackenhaare auf. Er hatte kein Recht seine Angelegenheiten mit Patterson zu bewerten. „Patterson hat bekommen, was er verdient hat."

„Und seine Frau? Hatte sie's auch verdient?"

Da war ein kleiner Fehler in Jons Logik. „Ich hab seine Frau nicht umgebracht."

„Du hast zugesehen."

„Du doch auch."

Jon wurde bleich. Der Bursche machte sich zu viele Gedanken. Rick hoffte inständig, die Erinnerung würde ihm nicht erneut den Magen umdrehen. Wäre schade, wenn er sich wieder auf die Stiefel kotzen würde.

Rick kickte einen Stein beiseite. Vielleicht hätte er Jon das Baby damals nicht überlassen sollen. Es fiel ihm nicht schwer, sich auszumalen, was sein alter Freund mit dieser Reise nach Boston bezweckte. Jonny suchte nach Julia Pattersons Familie - oder dem, was er dafür hielt. Er legte Jon die Hand auf die Schulter. „Ich will dir einen Rat geben: Komm nicht auf die Idee, Julia nach Boston zu bringen. Du würdest es bereuen."

Jons Muskeln verhärteten sich unter seiner Hand. „Du bist jetzt hinter Julia her?"

Manchmal war Jon schwer von Begriff. Wenn er dem Mädchen etwas hätte antun wollen, hätte er es vor acht Jahren getan. Er gab es nicht gern zu, aber Jons ewiges Misstrauen schmerzte. „Ich bin nicht hinter einem kleinen

Mädchen her. Ich will dir nur diesen einen Rat geben: Bring sie nicht nach Boston. Das ist alles."

„Und du hast die Frau gebraucht, um mir das zu sagen, ja?"

Jon hatte die unschöne Angewohnheit, alles in den falschen Hals zu bekommen. „Es geht ihr doch gut."

„Bastard."

War Jon in zänkischer Stimmung, hatte es keinen Sinn, mit ihm zu reden. Er drückte ihm das Buch in die Hand. „Du liest doch noch, oder? Sag mir nicht, ich hätte meine Zeit verschwendet."

*** *** ***

Die Bande verschwand in einer Staubwolke.

Jon wischte sich den Schweiß von der Stirn. *Bring Jules nicht nach Boston.* Falls das Ricks Anliegen war, hätte er sich die Mühe sparen können. Mit Boston war er ein für alle Mal fertig. Jules gehörte zu ihm, auch wenn er dafür zur Hölle fuhr.

Er stopfte das Buch, das Rick ihm überlassen hatte, unter sein Hemd. Die Frau hockte im Schatten des Haselnussstrauchs und starrte auf die trockenen Grashalme zu ihren Füßen. Erschöpft sah sie aus, und doch hielt sie sich mit beeindruckender Anmut aufrecht.

Er füllte Ricks Wasserflasche am Bach auf und kniete sich vor sie hin. Dunkle Flecken auf ihrem Hals zeigten die Abdrücke seiner Finger. Er hatte zu derb zugepackt. „Immer noch keinen Durst?"

Sie blinzelte benommen. „Wenn es Ihnen nichts ausmacht, würde ich gern gehen."

„Ich bring Sie nach Raysfield."

„Das müssen Sie nicht."

Sie bekämpfte ihn noch immer. *Gut.* Brodys Frauen hatten dafür nie mehr die Kraft aufgebracht.

„Durst?" Er brachte das Wasser in der Flasche zum Glucksen. „Ist ein langer Weg."

„Warum sind Sie nicht mit Ihren Freunden gegangen?"

Freunde? Wenn das seine Freunde wären, würde sie kein Wasser mehr brauchen. „Ich hab Sie nicht entehrt, Miss. Sie können aufhören, so zu tun."

„Kann ich gehen?"

„Erst trinken Sie." Ihre Lippen waren trocken und rissig. Sie nahm das Wasser nur aus einem Grunde nicht an: weil es von ihm kam. „Sie bringen sich um, nur damit Sie Ihren Willen haben können, nicht wahr?"

Endlich sah sie ihn an, ein hitziger Blick aus grünen Augen. Sie zerrte ihm die Flasche aus der Hand und trank. Wenn sie es so hastig tat, würde sie sich nur verschlucken. „Trinken Sie langsamer."

Sie setzte die Flasche abrupt ab. „Darf ich *jetzt* gehen?"

Bis Raysfield waren es mindestens acht Meilen, aber das würde sie nicht davon abhalten, in der Gluthitze loszumarschieren. „Ich halte Sie nicht auf."

Sie rappelte sich auf die Füße, schwankte einen Moment und fing sich ab. Beherzt raffte sie ihr Kleid und marschierte los.

„Klettern Sie den Hügel hinter der Hütte hinauf." Er stand auf und klopfte sich den Staub von der Hose. „Wenn Sie oben sind, halten Sie sich westlich. Nach ein paar Meilen finden Sie die Straße. Die führt Sie nach Raysfield."

Irgendwann würde sie wieder Durst bekommen. Er

gönnte ihr einen Vorsprung, bevor er sich daran machte, ihr zu folgen.

Stunden später brummte ihm der Schädel von der Hitze. Seine Füße kochten in den neuen Bostoner Stiefeln. Die Zunge klebte ihm am Gaumen. Nur ab und zu hatte er etwas Wasser genippt. Irgendwann musste sie Durst bekommen. Unermüdlich setzte sie einen Schritt vor den anderen. Langsamer war sie geworden. Zumindest hielt sie sich an seinen Rat. Sie hatte die Straße gefunden und folgte ihr in westlicher Richtung.

Er wischte sich den Schweiß von der Stirn. Das Buch, das Rick ihm überlassen hatte, steckte im Bund seiner Hose. Bei jedem Schritt stachen ihm die Ecken in den Bauch. Oh ja, McLain hatte seine Zeit verschwendet. Lesen lag ihm nicht. Das einzig Gute an einem Buch waren ein oder zwei leere Seiten, die man zum Zeichnen benutzen konnte. Er war versucht, das quälende Ding herauszuzerren, nur um zu sehen, wie weit er es werfen konnte. Und er war bereit, es sich anzusehen, sobald er die Biegung in der Straße hinter sich gebracht und die Frau wieder im Auge hatte.

Verdammt! Die Straße flimmerte verlassen in der Hitze. Er hätte die Entfernung geringer halten sollen. Und er hätte sie zwingen sollen, mehr zu trinken.

Da. Das Blau ihres Kleides leuchtete im Schatten eines Ahorns. Er lief zu ihr und kniete sich bei ihr nieder. Eine Biene summte neben ihrem Ohr. Er strich sie vorsichtig weg. Dann schob er seine Hand durch die Masse weicher Locken unter ihren Nacken und stützte ihren Kopf. Er setzte die Flasche an ihre Lippen. „Trinken Sie."

Ihr Mund öffnete sich. Wasser lief in dünnen Fäden über ihr Kinn.

„Sehen Sie, war gar nicht nötig, so stur zu sein."

Er setzte die Flasche erneut an, doch die Frau rollte sich im Gras zusammen und schloss die Augen. „Lassen Sie mich in Frieden, bitte."

„Kann ich nicht." Sie brauchte einen kühlen Ort und Wasser. Mehr als der Tropfen, der noch in der Flasche gluckste. Ihre Stirn fühlte sich trocken und kühl an unter seiner Handfläche. Die Sonne hatte ihren Nasenrücken verbrannt. Doc Wiley würde ihr dafür eine Salbe geben.

„Sie haben einen Hitzschlag, und Sie brauchen einen Arzt. Können Sie aufstehen?" Er würde sie eine gute Meile tragen müssen, wenn er die hüglige Abkürzung wählte, zwei, wenn er der ebenen Straße folgte. Beides unsinnig. Selbst Jules war inzwischen zu schwer, um sie mehr als nur ein paar Meter zu tragen.

Er blinzelte in die Sonne. Der Ahorn würde ihr noch eine gute Stunde Schatten spenden. Sie sah friedlich aus, wie sie da lag, mit ihren Haaren wie ein Fächer um ihren Kopf. Es war ihm nicht wohl dabei, sie allein zu lassen.

„Ruhen Sie sich aus. Ich hol den Doc."

Alvas Buch

Kapitel 6

Ihr war kalt. Belle raffte die Wolldecke, die Charles Wiley ihr umgehängt hatte, unter dem Kinn zusammen. Sie saß auf einer Pritsche, die mit weißen Leinen überzogen war. Es roch nach Kräutern und Tinkturen.

Hinter der gläsernen Front eines Mahagonischranks reihten sich Fläschchen und Dosen aneinander. Am Fenstertisch türmten sich Bücher um ein Mikroskop. Alva hatte ein solches Instrument besessen und sie hindurchsehen lassen. Dem Schreibtisch fehlten nur die Steine und die Veilchen und die halbgegessenen Haferkekse.

Wasser plätscherte in eine Porzellanschüssel. Charles Wiley krempelte die Hemdsärmel bis zu den Ellbogen hoch und tauchte die Hände ins Wasser. Auf seiner Stirn glänzte eine feine Schicht Schweiß. Er hatte sie vom Wagen ins Haus getragen, als offensichtlich wurde, dass sie keinen Schritt mehr allein setzen konnte.

Alvas Buch

Der Arzt zog einen Stuhl über den Holzboden und ließ sich auf Höhe ihrer wunden Füße nieder. Er lächelte, um ihr Mut zu machen. Als er ihr die Schuhe auszog, biss sie die Zähne aufeinander. Tante Ophelias Reisegeschenk hatte ihr das Fleisch von den Fersen gerieben. Sie klagte Ophelia nicht des Kalküls an. Niemand erwartete, dass die Füße einer Frau in solche Dimensionen wuchsen.

Mit den Strümpfen zerrte Charles Wiley Hautfetzen von ihren Fersen. Den Schmerz ertrug sie. Über der Scham, dass er ihre riesigen Füße begutachtete, stieg ihr Hitze in die Wangen. Der Doktor bemerkte es nicht, seine Aufmerksamkeit galt ihren zerschundenen Fersen. Furchtbar sahen sie aus, roh und blutig.

„Sind Sie Annabelle Stanton?"

Ihr Herz krampfte. Wenn er ihren Namen kannte, wusste er auch um die Geschehnisse.

„Ihre Familie macht sich große Sorgen." Er wählte ein Fläschchen brauner Tinktur aus dem Wandschrank. Ihre Fersen pulsierten von der schmerzhaften Behandlung, und sie genoss die Pause in der Tortur.

„Ich habe Julia geschickt, um Hayward von Ihrer Ankunft in Kenntnis zu setzen."

Sie musste ihnen begegnen, früher oder später. Sie wünschte, es wäre später. Viel später. Wenn die blauen Flecken auf ihrem Hals verschwunden waren. Wenn sie sich nicht mehr schämen musste.

„Wissen Sie, wer die Männer waren? Erinnern Sie sich an einen Namen?"

Nur einen. *Brody.* Ein stinkender Mann mit fauligen Zähnen.

Charles Wiley tränkte ein Tuch mit der braunen Tinktur.

Sie zuckte zusammen, als ihr die Flüssigkeit ins Fleisch brannte.

„Ich weiß, es tut weh."

Der Doc blieb still, während er ihre Wunden mit weißen Leinenstreifen verband. Dann sah Charles Wiley sie an, mit einem Blick, der sie ganz taub machte. „Wurde Ihnen wehgetan?"

Hinter dem Doktor hing ein Blatt mit immer kleiner werdenden Buchstaben an der Wand. Die unterste Reihe konnte sie nicht einmal mit zusammengekniffenen Augen lesen. *Es ist besser, wenn die Kerle da draußen glauben, ich hätte es getan.*

„Miss Stanton?"

Ein dumpfer Schmerz pochte hinter ihrer Stirn. Belle schloss die Augen. Ihr schwindelte. Er hatte eine Brigg gezeichnet, so wunderschön, und ihren Ammoniten. Sein Gewicht erdrückte sie. Sie konnte nicht atmen. Sich nicht bewegen. Sein Körper presste sie in den Boden und sie hatte sein Verlangen spüren können. Die Bäume hatten darüber getuschelt, als sie durch die Hitze marschierte. Erst war ihr Flüstern nur ein feines Surren in ihrem linken Ohr, doch es wurde lauter, mit jedem Schritt, den sie tat.

„Miss Stanton?"

Der Zeichner hatte ihr nicht angetan, was die Männer von ihm erwarteten. Vernunft sagte ihr, dass sie ihm Dank schuldete, doch die brennende Wut in ihrem Magen wollte ihm das Herz aus der Brust reißen.

Von draußen drang der dumpfe Hufschlag eines Pferdes. Reitstiefel hieben auf den Boden. Einen Moment später hämmerte eine Faust gegen die Tür.

„Einen Moment." Charles Wiley räumte die blutigen

Alvas Buch

Leinen beiseite und suchte eine kleine, hölzerne Dose aus dem Mahagonischrank. „Geben Sie das auf Ihren Sonnenbrand." Erst dann öffnete er die Tür.

Winston Haywards Gesicht glühte puterrot. Eine sandfarbene Haarsträhne stand ihm steif von der Stirn. Er klickte die sporenbesetzten Hacken zusammen und verbeugte sich mit einem Ruck. „Miss Annabelle. Ich bin sofort hergeeilt, als ich erfahren habe, dass Sie gefunden wurden. Wir waren außer uns vor Sorge. Ihre Cousine ist am Boden zerstört."

Sein Blick fiel auf ihre Füße. Sie wollte die Wolldecke darüber werfen, erinnerte sie sich dann aber an den Zustand ihres Kleides. „Es geht mir gut, Winston."

Sein Blick eilte zu Doktor Wiley.

„Miss Stanton ist wohlauf. Sie hat einen Hitzschlag erlitten, aber das wird sich mit etwas Ruhe beheben lassen. Ich erwarte, dass Sie dafür sorgen."

„Selbstverständlich, Doktor." Winston verbeugte sich scharf. Dann senkte er die Stimme, als würde sie ihn nicht hören können. „Kann ich Sie sprechen, Charles - draußen?"

Der Arzt lächelte milde. „Natürlich, Mr. Hayward."

Die Männer ließen sie allein. Zumindest konnte so niemand ihre Füße anstarren. Sie nahm einen tiefen Atemzug. Sie war daran gewöhnt, dass man über sie sprach und nicht mit ihr. Ihr Geisteszustand war delikat. Das flüsterte Tante Ophelia ihren Bridgefreundinnen über den Spieltisch zu.

Die Tür öffnete sich. Ein Mädchen trug ein Glas Wasser herein. „Onkel Charles sagt, Sie sollen alles austrinken."

Das Wasser war kalt und eine Wohltat für ihren ausgetrockneten Hals. Sie trank in kleinen Schlucken. Die

Alvas Buch

Kleine kletterte auf den Schreibtischstuhl und legte das Kinn auf der Lehne ab. Sie war von zarter Gestalt, mit feinem blondem Haar und bergseeblauen Augen.

„Soll ich Ihnen etwas zeichnen?"

Die Frage überraschte Belle. „Nun, wenn du magst. Gern."

Das Mädchen zauberte Blatt und Bleistift hervor. Es setzte jede Linie, wo sie hingehörte. Kein Zögern, keine Suche nach dem richtigen Winkel. Ein paar schnelle Linien und die Form eines Blauhähers erschien. „Mögen Sie Vögel?"

„Ich mag ... Ahornbäume."

„Oh, soll ich Ihnen lieber einen Ahorn malen?"

„Ich mag deinen Vogel sehr gern." Sie hatte das Tier schon einmal gesehen. In einem Zeichenbuch.

„Das ist ein Blauhäherweibchen", sagte das Mädchen. „Sie nisten hinter unserem Haus. Sie sind wunderschön. Vielleicht bringt Pa mir richtige Farben aus Boston. Dann kann ich den Häher blau malen, so wie er wirklich ist."

Belles Herz setzte einen Schlag aus. *Pa?* Der Zeichner war ihr Vater? Sie erinnerte sich an die Präzision, mit der er den Bleistift führte. Seine Hände. Da war etwas Sanftes in seinen Bewegungen gewesen, doch als seine Finger sich um ihren Hals geschlossen hatten, war nichts mehr sanft. Sie schluckte gegen die Lebendigkeit der Erinnerung.

„Miss?" Die Kleine gab ihr einen besorgten Blick."

Belle raffte sich zu einem Lächeln auf. Es war nicht nötig, dem Mädchen Kummer zu bereiten.

Das Klicken von Sporen näherte sich der Tür. Charles Wiley trat ein, hinter ihm Winston, sein Gesicht noch immer rot. Zwischen den Männern pulsierte die Gereiztheit eines Streits.

„Doktor Wiley ist so nett und leiht uns seinen Wagen." Winston begutachtete ihre Füße. Er wandte sich abrupt an den Arzt. „Kann sie laufen?"

„Das werden wir gleich sehen."

Sie schenkte dem Arzt ein dankbares Lächeln und rutschte von der Pritsche herunter. Zwar nicht elegant, so konnte sie laufen, auch wenn sie wie eine Ente aus Charles Wileys Praxis watschelte.

*** *** ***

Jon schloss die Augen. Er roch Seife und spürte die Glätte sauberen Bettleinens unter der Haut. Baden hätte er sollen. Er stank nach Schweiß, aber das machte nichts. Die Laken wurden nach jedem Gast getauscht.

Die Matratze bewegte sich. Sie brachte seinen Körper zum Schaukeln wie die kleinen Boote im Bostoner Hafen. Jede Woge wippte ihn tiefer in den Schlaf.

„Wie ist das passiert?"

Er zwang die Augen auf. Clara steckte die Finger durch das Loch in seinem Hemdsärmel. „Soll ich es für dich nähen?"

Er schüttelte den Kopf. Clara war unabhängig in ihren Geschäften. Sie bestimmte ihre Zeiten und war frei in der Wahl ihrer Kunden. Sie bot Wein und Dinner. Selbst ihm - wenn er auf Verabredung kam - und das, obwohl er keineswegs zu ihren einträglichen Kunden gehörte. Die Geranien, die sie im Garten anbaute, kosteten zehn Dollar den Topf und mussten mit der Kutsche gebracht werden. Sein Tarif bezahlte weder die Geranien noch die Rubine in ihrer Halskette.

„Die Kutsche ist überfallen worden." Clara legte das Hemd beiseite. „Eine Frau wurde entführt. Winston hat die halbe Stadt aufgewirbelt, um nach ihr zu suchen. Sie gehört zu seiner zukünftigen Familie."

Eine Haarsträhne fiel über Claras Brust. Er wickelte sie um den Finger. Kam Hayward auch zu ihr? Sie würde es ihm nicht sagen, selbst wenn er den Mut hätte zu fragen.

„Winston hat geschworen zu töten, sollte man ihr etwas angetan haben." Clara verdrehte die Augen. Gewöhnlich mochte er es, mit ihr über Hayward zu spotten, aber im Moment stand ihm nicht der Sinn danach.

Clara presste die Nasenflügel zwischen Daumen und Zeigefinger und nickte zur Waschschüssel hinüber. Recht hatte sie. Er hätte ein Bad nehmen sollen, bevor er sie wie von Sinnen in die Matratze drückte.

Er ließ die Locke fahren. „Es tut mir leid, wenn ich schwer zu ertragen war."

Doch er hatte nicht gewusst, wo er sonst hätte hingehen sollen. Nach Hause, zu Doc Wiley, wagte er sich nicht.

Er schwang die Beine über die Bettkante und fischte seine Stiefel unter dem Bett hervor. Sie brauchten eine Politur. Als er sich nach Clara umdrehte, fand er sie beim Durchblättern eines dünnen Heftleins.

„Früchte der Philosophie." Sie zog eine Braue nach oben. Er hatte keine Ahnung was Philosophie bedeutete. Nach Claras Blick zu urteilen, musste es unziemlich sein.

Er lief zur Waschschüssel. Das Porzellan stand auf einer Kommode, die er eigenhändig angefertigt hatte. Er ließ die Fingerspitzen über das glatte Walnussholz gleiten. Obwohl die Gerüchte anderes besagten, hatte Clara für die Herstellung nicht in der Währung ihres Geschäfts gezahlt. Er mochte sie. Ihre Laken rochen nicht nach anderen Männern und Clara selbst nicht nach Laudanum.

Er fuhr mit dem Daumen über eine Kerbe. Es sah aus, als hätte jemand mit einem Messer ins Holz geschnitten. Clara ging sorgsam mit ihren Besitztümern um. Ihre Gäste womöglich nicht. Er hatte Mädchen gesehen, ihrer Einkünfte beraubt, zu Brei geschlagen und zu Tode gewürgt. Männer konnten blutrünstige Bestien sein. Diese Belle tat gut daran, vor ihm davonzulaufen.

„Bin ich schwer zu ertragen?" Er drehte sich nach Clara um. „Ich meine … im Vergleich."

Sie presste die Nasenflügel zusammen. „Gewöhnlich nicht."

„Das mein ich nicht."

„Ich weiß." Clara schlüpfte in einen seidenen Morgenmantel und nahm sein Hemd vom Bett. Sie schob ihn zur Tür. Er bekam das Heft und einen Blick, der ihm sagte, dass es Geheimnisse gab, die sie für sich selbst zu bewahren wünschte.

„Geh jetzt."

Alvas Buch

Kapitel 7

Durch das geöffnete Fenster drang das Rattern der Wagen, der Geruch der Pferde und die Stimmen von Raysfields Bewohnern. Der Ammonit lag schwer in Belles Hand, als sie auf ihrem Bett in Winston Haywards Haus im Licht der hochstehenden Sonne saß.

Ihr Gepäck war gerettet, ihre Kleidung gesäubert und das blaue Kleid wiederhergestellt. Cathy, das Hausmädchen, hatte es vor ein paar Minuten vom Schneider geholt und an den Wandschrank gehängt. Dem Kleid war kein Schaden mehr anzusehen, sie konnte es noch immer tragen. Nur Ophelias Schuhe würde sie nie wieder anziehen. Sie standen unter dem Tisch mit der Waschschüssel, auf Hochglanz poliert. Belle verspürte den Wunsch, sie zu packen und unter das Bett zu stopfen, ganz nach hinten, wo es dunkel und staubig war und ihnen das polierte Grinsen im Halse stecken bleiben würde.

Alvas Buch

Ihre Füße heilten gut. Sie hatte die Bandagen abgenommen und trug wieder Strümpfe. Die Abdrücke auf ihrem Hals waren durch ein Farbenspiel gegangen und verbanden sich allmählich mit ihrem natürlichen Hautton. Die Haut auf ihrer sonnenverbrannten Schulter blieb dunkler. Eine scharfe Linie trennte sie vom restlichen Weiß. Tante Ophelia würde darüber die Hand vor den Mund schlagen. Belle hatte nicht damit gerechnet, Tante Ophelia so schnell wiederbegegnen zu müssen.

Die Spirale des Ammoniten verschwamm vor ihren Augen. Onkel Alvas Buch befand sich in den Händen dieser Barbaren, und sie konnte keine Möglichkeit erdenken, es jemals wiederzuerlangen. Also doch Clifton Springs.

Ein Klopfen an der Tür ließ sie den Kopf heben. „Miss Belle? Darf ich reinkommen?"

Julia Cusker war inzwischen regelmäßiger Gast im Hause Hayward. Die Kleine überwachte ihre Genesung. Belle hoffte nur, dass Doc Wiley ihr nicht schon wieder eine dieser Salben für ihre wunden Fersen mitgegeben hatte. Die letzte stank gar fürchterlich. „Komm rein."

Julias Augen leuchteten auf, kaum dass sie zur Tür herein war. „Ist das ein Ammonit? Pa hat mir ein Bild gezeigt. Er sagt, es ist keine Schlange, obwohl es aussieht wie eine."

„Sagt er das?" Belle hatte dutzende Geschichten über Jonathan Cusker vernommen. Stolz und Bewunderung ließen Julias Augen leuchten, wann immer sie von ihm sprach. Die Geschichten besänftigten Belles Angst und schürten gleichzeitig ihre Wut. Jon Cusker mochte ihr Leben gerettet haben, aber er hatte kein Recht gehabt, sie dabei derart zu ängstigen.

Alvas Buch

„Geht's Ihren Füßen besser?"
„Ja, dank dir und Doktor Wiley."
„Kommen Sie dann heute mit auf einen Spaziergang?" Julia streckte den Kopf nach einem Paar getragener Männerstiefel aus, die sie ihr ein paar Tage zuvor mitgebracht hatte. „Es macht ihm wirklich nichts aus. Pa hat sich neue Stiefel in Boston gekauft, und er zieht sie nicht mehr aus."

Vermutlich hatte er deshalb den Verlust seines alten Paares nicht bemerkt.

Julia holte die Stiefel heran. „Probieren Sie sie doch mal an."

Belle schob ihren Fuß hinein. Die Stiefel passten wie angegossen. Sie seufzte still. Ihre Füße füllten Männerstiefel aus. „Sie sind ein bisschen groß."

„Stopfen Sie was rein."

„Nun - ich denke, es wird schon gehen."

Sie verstaute den Ammoniten in der Schublade und fasste nach Julias dargebotener Hand.

„Bei Murray gibt es Zuckerstangen." Julia zog sie die Stufen hinab. „Mögen Sie Zuckerstangen?"

Aus der Küche klang das Scheppern von Töpfen und das Geschnatter der Hausmädchen. Beides verstummte, sobald sie die Tür passierten.

„Oh, Miss Stanton. Gehen Sie aus?"

Sie nickte den Mädchen zu.

„Mittagessen wird heute um ein Uhr serviert. Mr. Hayward wünscht sich herzlichst Ihre Teilnahme."

„Ich werde pünktlich sein."

Die Mädchen hatten ihr zerrissenes Kleid und die Abdrücke auf ihrem Hals gesehen. Sheriff Bakerson war zu ihr gekommen, um ihr Fragen zu stellen, während Winstons Absätze vor der Tür über die Dielen klickten.

Nein, die Männer hatten ihr nichts angetan, ihr Kleid muss sie sich am Gestrüpp zerrissen haben. Nein, Mr. Hobson muss die Gegebenheiten missverstanden haben, der Mann aus der Kutsche war nicht am Überfall beteiligt. Ja, sie hatten sie einfach gehen lassen und wie sollte sie die Beweggründe einer Gruppe Banditen erklären können? Würde der Sheriff ihr nun etwas Ruhe gönnen?

Sheriff Bakerson gönnte ihr Ruhe. Im Gegensatz zu Winston hielt er seine Frustration hinter einer unbeweglichen Miene versteckt. *Cusker ist ein Gauner,* hatte sie Winston sagen hören.

Julia führte sie durch Winstons Garten hindurch, wo Lilien ihren aromatischen Duft verbreiteten, hinaus auf Raysfields Hauptstraße, wo der Duft sich mit Pferdemist und der gelegentlichen Brise ungewaschenen Mannes mischte.

Karren ratterten über die staubtrockene Straße. Menschen schlängelten sich hindurch, wichen Pferdeäpfeln und Reitern aus. Wortfetzen und Rufe drangen an ihr Ohr und über alles hinweg läuteten die Kirchenglocken zur Mittagsstunde.

Belle erhaschte einen Blick auf den Hochzeitspavillon. Sarah trug ein feines Lächeln ihm Beisein ihres Verlobten. War er nicht zugegen, hatte sie nur hässliche Worte für ihn. Dabei war diese Ehe nicht das schlechteste Arrangement, das Sarah geschehen konnte. Winston war ein Mann, den man lernen konnte zu lieben und wenn das fehlschlug, Respekt und Dankbarkeit entgegenbringen. Ein Leben in Raysfield, weit entfernt von Tante und Familie, ohne Tanzbälle und Opernbesuche, war eine Vision, der ihren Gefallen fand. Ginge es um sie, sie wäre zufrieden.

„Da ist mein Pa!" Julias Hand rutschte aus der ihren und die Kleine preschte voran.

Der Zeichner spazierte die Stufen des Gemischtwarenladens herunter, zwei Zuckerstangen in der Hand. Er begrüßte seine Tochter mit einem sanften Streicheln über den Kopf und gab ihr eine der Zuckerstangen. Dann kamen die beiden auf sie zu.

Ihr Herzschlag beschleunigte sich.

„Jonathan Cusker." Er nahm den Hut ab und blinzelte gegen die Sonne. „Ich sehe, es geht Ihnen gut."

Feine Linien umschlossen seine Augenwinkel. Er sah fast harmlos aus. „Es geht mir gut. Danke. Die Temperaturen sind jetzt viel erträglicher."

„Sie hätten die Wasserflasche annehmen sollen."

„Ich war nicht durstig."

Sein Blick fiel auf die Stiefelspitzen, die unter ihrem Rocksaum hervorlugten. Die Schuhe passten ausgezeichnet, sie zwickten nicht, und sie scheuerten ihr auch nicht die Haut von den Fersen. Ein Paar Stiefel war das Mindeste, das er ihr schuldete.

„Miss Stanton." Er setzte den Hut auf und fasste nach Julias Hand. Die beiden spazierten davon. Hin und wieder sah Belle Julias blonden Schopf zwischen den Passanten aufblitzen. Die beiden stoppten vor dem Barbier und Mr. Cusker ließ sich auf ein Knie nieder, um zu seiner Tochter zu sprechen. Das Mädchen nickte eifrig, wirbelte herum und stand einen Augenblick später erneut vor ihr.

„Pa möchte Sie am Mill Creek treffen. Morgen."

In Julias Welt schien dies eine vollkommen akzeptable Art, ein Treffen zu arrangieren. Belle warf einen Blick über den Kopf des Mädchens hinweg. Jonathan Cusker war verschwunden.

„Ich hol Sie nach der Schule ab und zeig Ihnen den Weg."

Julia flitzte davon, drehte aber nach drei Schritten auf den Hacken um. „Und ich soll sagen, Sie können die Stiefel behalten."

*** *** ***

Jon saß im Schatten einer Birke und blätterte durch die Seiten eines dünnen Büchleins. Das Plätschern des Mill Creeks im Ohr mühte er sich, Buchstaben aneinanderzufügen. *Früchte der Philosophie.*

Inzwischen verstand er, was Philosophie bedeutete. Er lernte etwas kennen, das sich *animalcules* nannte. Wurmähnliche Kreaturen, die in seinen Hoden lebten. Es beunruhigte ihn, dass etwas in ihm herumkrabbelte, insbesondere an derart delikater Stelle, doch er verstand, dass es allein diese winzigen Biester waren, die einer Frau zu einem Kind verhalfen.

Ein paar Seiten studierte er mit angenehmerem Gefühl. Offenbar gab es jeden Monat eine Zeit, in der eine Frau auch ohne Vorkehrungen sicher war vor einer Schwangerschaft. Der Schreiber des Werks meinte, dass Tagezählen alles war, was man tun musste und Zählen ging ihm leicht von der Hand, leichter als Lesen.

Das Buch war kein Stoff, den man zum Tee las. Miss Stantons stille Wasser spülten über schlammigen Grund.

Er bezweifelte nicht, dass sie zum Mill Creek kommen würde. Als sie ihm auf der Straße begegnet war, summte der Wunsch nach Vergeltung wie ein Bienenschwarm unter ihrer Haut. Sie wollte ihm noch immer den Schlag verpassen, den er ihr in der Hütte nicht gestattet hatte, doch auf Raysfields Straßen lauschten zu viele Ohren, um Annabelle Stanton zu erlauben, es mit ihm auszutragen.

Zweige knackten. Eine Kinderstimme mischte sich mit dem Rauschen der Birkenkronen. Julia wies Miss Stanton den Weg, dann lief sie davon.

Er legte das Buch im hohen Gras ab und stand auf. Ein Stein pikte ihm in den weichen Teil der Fußsohle. Er hatte ihn schon einmal belästigt, als er am Morgen in die Bostoner Stiefel schlüpfte. Sein Plan, dem feinen Leder Ruhe zu gönnen, war an Julias Großzügigkeit gescheitert. Er schlenkerte den Fuß nach vorn, um den Stein an eine Stelle zu befördern, an der er nicht störte.

Annabelle Stanton stoppte, als sie ihn entdeckte. Der anderthalbmeilige Marsch hatte ihr einen rosigen Teint verschafft.

„Was wünschen Sie von mir, Mr. Cusker?"

In ihrem Blick blitzte die gleiche Kampfbereitschaft, mit der sie ihn in der Hütte bedacht hatte - bevor er das Messer zog. Besser er kam sofort zur Sache. „Ich denke nicht, dass ich Ihre Vergebung erbitten muss, aber ich verstehe, dass Sie Derartiges erwarten."

„Ich bin nicht dumm, Mr. Cusker. Mir ist bewusst, dass ich in Ihrer Schuld stehe."

Die Sonne hatte ihre Haut gebräunt und ein Feld von Sommersprossen über ihren Nasenrücken gesät. „Also sind wir quitt?"

„Wohl kaum, auch wenn Sie mich nicht um Vergebung bitten müssen, schulden Sie mir die Ausgaben für die Reparatur meines Kleides. Es war nicht nötig, es zu zerstören."

„Es war nötig." Er kickte einen Stein beiseite und schob die Hände in die Hosentaschen. „Diese Kerle können Angst riechen. Sie mussten es fühlen. Sie mussten überzeugend sein."

„Sie hätten mir die Angelegenheit unterbreiten können. Ich hätte mich gefügt."

„Ich habe Ihnen die Angelegenheit unterbreitet, wie ich es für angemessen hielt."

„Ich verstehe."

Seine Vorgehensweise mochte nicht die klügste gewesen sein, aber sie hatte ihren Zweck erfüllt. „Bei allem gebotenen Respekt, Miss Stanton, Sie sind unverletzt, nicht wahr? Ich hab Ihnen keine Knochen gebrochen, ich hab Sie nicht entehrt. Ich hab nichts getan, wofür ich mich entschuldigen müsste."

„Oh, haben Sie mich deswegen hergebeten? Um mir Ihren noblen Charakter darzulegen?"

Für einen Moment wünschte er, sie Brody überlassen zu haben. Er wollte nur zu gern wissen, ob sie den gleichen Ehrgeiz aufbringen würde, diesem Kerl eine Entschuldigung abzunötigen. Schwierig mit eingeschlagenen Zähnen.

„Nicht dafür, nein." Er zerrte das Buch aus dem Gras. „Ich nehme an, Sie möchten das hier wiederhaben."

Ihre Augen weiteten sich beim Anblick der Lektüre. Sie zog ihm das Buch vorsichtig aus der Hand. Mit den Fingerspitzen folgte sie den Buchstaben des Titels. Als sie das Wort Philosophie erreichte, färbten sich ihre Wangen dunkelrot wie Doc Wileys Portwein.

„Quitt." Er tippte an den Hut und schritt an ihr vorbei. Der schmale Pfad brachte ihn dicht genug, damit der warme Duft des Lavendels ihm in den Kopf steigen konnte.

„Bitte, Mr. Cusker. Warten Sie einen Moment."

Er stoppte.

„Haben Sie jemanden vom Zustand meiner Cousine unterrichtet?"

Also war diese Sarah tatsächlich schwanger. „Nein."

„Ich wünsche, dass es so bleibt."

Und Winston Hayward nicht der Vater. „Selbstverständlich."

Er bemerkte eine leichte Veränderung in Annabelles Haltung, eine Versteifung der Schultern, und er wusste genug von ihr, um argwöhnisch zu werden. Sie drückte das Buch gegen die Brust und streckte ihm das Kinn entgegen. „Im Ausgleich dafür werde ich niemanden von Ihrer Beteiligung an dem Überfall in Kenntnis setzen."

Es dauerte eine Weile, bis Miss Stantons Worte ihren absurden Sinn enthüllten. „Meine was?"

„Ich nehme es als gegeben hin, dass Sie mit diesen Männern bekannt sind."

Warum hatte sie dem Sheriff nicht davon erzählt? Sie hatte Bakerson nichts gegeben, womit er ihm hätte auf die Pelle rücken können. „Versuchen Sie, mich zu erpressen?"

„Nein. Ich möchte nur eine Einigung erreichen."

„Worüber?" Das war irrwitzig. „Hören Sie, es kümmert mich nicht, wer Ihre Cousine geschwängert hat. Es ist mir egal, ob Hayward ein Bastard untergeschoben wird. Aber eins möchte ich klarstellen: Ich hatte keinerlei Anteil an diesem Überfall. Ich habe nichts gestohlen und niemanden vergewaltigt."

Sie raffte den Rock und wollte an ihm vorbei, doch er blockierte ihren Weg mit ausgestrecktem Arm gegen den

Stamm der gegenüberliegenden Birke. Sie erstarrte, und er sah den Puls an ihrem Hals hämmern. „Wünschen Sie Rache, Miss Stanton?"

„Ich habe Ihnen bereits gesagt, dass ich in Ihrer Schuld stehe."

„Das haben Sie, und ich achte Ihre Vernunft. Doch wenn ich Ihnen ein Messer in die Hand lege, würden Sie dann noch vernünftig sein wollen?"

„Ich bin nicht von Ihrer Art, Mr. Cusker."

Sie war noch immer eine schlechte Lügnerin. Am liebsten würde sie ihm mit bloßen Fäusten zu Leibe rücken. Vielleicht war es genau das, was Annabelle Stanton tun musste. Ein Messer kam nicht in Frage, er wollte nicht sterben, aber ein Birkenzweig mochte den Zweck erfüllen. Er riss einen vom Baum ab, grün und biegsam, in der Lage einigen Schaden anzurichten. „Hier. Vielleicht verschafft es Ihnen Erleichterung, wenn Sie mir eine Tracht Prügel verpassen."

Miss Stanton starrte ihn fassungslos an. Dann presste sie die Lippen aufeinander. Sie riss ihm den Zweig aus der Hand, schleuderte ihn beiseite und raffte den Rock. Er sah die Absätze seiner alten Stiefel unter dem Rocksaum aufblitzen, bevor ihre Hand in sein Gesicht klatschte.

Die Wucht riss ihm den Kopf herum. Er blinzelte Wasser aus den Augen. Als er wieder klar sehen konnte, stürmte Annabelle Stanton durch die Bäume davon.

Hinter ihr trat Julia auf den schmalen Pfad und starrte ihn mit offenem Mund an. Sie hatte nach Hause laufen sollen, sobald sie Miss Stanton den Weg zum Mill Creek wies. Gewöhnlich befolgte sie seine Wünsche, aber gelegentlich machte sie Ausnahmen.

Er winkte sie zu sich. Sie rannte ihm entgegen und drückte sich an ihn.

„Keine Sorge", sagte er, „hat nicht weh getan."

Julia legte den Kopf in den Nacken, eine Furche des Zweifels zwischen blauen Augen. „Es blutet aber."

Er strich mit den Fingerspitzen über die schmerzende Stelle und fand Blut. „Ist nur ein Kratzer."

Seine Wange brannte wie Feuer. Was immer Miss Stanton tat, tat sie nicht mit halbem Herzen. Es war ihm ein wenig nach Lachen zumute und ein wenig danach, sie bei den Schultern zu packen und besinnungslos zu schütteln.

Alvas Buch

Kapitel 8

„Belle, du hörst mir nicht zu!" Sarah fuhr mit der Gabel in die Erbsen, die sie auf ihrem Teller zu einem Berg angehäuft hatte. „Ich sagte, ich bin froh, dass Winston nicht mit uns zu Mittag isst. Es ist einfach unerträglich, ihm beim Essen zuzusehen."

Sarah nahm an allem Anstoß, das Winston tat. Sie verabscheute seinen Gang, seinen Kleidungsstil, selbst seine Art zu atmen war ihr zuwider. Nun, Winston schmierte zu viel Öl ins Haar, aber davon abgesehen, war er ein annehmbarer Mann. Ein wenig steif vielleicht, aber immerhin wusste er sich zu benehmen. Etwas, dass man von Jon Cusker nicht behaupten konnte.

Belle zerquetschte eine Erbse zwischen den Backenzähnen. Ihr kleiner Finger schmerzte noch von dem Schlag, den sie ihm vor zwei Tagen verpasst hatte. Klug von ihm, ihr kein Messer in die Hand zu legen. Nicht auszudenken, welchen Schaden sie damit angerichtet hätte.

Sarahs Gabel klirrte auf den Teller. „Das Essen ist ungenießbar. Winston schafft es nicht einmal, eine anständige Köchin einzustellen." Sie warf die Serviette auf den Tisch und schob den Stuhl zurück. „Ich bin in Stimmung für einen Spaziergang. Kommst du?"

„Es regnet doch."

„Na und? Ich muss auf jeden Fall aus diesem Haus raus. Es erstickt mich."

Der Regen machte Belle nichts aus, doch Raysfields Straßen waren nicht weitläufig genug, um sicher sein zu können, Jonathan Cusker nicht über den Weg zu laufen. Sie war ihm dankbar für Knowlton, doch was in aller Welt musste er von ihr denken? Dass die einzige Literatur, die sie mit sich führte, blasphemischer Natur war! Sie konnte Alva kichern hören. *Wissen, Belle, schert sich nicht um delikate Gefühle.*

Belle legte das Besteck beiseite. „Ich fühl mich nicht gut. Ich glaube, ich möchte mich lieber auf mein Zimmer zurückziehen."

Sarah verdrehte die Augen. „Gott, Belle, du führst dich auf, als müsstest du diesen Trottel heiraten."

„Glaubst du nicht, dass du ihm Unrecht tust?"

„Wenn du ihn willst, kannst du ihn haben. Er braucht nur eine Frau, damit sein alter Herr ihm endlich die Papiermühle überschreibt."

Die Hochmütigkeit in Sarahs Stimme war Boshaftigkeit gewichen. Belle blickte fassungslos zu ihr auf. „Wenn du nicht vorhast, ihn zu heiraten, warum bist du dann hierher gekommen?"

Sarah stemmte die Hände in die Hüften. „Meinetwegen

lass es zu, dass Mutter dich nach Clifton Springs abschiebt, aber über mich werde ich sie nicht bestimmen lassen." Sarahs Blick glitt unter den Tisch, bevor er mit einem verächtlichen Zug in den Mundwinkeln wieder an ihr nach oben wanderte. „Was auch immer geschieht, ich werde gewiss keine Schuhe tragen, die mir zu klein sind." Sie warf den Kopf zurück und marschierte davon.

Belle starrte Sarahs wippenden Locken hinterher. Ein Stechen wollte sich in ihre Augen schleichen. Sie blinzelte hart. *Nein.* Ophelia würde gewiss nicht über sie bestimmen müssen und sie würde sich auch nicht damit plagen müssen, ihre untaugliche Nichte zu verheiraten. Belle stellte die Füße auf den Boden. Es gab ein paar Stiefel, die ihr sehr wohl passten.

Auf ihrem Zimmer holte sie den Ammoniten aus der Schublade. Zum hundertsten Male ließ Belle die Fingerspitzen über die versteinerte Form gleiten. Es war das erste Geschenk, das Alva ihr gemacht hatte. Später schenkte er ihr Steine, die sie in einer Glasvitrine sammelte. Sandstein und Quarz, Hornblende von flaschengrüner Farbe und roten Feldspat. Ihr liebstes Stück war der Rosengranit, den er ihr aus Ägypten mitgebracht hatte. Eines seiner letzten Geschenke war Knowlton.

Sie riskierte einen Blick zur Kommode. Die *Früchte der Philosophie* lagen versteckt zwischen den Schichten ihres Wollkleids. Wie, um alles in der Welt, sollte sie Mr. Cusker unter die Augen treten, ohne vor Scham zu vergehen? Und begegnen musste sie ihm, wenn Lottie das Kleid nicht umsonst geschneidert haben sollte. Cusker hatte nicht abgestritten, die Männer zu kennen. Und wenn er sie kannte, wusste er womöglich, wo sie zu finden waren. Alvas

Notizen waren ihr nicht verloren.

Wenn er Knowlton hat retten können, flüsterte sie dem Ammoniten zu, *kann er auch Alvas Notizen wieder herbeischaffen. Ich muss ihn nur fragen, nicht wahr?*

Das weise Fossil döste unbeeindruckt in ihrer Hand. Es kannte die Konsequenzen jahrhundertealter Entscheidungen und hielt den Birkenzweig ebenfalls für die vernünftigere Alternative.

Ein leises Klopfen an der Tür unterbrach ihre Gedanken.

„Miss Annabelle?"

Winston. Sie legte den Ammoniten auf der Bettdecke ab.

Winston trat ein, begleitet vom Kokosduft seines Haaröls.

„Gestatten Sie mir einen Moment?"

Rastlosigkeit umgab ihn. Er machte eine Bemerkung über den Regen, der seit dem Morgen gegen die Scheiben prasselte und lief zum Fenster, um hinauszusehen. Als sie Winston zum ersten Mal traf, hatte sie ihn gemocht. Er sprach mit Alva über Geologie, und er schätzte Huttons Theorien über die Werners. Seine Überlegungen zeugten von Scharfsinn und wissenschaftlichem Interesse. Wann immer Belle der Unterhaltung beitrat, hörte Winston ihr zu, doch wenn er antwortete, richtete er sich ausschließlich an Alva. Dass er nun zu ihr kam, offensichtlich in der Absicht ein Gespräch zu führen, überraschte sie.

Winston fuhr abrupt herum. „Ich sorge mich um Sarah. Es scheint ihr nicht gut zu gehen."

Sarahs zur Schau getragenes Lächeln hatte ihn nicht überzeugt. „Sie ist nur nervös wegen der Heirat."

„Glauben Sie?"

Winston schien wahrhaft in Sorge. Er begann, ihr leidzutun.

Alvas Buch

„Es ist mir bewusst, dass Sarah ein junges Mädchen ist und ich ein Mann mit Erfahrung, aber das …" Er überließ den Rest des Satzes ihrer Vorstellung. Ihn so beunruhigt und so falsch in seiner Annahme zu finden, nagte an ihrem Gewissen.

„Ich glaube nicht, dass das der Grund ist. Sarah braucht Zeit, um sich einzugewöhnen. Und ihr Hochzeitskleid ist noch nicht fertig. Tante Ophelia wird es von Boston mitbringen."

Es überzeugte ihn nicht, aber er schien willens, sich an den Funken der Hoffnung zu klammern. Sie war froh, dass er es dabei beließ. So leid ihr Winstons Dilemma tat, ihr Geist fand keinen Raum für seine Probleme. Er konzentrierte sich ausschließlich darauf, einen Weg zu finden, sich Jonathan Cuskers Beistand im Wiedererlangen von Alvas Notizen zu sichern.

Winston versteifte sich. „Hat Sarah einen anderen Verehrer?"

„Nein." Sie bereute, zu wenig Nachdruck in die Antwort gelegt zu haben. Winston wirbelte gereizt die Hand durch die Luft. „Was ist mit Nathanial Hollister?"

Nat Hollister war ein verzogener Bursche mit einer Schwäche für Pferdewetten. Sie hatte ihn mit Sarah tanzen sehen auf einer von Ophelias Gesellschaften. Das lag mehr als ein Jahr zurück. „Mr. Hollister hat Sarah lange keine Besuche mehr abgestattet."

Winston schien darüber nachzudenken. Dann sah er sie an, rote Flecken auf den Wangen. „Ich glaube nicht, dass Sarah die Ehe mit mir eingehen möchte."

„Hat sie Derartiges geäußert?"

„Es ist nicht ausschließlich von Bedeutung, was eine

Frau sagt. Es ist von Bedeutung, wie sie sich verhält." Er schmiss die Hacken zusammen und verbeugte sich scharf. Sie war ihm keine Hilfe, und er bereute offensichtlich, sie dessen als fähig betrachtet zu haben.

Ihre Gefühle für Winston kühlten rapide. Sie lauschte den Tritten seiner Stiefel hinterher und wartete auf das Geräusch einer sich schließenden Zimmertür.

Belle packte den Ammoniten in die Schublade, holte Jonathan Cuskers Stiefel unter dem Bett hervor und sagte dem Hausmädchen, sie würde einen Spaziergang unternehmen.

*** *** ***

Der Regen hatte aufgehört. Von oben begleitete Belle nur noch der gelegentliche Tropfen, der von einem Baum oder Häuserdach klatschte, unter den Stiefeln die saugenden Geräusche von Matsch und Wasser. Mit der Sonne erwachte Raysfield zu neuem Leben. Ladenbesitzer rückten ihre Waren wieder auf die Gehsteige hinaus, eine Gruppe Jungen fegte an ihr vorbei und wirbelte den schlammigen Boden auf.

Belle ließ die Stadt hinter sich. Doktor Wileys Haus stand eine halbe Meile außerhalb. Der weiße Anstrich strahlte im Sonnenlicht, als wäre er soeben aufgetragen wurden. Neben der Veranda blühte eine Strauchkastanie.

Der warme Duft der weißen Blüten hüllte sie ein, als sie die Stufen erklomm. Das Haus war still, Fenster und Türen verschlossen. An der Praxistür haftete eine Notiz. *Auf Hausbesuch.* Sie klopfte dennoch. Nichts rührte sich. Sie klopfte erneut.

„Der Doc ist nicht da."

Belle fuhr herum.

Jonathan Cusker stand auf der untersten Verandastufe und blinzelte gegen die Sonne. Er trug zwei Bretter unter dem Arm. Holzstaub haftete an seinem Hemd und seiner Hose.

„Ich möchte nicht zu Doktor Wiley. Ich möchte zu Ihnen."

„Zu mir?"

Ihre Handflächen fühlten sich feucht an. Sie widerstand dem Drang, sie am Kleid trockenzureiben.

„Ich möchte Ihnen danken, dass Sie mir Knowlton zurückgebracht haben." Er sollte wissen, dass er sie mit dem Inhalt des Buches nicht würde in Verlegenheit bringen können.

„Das haben Sie bereits am Mill Creek getan."

An seiner linken Wange war ein kleiner, roter Streifen. War das das Resultat ihres noch immer schmerzenden Fingers?

„Wenn's Ihnen nichts ausmacht, würde ich die hier gern loswerden." Er rückte die Bretter in eine komfortablere Position und steuerte der Scheune entgegen.

Belle rieb ihre Handflächen trocken, bevor sie zu ihm aufschloss. „Es gibt noch einen Grund, der mich zu Ihnen führt. Ich möchte Sie um Ihre Hilfe bitten."

„Meine Hilfe?" Er zog argwöhnisch die Brauen zusammen. „Die hat Ihnen das letzte Mal auch nicht gefallen."

Und das war allein Ihre Schuld. Doch sie wollte keinen Streit. „Da Sie mir eins meiner Bücher zurückgebracht haben, wissen Sie vielleicht, ob das andere noch im Besitz dieser Männer ist."

„Möglich."

„Ich möchte es wiederhaben."

Er sah sie an, als hätte sie den Verstand verloren. „Tut mir leid, aber dieses Buch ist verloren."

„Es ist kein gewöhnliches Buch. Da Ihnen die Männer bekannt sind, wissen Sie womöglich auch, wo sie zu finden sind."

Sie hatten die Scheune erreicht. Für einen Moment begegnete ihr nichts außer Dunkelheit und dem Geruch von nasser Erde und frisch bearbeitetem Holz. Aus einer fernen Ecke hörte sie das Klacken von Holz auf Holz. Allmählich konnte sie zwei leere Pferdeboxen ausmachen. Verschieden geformte Holzteile lagen am Boden der Scheune, sorgfältig auf Decken ausgebreitet. Zwei s-förmige, geschwungene Stücke erinnerten sie an die Armlehnen von Alvas Schaukelstuhl.

„Treten Sie nicht irgendwo drauf." Cusker zog einen Schemel vor eine Werkbank, auf der sich dutzende Werkzeuge tummelten. Darunter lugten Bleistiftzeichnungen hervor. Sie erkannte die Brigg aus dem Skizzenbuch und darauf ein halbfertiges Modell aus Holz. Es sah wunderschön aus.

Belle straffte die Schultern. Sie war nicht hier, um seine Handwerkskunst zu bewundern. „Das Buch gehörte meinem Onkel. Er starb vor sechs Monaten, und es ist das Einzige, dass mir noch vom ihm bleibt."

„Murrays Laden hat ein ganzes Regal voller Bücher. Deren Inhalt mag Ihren Interessen nicht entsprechen, aber ich kaufe Ihnen alle, die Sie wollen."

Sie spürte, wie ihr das Blut in die Wangen stieg. Er hatte Knowlton doch gelesen und dachte, sie war versessen auf ein weiteres Stück ruchloser Literatur. „Ich weiß, dass Sie mir nichts schuldig sind, doch bitte teilen Sie mir mit, wo ich die Männer finden kann."

Cusker verzog den Mund. „Nehmen wir an, ich sage Ihnen, wo die Männer sind. Nehmen wir an, Sie finden die Burschen. Was genau wollen Sie dann tun?"

Sie wusste nicht, was sie tun würde, doch ohne seine Hilfe war alles verloren. Mit einem Schlage wurde ihr klar, dass ihr Anliegen ganz und gar seiner Gnade unterstand. Die Erkenntnis machte ihre Kehle trocken.

„Hören Sie, Miss Stanton, ich will, dass Sie eins verstehen. Die Tatsache, dass Sie nicht vergewaltigt wurden, haben Sie nicht nur mir zu verdanken. Es hat geklappt, weil Rick es so wollte. Ein zweites Mal werden Sie vielleicht nicht so viel Glück haben."

Ohne die Hoffnung auf Alvas Buch blieb ihr nur das kalte Wasser von Clifton Springs. „Ich kann es nicht einfach verlieren."

„Diese Kerle sind nicht nur ein paar Taschendiebe. Sie sind Barbaren. Wenn Sie Pech haben, enden Sie mit ein paar Messerschnitten und einem Bastard im Bauch. Wenn Sie Glück haben, sind Sie tot, wenn die mit Ihnen fertig sind."

Tante Ophelia hatte die Vitrinen in Alvas Zimmer geleert und die Wände kahl geschoren. Sein Buch aufzugeben, hieße, ihn gänzlich auszulöschen. Keines von Cuskers Szenarien erschien ihr schrecklicher als das. „Dann will ich immer noch Alvas Buch."

Der Hocker scharrte über den Boden. Cuskers staubbedeckte Stiefelspitzen schoben sich in ihr Blickfeld.

„Mehr als Ihr Leben?"

Alvas Buch

Seine Worte sollten sie an ihre Angst in der Hütte erinnern, doch sie stemmte sich mit aller Macht dagegen. „Ja."

„Dieser Onkel - er muss ein bemerkenswerter Mann gewesen sein."

Alvas liebevolles Herz hatte sie vierzehn Jahre beschützt und sie konnte es nicht ertragen, dass es nicht mehr schlug. Eine Träne schwappte über ihre Wange.

„Selbst wenn ich die Männer finden sollte, heißt das nicht, ich komme mit diesem Buch zurück."

Hoffnung ließ sie den Blick heben. Cusker trug kein Tuch wie in der Kutsche. Unter einer silbrig-weißen Narbe, die von seinem Ohrläppchen bis zur Höhe seines Adamsapfels verlief, sah sie den kräftigen Schlag seines Pulses. Da war etwas Mutmachendes in der Regelmäßigkeit dieser Schläge. Etwas Fähiges. „Wir können es versuchen."

„Was tun Sie, wenn ich nein sage? - Erzählen Sie dem Sheriff von meiner *Beteiligung am Überfall*?"

Sie gestand ihm den Spott zu. Die Wahrheit jedoch war weitaus einfacher. „Wenn Sie im Gefängnis sitzen, bringt mir das Alvas Buch auch nicht zurück."

Er seufzte leise. „In Ordnung, Miss Stanton, aber ich möchte auch etwas von Ihnen. Wenn ich das Buch bekomme und Ihnen nichts geschieht, dann vergeben Sie mir für das, was ich in der Hütte getan habe."

„Ich habe Ihnen bereits vergeben."

„Das haben Sie nicht. Sie wären nicht hier, wenn Sie nicht glauben würden, dass ich Ihnen etwas schulde."

Erst als er nach ihren Händen sah, bemerkte Belle, dass sie sie zu Fäusten geballt hielt. Sie streckte die Finger durch.

Cusker stemmte die Hände in die Hüften. Sein Blick glitt

über die verstreuten Teile des Schaukelstuhls. „Bevor wir gehen, muss ich diesen Stuhl fertigstellen. Können Sie ein Pferd besorgen?"

Sie nickte.

„Gut. In drei Tagen. Mitternacht. Kommen Sie an den Mill Creek. Sind Sie nicht da, ist die Abmachung hinfällig."

„Danke." Weiter wusste sie nichts zu sagen. Benommen stolperte sie aus der Scheune. Als Doc Wileys Haus hinter der Kirche verschwand und die Anspannung von ihr abließ, rollten ihr vor Erleichterung Tränen über die Wangen.

Alvas Buch

Kapitel 9

Jon gab dem Schaukelstuhl einen Schwung. Sanft wiegte er sich vor und zurück. Der Stuhl war ihm gut gelungen und das, obwohl er sich kaum mehr konzentrieren konnte, seit Annabelle Stanton hier aufgetaucht war und ihn dazu gebracht hatte, einer Dummheit zuzustimmen.

„Eine wunderbare Arbeit." Charles stellte den Arztkoffer auf der Werkbank ab. „Die Frau des Bürgermeisters wird begeistert sein."

„Nur wenn sie es schafft, mich auf die Hälfte des vereinbarten Preises herunterzuhandeln."

Charles klopfte sich getrocknete Erde von den Hosenbeinen. „Das macht sie nur, weil sie weiß, dass du den Rest des Geldes ihrem Ehemann beim nächsten Farospiel abnimmst."

Das war gewöhnlich wahr, nur dass er nicht so bald gegen den Bürgermeister würde spielen können. Als er vor zwei Tagen sah, wie Annabelle Stanton ihre Fingerknöchel gegen Charles' Haustür hämmerte, wusste er, dass Unheil in der Luft lag. Sie hatte diesen Zug der Entschlossenheit in der Haltung, vor dem er gelernt hatte, sich in Acht zu nehmen.

Charles ließ mit einem Seufzer von den Hosen ab. Er hatte wieder einmal den halben Tag darauf verwendet, der alten Witwe Ballard zu erklären, dass man einen schmerzenden Rücken nicht damit kurierte, den Arzt die Steckrüben pflanzen zu lassen.

Jon stoppte das Schaukeln des Stuhls. „Ich glaub, ich werd eine Weile unterwegs sein."

Charles runzelte die Stirn. „Warum? Du bist gerade erst nach Hause gekommen."

„Miss Stanton - ich schulde ihr etwas."

Er hatte es nicht fertiggebracht, ihr abzusagen. Da war diese Leidenschaft, mit der sie sich ihm entgegenstellte und da war die Sonne, die in die Scheune kroch und ihr Haar bernsteinfarben leuchten ließ, der Duft von Lavendel, den er atmen konnte, als er bei ihr stand.

Charles verschränkte die Arme vor der Brust. „Und was, wenn ich fragen darf?"

„Rick hat das Buch ihres Onkels mitgehen lassen. Sie will es zurück."

Charles' Züge wurden hart. Er hatte McLain niemals zu Gesicht bekommen, doch was er von der Bande wusste, genügte ihm, sie für Teufelsbrut zu halten.

„Jon, du hast geschworen, dich nie wieder mit der Bande einzulassen."

„Ich hol nur ein Buch. Ich hab nicht vor, mit denen zu leben."

„Was wollte McLain von dir? Er muss gewusst haben, dass du in dieser Kutsche sein wirst."

„Mich warnen, Jules nicht nach Boston zu bringen."

„Warum?"

„Das spielt keine Rolle. Ich bring sie nicht hin."

Charles riss entgeistert die Augen auf. „Wann hast du das entschieden?"

Als er sie aus der Krippe nahm, während ihre Eltern tot auf dem Boden lagen.

Vor acht Jahren hatte er dem Doc die Tür eingerannt, mit einem Baby, das weder essen noch trinken wollte und dessen Haut so heiß war, dass die Hitze durch seine Hemdsärmel brannte. Ohne die Disziplin des Doktors hätte er kein kleines Mädchen aufziehen können. Er hätte nicht gewusst, womit er sie füttern sollte und was ihr Schreien bedeutete und diese Zeit, in der sie einfach nicht aufhören wollte zu husten.

Er fischte zwei zusammengefaltete Papierseiten aus dem Bauch der Brigg und reichte sie an Charles. „Falls mir etwas passiert, zeig ihr das."

McLains Absichten beunruhigten ihn nicht. Aber wo McLain war, da war Brody. Die Gegenwart des Kerls ließ ihm noch immer das Blut gefrieren. Als er ein Junge gewesen war, wachte er eines Morgens mit einem von Brodys Messern am Hals und einem an seinen Eiern auf, und nur Ricks Intervention hatte ihm den Hals und die Eier gerettet.

Charles griff zögernd nach den Seiten. Er faltete das Papier auseinander, betrachtete ein Haus und das Porträt eines Mannes. „Wer ist das?"

„Ihr Großvater." Ein vollbärtiger Mann mit weichen Gesichtszügen, der jeden Morgen Punkt sieben in sein Büro am Bostoner Hafen lief, begleitet von einem schlappohrigen Hund. Jules würde das Tier lieben.

„Nein", sagte Charles und legte die Seiten in den Bauch der Brigg zurück. „Du wirst es ihr sagen, nicht ich."

Wenn er mit Miss Stanton nach dem Buch suchte, dann ohne Charles' Segen. Er packte eine Decke und warf sie über den Schaukelstuhl.

„Julia gehört zu mir." Sie mochte nicht seine Augen haben oder den Teint seiner Haut. Aber sie war dennoch *seine* Tochter.

*** *** ***

Julia blieb still während des Abendessens. Gewöhnlich schwatzte sie unbekümmert daher, außer sie bemerkte, dass etwas nicht in Ordnung war und Charles' eiserne Miene machte es ihr leicht.

Jon versuchte, sie zum Reden zu ermuntern. Er stellte ihr Fragen über die Schule und die Krankenbesuche, die sie mit dem Doc unternahm. Julias Antworten blieben einsilbig. Er fragte dennoch weiter, lauter unsinnige Sachen, er wollte einfach nur ihre Stimme hören und ihre blauen Augen dazu bringen, ihn anzusehen.

Zur Schlafenszeit schickte er sie mit einem Kuss ins Bett. Nachdem Charles ihn Schachmatt erklärte, schlich er in Jules Zimmer. Die Tür quietschte leise in den Scharnieren.

„Schläfst du?" Er kniete sich neben ihr Bett.

Julia stemmte sich aufrecht und rieb sich die Augen. Sie war so klein und zart, dass es ihm Sorgen bereitete, aber der Doc meinte, sie sei bei bester Gesundheit.

„Soll ich dir vorlesen?", fragte sie schläfrig.

Alvas Buch

Manchmal las sie ihm aus Büchern vor, wenn er sie zu Bett brachte. Er mochte die Märchengeschichten, doch Julia liebte Docs schaurige Medizinbücher. „Nein, da krieg ich nur Angst."

Sie schlug einladend die Decke zurück.

„Gut. Aber nur kurz."

Gleich darauf drückte sich ihr schmaler Körper an ihn. Der Mond machte die Nacht hell, und er konnte einen Teil der Zeichnungen ausmachen, die Julias Wände belebten. Sie mochte Vögel und Katzen besonders, aber dazwischen bellte ein Hund. Er sah den Schecken, der über einen Koppelzaun sprang und den Maulwurf, der aus seinem Hügel herauslugte. Julias Wände kannten alle Tiere der Welt, auch die, die er noch nie mit eigenen Augen gesehen hatte: Giraffen, Nashörner, Kängurus. Er liebte diese Wände. Er liebte Julias Arche.

„Jules, ich werde für eine Weile weggehen."

Sie drückte sich fester an ihn. „Kann ich mit dir kommen?"

„Der Doc braucht dich doch. Wer soll ihm helfen, die Kranken zu kurieren, wenn du nicht da bist?"

„Ich werde Ärztin, wenn ich groß bin. Onkel Charles sagt, es gibt ein College nur für Frauen in Philadelphia. Kann ich da hingehen?"

„Sicher." Er musste nur einen Weg finden, dass Geld dafür aufzutreiben. Vielleicht konnte McLain ihm zur Hand gehen?

„Pa? Wie lang wirst du weg sein?" Sie kämpfte mutig, um die Tränen aus der Stimme zu halten. Tapfere, kleine Seele. Das hatte sie von ihrer Mutter. Es gab bereits eine Lüge zwischen ihm und Julia, die keinen Raum für weitere ließ.

„Es kann eine Weile dauern, Jules."

„Warum?"

„Ich muss jemandem helfen, ein Buch zu finden."

„Wem?"

„Miss Stanton. Aber du darfst niemandem davon erzählen, hörst du?"

„Ja." Sie drehte sich zu ihm herum. Ihre Augen glänzten feucht in der Dunkelheit.

„Das hier", sagte sie und schniefte, „ist deine Leber." Ihre kleinen Finger umkreisten den Ort. Hunderte Male hatte sie das getan. Er wusste sehr gut, wo sich seine Leber befand. „Und das hier ... ist deine Milz. Und das ... dein Herz."

Er schloss ihre Hand in die seine. Tränen platschten auf sein Hemd. „Schon gut, Jules, du kannst ruhig weinen."

Und das tat sie. Sie presste ihr Gesicht gegen seine Brust und schluchzte, bis sein Hemd durchnässt war und sein Herz gebrochen.

Alvas Buch

Kapitel 10

Belle genoss die träge Ruhe des Spätnachmittags. Sie saß mit Sarah auf der Terrasse, die zu Winstons Garten hin öffnete. Mit geschlossenen Lidern lauschte sie dem Summen der Insekten und dem Rattern der Karren, das von der Straße herüberdrang. Eine sanfte Brise streichelte ihre Wangen und brachte den Duft blühenden Lavendels. Sarah beschäftigte sich mit einer Nadelarbeit, und Belle hatte vorgehabt, sich Byrons Gedichten zu widmen, doch das Buch lag ungeöffnet in ihrem Schoß.

Porzellan klirrte leise, als Cathy ein Teeservice auf dem Gartentisch abstellte. „Mr. Hayward lässt ausrichten, dass er sich für das Abendessen verspäten wird."

Belle rückte aufrecht. „Danke, Cathy."

Kaum war das Mädchen im Haus verschwunden, verzog Sarah das Gesicht. „Warum heiratet er nicht einfach seine Mühle? Immerhin ist es das einzige Thema, über das er je etwas zu sagen hat."

Belle schenkte ihr Tee ein. Dass Winston so viel über seine Mühle sprach, war nicht seine Schuld. Sie hatte herausgefunden, dass es ihm leichter fiel, über seine Arbeit zu sprechen und ihn beim Abendessen mit Fragen ermuntert.

„Au!" Sarah steckte den Finger in den Mund. „Dämliche Nadel."

Sarahs Launen waren ihr vertraut, doch ihr abweisendes Verhalten Winston gegenüber erschien ihr rätselhaft. „Wenn du Winston so unerträglich findest, warum hast du einer Heirat zugestimmt?"

Sarah zuckte ungerührt mit den Schultern. „Um Nat wütend zu machen."

„Nathanial Hollister? Ist er der Vater deines Kindes?"

Sarah zog den Finger aus dem Mund. „Ja! Und da du schon fragst, ich bin mir sicher, er hat ein wundervolles Baby gemacht in dieser Nacht."

„Weiß deine Mutter davon?"

„Natürlich, deswegen hat sie es so eilig mit der Heirat. Aber das macht nichts. Es macht die Sache viel spannender."

Belle stellte vorsichtig die Kanne ab. „Welche Sache?"

Sarah lehnte sich über den Tisch. Ihre Augen leuchteten. „Also schön, Belle, ich erzähl's dir. Nat wird mich hier wegholen. Wir gehen nach New York."

Nat Hollister war der richtige Mann für ein romantisches Abenteuer, jung wie Sarah, impulsiv - und unsagbar dumm. „Sarah, das ist …"

„Aufregend, nicht wahr?" Sie sank mit einem verzückten Seufzer in den Korbsessel zurück. „Er ist wunderbar, Belle."

Alvas Buch

Sarahs Freude strahlte so unbekümmert, dass Belle es nicht übers Herz brachte, sie mit Zweifeln zu beschweren. Als sie die prächtigen Farben und aromatischen Düfte des Gartens in sich aufnahm, bedauerte sie Winston. Bisher hatte er Sarahs Launen mit Geduld ertragen, und auch wenn das nicht reichte, um ihre Zustimmung zu gewinnen, verdiente er es kaum, allein vor dem Friedensrichter zu stehen.

Belle verscheuchte das Bild. Sollte Cusker worthalten, wäre sie nicht mehr in Raysfield, wenn Sarahs Nat sein Versprechen wahr machte. Und sie wäre auch nicht hier, wenn Tante Ophelia deswegen Himmel und Hölle heraufbeschwören würde.

Sarah sprang auf und warf die Stickerei auf den Stuhl. „Sag Winston, ich hab Kopfschmerzen. Ich hab keine Lust auf seine langweiligen Mühlengeschichten."

Belle nippte von ihrem Tee. Was würde Alva sagen, wenn er von ihrem Vorhaben wüsste? Immerhin wollte sie mit einem Fremden reisen. Selbst Alva, der sie immer ermutigt hatte ein Abenteuer zu verfolgen, würde darüber seine dichten Brauen zusammenziehen.

Alva. Belle schloss die Augen und lehnte sich zurück. Der Duft des Lavendels hüllte sie ein, und sie suchte Trost in vertrauten Erinnerungen. Alva, der ihr zeigte, wie man Steine klopfte und Mineralien bestimmte, dessen Finger über Landkarten reiste und der ihr Geschichten von fernen Orten erzählte und manchmal dabei flunkerte. Sie glaubte nicht, dass in China feuerspeiende Drachen hausten und Alva tatsächlich den Eckzahn eines Vampirs in der Schublade verstaut hatte.

Das Räuspern einer Kehle schreckte sie auf. Winston

stand vor ihr. „Verzeihung, ich wollte Sie nicht erschrecken."

Er musterte den leeren Stuhl, und sie bemerkte die Enttäuschung in seinen Augen, bevor er sie wegblinzeln konnte.

„Meine Cousine lässt sich entschuldigen", sagte sie. „Sie hat sich aufgrund leichten Unwohlseins auf ihr Zimmer zurückgezogen."

Winston raffte sich zu einem Lächeln auf. Belle glaubte, neben der Enttäuschung einen Hauch von Erleichterung wahrzunehmen. „Gestatten Sie dann mir, Ihnen Gesellschaft zu leisten?"

„Sehr gern."

Auf ihre Einladung hin nahm er Sarahs Stickerei aus dem Korbsessel und ließ sich nieder. Er betrachtete das Motiv, zwei weiße Schwäne, die sich einander zugewandt in die Augen blickten, und legte es mit einem Stirnrunzeln beiseite. Dann sah er über den Garten hinweg, nach den Mückenschwärmen, die in den Lavendel- und Rhododendronbüschen schwirrten. Sein blondes Haar, dem heute das Öl fehlte, war durcheinander, als hätte er sich über den Büchern in seiner Mühle die Haare gerauft.

„Ihr Garten ist wunderschön, Winston", sagte sie, um ihm eine Ablenkung anzubieten.

Sein Blick glitt zum Ende des Gartens, zu den rotblühenden Rhododendronbüschen, die die Blicke von der Straße abschirmten. „Gefällt es Ihnen in Raysfield?"

Eine ehrliche Antwort fiel ihr nicht schwer. Raysfield war eine überschaubare Stadt voller Händler, Arbeiter und Farmer, weit weg von den Ambitionen der Bostoner Gesellschaft. Vor allem weit weg von Tante Ophelia.

Winston lachte über ihre letzte Bemerkung. Der angenehme Klang überraschte sie. Sie hatte ihn niemals lachen hören, geschweige denn ein Lächeln von ihm gesehen, das nicht den Ansprüchen der Höflichkeit verpflichtet war. Das Lachen machte ihn zugänglicher. Wäre Sarah nicht so sehr von ihrem Nat eingenommen, hätte sie es vielleicht auch sehen können.

Winstons Lachen verklang. „Annabelle, darf ich offen zu Ihnen sprechen?"

Auf seiner Stirn glänzte eine feine Schicht Schweiß, dabei war die Abendsonne bei weitem nicht mehr kräftig genug, um ihn ins Schwitzen zu bringen.

„Selbstverständlich, Winston."

„Wie Sie zweifellos bemerkt haben, ist Ihre Cousine an einer Verbindung mit mir nicht interessiert. Ich hatte gehofft, sie würde sich an den Gedanken gewöhnen, meine Frau zu sein, aber ich glaube nicht, dass das jemals der Fall sein wird."

Winstons Ehrlichkeit erstaunte sie, umso mehr, da es ihn große Überwindung zu kosten schien.

„Da es Ihnen in Raysfield gefällt", fuhr er fort, „möchte ich Sie fragen, ob Sie unter gewissen Umständen bereit wären, für immer hier zu leben?"

Für immer hier leben? Was sollte sie in Raysfield, wenn Sarah nicht Winstons Frau wurde?

„Ihre Cousine hat mir zu verstehen gegeben, dass Sie gegenüber einer Ehe mit mir womöglich nicht abgeneigt wären."

Wann in aller Welt hatte sie Sarah zu verstehen gegeben, an einer Heirat mit Winston interessiert zu sein? Zu perplex, um seine Annahme zu negieren, schien ihr

Schweigen ihn zu ermutigen.

„Sie sind eine vernünftige Frau. Ich bin mir sicher, wir könnten zu unser beider Zufriedenheit als Mann und Frau leben. Ich biete Ihnen Respekt und persönliche Freiheit. Wir können auf dem Papier verheiratet sein. Wenn Sie es wünschen, muss es keine …" Er schluckte, und sein Adamsapfel sprang hart auf und ab. „… physischen Verpflichtungen geben, wenn Sie verstehen."

Belle stieg das Blut in die Wangen. „Winston, wenn Sie nicht heiraten wollen, dann tun Sie es nicht."

Er lächelte bitter. „Ich fürchte, diese Entscheidung ist mir nicht vergönnt. Aber Sie haben recht. Wenn ich unter diesen Umständen um Ihre Hand bitte, schulde ich Ihnen Aufrichtigkeit. Mein Vater wird mir ohne Heirat die Papiermühle nicht überschreiben. Er wird sie meinem Bruder Chester überlassen, den weder harte Arbeit noch Geschäfte interessieren. Ich habe fünf Jahre in diese Mühle investiert und sie profitabel gemacht, und jetzt soll ich dabei zusehen, wie Chester sie ruiniert."

Sie bemerkte die dunklen Schatten unter seinen Augen und es schien ihr, als wäre Winston zu erschöpft, um über die Ungerechtigkeit in Rage zu geraten.

„Winston -"

„Bitte - ich weiß, dass mein Angebot Sie überrascht und Sie Zeit benötigen, darüber nachzudenken. Allerdings fürchte ich, dass ich ihnen nicht viel Zeit zugestehen kann. Ich habe heute ein Telegramm erhalten. Ihre Tante plant, morgen mit der Fünf-Uhr-Kutsche einzutreffen."

Belle erstarrte. Morgen war zu früh. Cusker erwartete sie nicht vor Mitternacht, und wäre Ophelia erst in Winstons Haus, würde Belle sich nicht hinausschleichen können.

Alvas Buch

Tante Ophelia hatte sie in Boston immer schon auf den Stufen abgefangen, wenn sie sich zu nachtschlafender Zeit aus dem Haus stehlen wollte, um ein Schiff zu finden, mit dem sie Alva hinterhersegeln konnte.

Winston erhob sich. „Sie sollen wissen, dass es nicht meine Absicht ist, Ihre Cousine zu beschämen. Sobald Ihre Tante eintrifft, werde ich einen Weg finden, die Angelegenheit auf ehrenhafte Weise zu klären." Er verbeugte sich ruckartig. „Bitte - denken Sie darüber nach."

Winstons Absätze klickten über das Parkett, bis er in seinem Arbeitszimmer verschwand. Sie blieb benommen auf der Terrasse zurück. Noch vor ein paar Tagen wäre sein Angebot ihr willkommen gewesen, doch jetzt beschwerte es ihr Gewissen. Sie konnte ihm nicht helfen, selbst wenn sie es wollte. Alvas Buch wäre ihr für immer verloren.

Alvas Buch!

*** *** ***

Jon streckte die Finger nach dem König aus. Docs rechte Braue hob sich ein wenig. Ein sicheres Zeichen, dass die Wahl des Königs eine schlechte war. Er ließ die Hand sinken. Leider war der König seine einzige Idee.

„Nimm den Springer, Pa." Julia lag ausgestreckt auf dem Boden, flankiert von einem halben Dutzend Tierzeichnungen, mit denen sie die Besatzung ihrer Arche aufstockte.

Er folgte ihrem Vorschlag, und Charles verschränkte beleidigt die Arme vor der Brust. „Ich würde es zu schätzen wissen, wenn ihr beide mich weniger offensichtlich an der Nase herumführen würdet."

Jules kicherte, und Jon dankte ihr mit einem verschwörerischen Augenzwinkern. Während sie schwungvolle Linien aufs Papier setzte, spürte Jon den Knoten in seinem Magen fester werden. Jules sollte längst im Bett sein, aber er wollte sie so lang wie möglich um sich haben. Er war mit ihr den ganzen Nachmittag am Mill Creek gewesen. Der Wind wirbelte ihr die feinen Haare um den Kopf, und sie lächelte ihn immer wieder an, wenn sie von ihrer Zeichnung aufsah. Es bereitete ihr Kummer, wenn er sie allein ließ, doch sie verlor kein Wort darüber und während der Bach an ihnen vorbeigluckste, kam es ihm so vor, als wäre es Julia, die ihn tröstete.

Charles rückte seine Dame drei Felder nach vorn. Eine Stelle, die Jon dumm vorkam. Er konnte sie mit seinem Bauer vom Feld räumen.

Er warf Jules einen fragenden Blick zu. Sie schüttelte den Kopf und begann, Grimassen zu schneiden. Er hatte keine Ahnung, was wild verdrehte Augen bedeuteten.

Charles gab ein resigniertes Brummen von sich. „Sie meint den Turm. Würdest du so freundlich sein und ihn bewegen?"

Er wollte den Turm gerade versetzen, als ein Klopfen an der Tür sie alle dazu brachte, die Köpfe zu drehen.

„Ich mach auf." Jules sprang auf die Füße und Jon lehnte sich in den Sessel zurück. Das war nicht der erste medizinische Notfall, der ihn davor bewahrte, in einem Schachspiel unterzugehen.

*** *** ***

„Miss Stanton!" Cuskers Tochter blickte sie überrascht an. Hinter ihr sah Belle in die perplexen Gesichter zweier

Männer.

„Es tut mir leid, dass ich zu so später Stunde störe, aber es handelt sich um einen Notfall."

Doktor Wiley schnellte aus seinem Sessel. „Benötigen Sie einen Arzt?"

„Oh, nein, ich ..." Sie krallte die Finger um den Henkel ihrer Reisetasche. „Kann ich bitte mit Mr. Cusker sprechen?"

Cusker kam zur Tür und legte Julia sanft die Hand auf den Kopf. „Würdest du das Spiel für mich gewinnen?"

Julia gehorchte verwirrt. Dann spürte Belle dieselbe Hand an ihrem Ellbogen und Cusker schob sie auf die Veranda hinaus. Er schloss leise die Tür und trat von ihr zurück. „Was tun Sie hier?"

Belle presste die Tasche gegen ihren Bauch. Wenig Gepäck. Das hatte er gesagt. In ihrer Tasche waren eine Wolldecke, Unterwäsche und das leichte, blaue Kleid; Knowlton und der Ammonit, ein Stück Seife, ihr Strohhut und der Kamm aus Schildblatt, der einst ihrer Mutter gehörte. Sie hoffte, dass das wenig genug war. „Ich weiß, es ist nicht Mitternacht und ich bin einen Tag zu früh, aber Tante Ophelia wird morgen mit der Fünf-Uhr-Kutsche eintreffen und wenn sie erst einmal da ist, komme ich nicht mehr ungesehen aus dem Haus."

Cuskers Blick hing auf der Tasche in ihren Händen und ihr fiel auf, dass die Knöchel ihrer Finger unnatürlich weiß schimmerten. Sie ließ etwas lockerer und holte Luft für den Rest der Wahrheit. „Außerdem habe ich kein Pferd."

„Hab ich bemerkt."

Sein kühler Ton ließ ihren Magen krampfen. „Bitte, Mr. Cusker, wenn Sie nicht zu reisen wünschen, dann sagen Sie mir, wo ich die Männer -"

Er hob warnend die Hand. „Darüber haben wir schon gesprochen. Warten Sie in der Scheune."

Bevor sie ihm danken konnte, war er im Haus verschwunden.

Belle tat, was er ihr befohlen hatte und stakte zur Scheune hinüber. Die Tür stand offen und Mondlicht zeichnete einen hellen Pfad ins Innere. In den Boxen standen zwei Pferde. Sie kannte den schwarzen Wallach des Doktors. Das andere Pferd schien eine braune Stute zu sein.

Die Teile des Schaukelstuhls waren verschwunden. Auf der Werkbank konnte sie die Brigg ausmachen. Sie stand unter vollen Segeln auf einer kleinen Halterung. *Wunderschön*.

Vor der Werkbank stand der Hocker. Sie wagte es nicht, sich zu setzen, obwohl ihr die Knie zitterten. Mit ihrem Herzschlag in den Ohren blieb sie in der Dunkelheit stehen und wartete.

Cusker erschien. Er trug eine Tasche vor sich her und stopfte irgendetwas hinein. Julia rannte hinter ihm her, und er reichte ihr Wasserflaschen. „Füll sie auf, ja?"

Die Kleine stob mit den Flaschen davon.

In ihrer Abwesenheit sattelte Cusker die Pferde, während Belle sich an ihrer Tasche festhielt und sich nutzlos vorkam.

Julia kam zurück und ihr Mund klappte auf, als Cusker den Rappen aus der Box führte.

„Sag ihm, es tut mir leid, ja?"

„Er wird sehr wütend auf dich sein, Pa."

Cusker kniete sich vor sie. „Sag Onkel Charles, dass ich mit Miss Stanton gegangen bin. Erzähl es niemand anderem. Versprochen?"

Die Kleine nickte heftig. Cusker gab ihr einen raschen Kuss auf die Stirn. „Ich bin bald zurück."

Julias Unterlippe zuckte. Sie schlang ihm die Arme um den Hals und drückte ihn mit aller Kraft, bevor sie wie ein Blitz aus der Scheune rannte.

Cusker sah ihr mit bleichem Gesicht nach. Dann erinnerte er sich ihrer und stand auf. „Die Stute gehört Ihnen."

Alvas Buch

Kapitel 11

Jon zügelte den Rappen. Das Biest war es nicht gewohnt, geritten zu werden und der Kampf hatte ihn über Nacht einiges an Schweiß gekostet. Die Angelegenheit schien nun zum größten Teil geregelt. Der Rappe testete nur noch gelegentlich, ob er nicht doch nachgeben würde.

Jon seufzte still. Charles würde ihn teeren und federn für die Mitnahme des Tieres. Der Doc brauchte den Rappen, um seine Runden abzufahren, doch um Charles würde er sich früh genug kümmern können. Außerdem war Charles nicht halb so problematisch wie McLain.

Jon stemmte sich in den Steigbügel und warf einen Blick über die Schulter. Miss Stanton war nicht unbedingt auf einem Pferderücken geboren. Zumindest fiel sie nicht herunter. Der Mond hatte die Nacht hell gemacht, um auch im Wald zügig voranzukommen. Seit ein paar Meilen trotteten die Tiere durch ein offenes Tal, an dessen östlichem

Ende ein heller Streifen den Morgen ankündigte.

Der nächtliche Ritt hatte Miss Stanton seinen Tribut abgefordert. Ihr Kinn war auf die Brust gesunken, ihr Körper schaukelte gleichmäßig im Rhythmus der Stute. Noch drei Meilen und er würde ihr ein paar Stunden Schlaf gönnen. Im Moment wollte er nur sicherstellen, dass sie nicht vom Pferd kippte und dafür musste er sie wachhalten. Er zügelte den Rappen und wartete, dass Miss Stantons Stute zu ihm aufschloss. Molly hatte einen sicheren Tritt und trug ihre Reiterin, ohne dass diese etwas dazutun musste.

Annabelles Hände lagen locker um das Sattelhorn. Zarte Finger, doch er hatte die Wucht nicht vergessen, mit der sie ihm am Mill Creek die Ohrfeige verpasste. Die abgestoßenen Spitzen seiner alten Stiefel steckten in den Steigbügeln. Die Schuhe waren alt, würden ihr aber für die Reise gute Dienste leisten. Das Leder brauchte allerdings etwas Öl.

Er gestattete sich noch einen Moment der ungestörten Betrachtung, bevor er ihr die Hand auf den Arm legte und sanft rüttelte. „Wachen Sie auf."

Sie riss die Augen auf. Es schien ihr Mühe zu kosten, sich zu erinnern, warum sie hier draußen war.

„Noch ein paar Meilen, dann rasten wir."

Er ritt eine Weile still neben ihr her, ließ ihr Zeit, ihre Sinne zu ordnen. Eine Silberspange hielt ihr Haar am Hinterkopf zusammen. Kastanienbraune Locken fielen ihr bis über die Schulterblätter. Sie war nicht nur entschlossen, sie war auch wunderschön. *Und genau deshalb hättest du sie nicht mitnehmen dürfen.*

„Was ist in dem Buch, nach dem wir suchen?", fragte er.

Miss Stanton traute der Einladung zum Gespräch nicht. Er hatte sie die ganze Nacht über angeschwiegen. Zum einen erlaubten die schmalen Waldpfade es nicht, die Pferde nebeneinander zu führen, zum anderen war er verstimmt über den frühen Aufbruch. Julia hatte nicht einmal Zeit gehabt, ihm eine Zeichnung mitzugeben.

„Die Notizen meines Onkels", sagte sie schließlich.

„Ein Tagebuch?"

„Nun", Sie zog die Stirn in Falten. „Ein Tagebuch der Welt, wenn Sie einverstanden sind, es so zu nennen."

Er wäre sicher einverstanden, wenn er wüsste, was es bedeutete.

„Geologie", sagte sie, obwohl er nicht gefragt hatte.

Geologie. Er hoffte, dass es nicht ähnlich fragwürdig war wie diese sogenannte Philosophie, über die sie auch ein Buch besaß.

„Geologie ist die Lehre von der Entstehung der Erde. Warum das alles hier ist, die Berge, die Täler, alles was Sie sehen."

Er hob den Blick zum Himmel, der einen wolkenlosen Tag versprach. Gutes Reisewetter. „Gott sprach, es werde Licht und es ward Licht?"

„Nun, vielleicht", Miss Stanton richtete sich im Sattel auf. „Was, wenn es keinen Gott braucht für all das?"

Die Idee gefiel ihm, auch wenn sie ihm unwahrscheinlich vorkam. „Kein Gott? Dann gibt es auch keinen Himmel, nicht wahr? Und ohne Himmel keine Hölle. Klingt gut."

Ein Lächeln zuckte in ihren Mundwinkeln. „Haben Sie Grund, die Hölle zu fürchten, Mr. Cusker?"

Er fürchtete eine Menge Dinge, und dabei erschien ihm die Hölle die geringste Bedrohung von allen. „Haben Sie jemandem von Ihrem Vorhaben erzählt?"

Sie schüttelte den Kopf und sank in den Sattel zurück.

„Ihrer Cousine?"

„Nein."

„Wann wird man Ihr Verschwinden bemerken?"

„Frühstück wird halb neun serviert. Spätestens dann wird man wohl bemerken, dass ich nicht im Haus bin."

Es blieben noch ein paar Stunden, bis jemand ihre Abwesenheit bemerken würde. *Bevor dir ganz Raysfield auf den Fersen ist.*

„Als Sie das letzte Mal verschwunden sind, hat Hayward die halbe Stadt aufgewirbelt, um nach Ihnen zu suchen. Sollte er uns finden, was werden Sie ihm sagen?"

Die Idee schien Neuland für Miss Stanton. „Ich ... Nun, ich werde ihm sagen, dass ich Ihre Dienste in Anspruch genommen habe, um das Buch meines Onkels wiederzuerlangen, das mir bei dem Überfall gestohlen wurde."

Die Wahrheit hatte ihre Vorteile, allerdings nicht in diesem besonderen Fall. „Nein. Sagen Sie ihm, Sie sind mit mir durchgebrannt."

Als ihr der Mund aufklappte, setzte er nach. „Geben Sie ihm Ihre Version, und er wird den gleichen Schluss ziehen wie Sie: dass ich die Männer kenne und das wird ihm genug sein, um mir für Beteiligung am Überfall die Hölle heiß zu machen."

Die Anspielung entging ihr nicht. „Warum sollte er das tun? Sie haben sich ja nicht beteiligt."

„Glaube nicht, dass Hayward das interessiert. Er kann mich nicht leiden, seit er glaubt, ich hätte ihn beim Faro beschissen."

Sie gab ihm einen zaghaften Blick. „Haben Sie?"

„Ja. Aber er kann's nicht beweisen." Hayward war der König der Dummköpfe. Es brauchte nicht viel Geschicklichkeit, ihm den letzten Penny abzunehmen.

Miss Stanton blieb still. Hin und wieder warf sie ihm kurze Blicke zu und kaute dabei unentschlossen auf ihrer Unterlippe. Endlich traute sie sich. „Wohin gehen wir, wenn ich fragen darf?"

Es hatte ihn verwundert, dass sie nicht schon längst danach gefragt hatte. „Zu Meggie. Sie wird wissen, wo McLain ist."

„Der Rothaarige?"

Er nickte.

„Dieser McLain … sind Sie mit ihm … *befreundet*? Ich meine, glauben Sie, dass er Ihnen das Buch geben wird?"

Er wusste nicht, was McLain tun oder lassen würde. „Keine Sorge, Sie bekommen Ihr Buch."

*** *** ***

Für die nächste halbe Stunde sah Belle nur seinen Rücken. Die versprochene Rast hatte er wohl vergessen.

Sie konnte noch immer kaum glauben, dass er Wort gehalten hatte. Obwohl sie zu früh gewesen war. Obwohl sie kein Pferd mitgebracht hatte.

Sein Stolz darüber, Winston beim Faro übervorteilt zu haben, amüsierte sie. Allerdings hatte sie bisher keinen Gedanken daran verschwendet, dass Winston ihr folgen könnte. Tante Ophelia kam mit der Fünf-Uhr-Kutsche. Im besten Falle würde ihre Ankunft ihn aufhalten. Ophelias Nerven zu beruhigen kostete Zeit. *Armer Winston*. Sie konnte ihn vor sich sehen, wie er sich, steif und in Schweiß gebadet, dem Sturm stellte, der ihm um die Ohren brauste. Das Bild wollte sie fast kichern lassen.

Alvas Buch

Unter dem einschläfernden Rhythmus der Stute wurden ihr die Glieder schwer. Ein Gähnen öffnete ihren Mund. Sie machte sich nicht die Mühe, die Hand davor zu halten. Ihre Augen brannten. Sie schloss die Lider. Ein zarter Wind strich ihr über die Wangen, sanft wie Alvas tröstende Hand.

„Steigen Sie ab."

Sie zwang die Augen auf und fand Cusker stehend. Er hielt die Stute am Zügel, eine tiefe Falte des Zweifels zwischen den Brauen, ob sie tatsächlich in der Lage wäre, der Anweisung Folge zu leisten.

Seine Zweifel waren nicht ungerechtfertigt. Ihre Beine fühlten sich taub an und ihre Knochen weich wie Gelee. Es gelang ihr, ein Bein über die Kuppe der Stute zu schwingen und an deren Flanke hinabzurutschen.

Erstaunt stellte sie fest, dass der Boden unter ihren Füßen nachgab. „Oh!"

Cusker packte ihren Arm. Ihre Füße fanden Halt.

„Danke." Sie spürte den Druck jedes einzelnen von Jon Cuskers Fingern durch den Wollstoff ihres Kleides. Er roch nach frischem Holz. Solange sie geradeaus blickte, sah sie direkt auf seinen Hals. Da war kein Tuch, das die Narbe verdeckte. Da war etwas Rohes in ihrem Anblick.

Cusker wandte sich ab. „Ruhen Sie sich aus."

Im Gras lag eine ausgerollte Decke. Sie stakte darauf zu. Ihre Beine fühlten sich an, als wären sie über den Bauch eines Whiskyfasses gezurrt. Und die Stelle, an der Cusker ihren Arm gepackt hatte, pulsierte von der Kraft seines Griffes. Das würde bestimmt ein blauer Fleck werden. Sie würde nachsehen - später - wenn sie die Augen wieder offen halten konnte. Sie rollte sich auf der Decke zusammen. Nur fünf Minuten ausruhen.

Ein sanftes Schütteln weckte sie. Sie blinzelte in die Helligkeit, vor der sich dunkel das Oval eines Gesichts abzeichnete.

„Mögen Sie Kaffee?"

Sie stemmte sich aufrecht und versteckte den Anflug eines Gähnens hinter dem Handrücken. Sie konnte nicht abschätzen, wie lang sie geschlafen hatte. Die Sonne hatte ihren Zenit überschritten, aber noch immer einen weiten Weg vor sich, bis sie hinter den bläulich schimmernden Bergen verschwinden würde. Die Pferde grasten träge im Schatten einer Weide. Eine sanfte Brise bewegte das Gras um sie herum.

„Tut mir leid. Ich wollte Ihnen keinen blauen Fleck verpassen."

Cuskers Worte machten ihr bewusst, dass sie über die malträtierte Stelle an ihrem Oberarm strich. Die Haut reagierte empfindlich auf Berührung. „Schon gut."

Er reichte ihr eine Blechtasse mit Kaffee und zwei Hartkekse. „Ich fürchte, das muss fürs Erste genügen. Unsere Abreise war etwas überstürzt."

Sie hatte nicht an Nahrungsvorräte gedacht. Kein Pferd. Kein Essen. Was um alles in der Welt musste er von ihr halten?

„Keine Sorge, wir können bald etwas besorgen."

Ein gedankenloses Kind. Dafür musste er sie halten.

„Es tut mir leid, dass ich Sie zu einem früheren Aufbruch genötigt habe", sagte sie.

Cusker unterdrückte ein Gähnen. Unter seinen Augen zeichneten sich dunkle Schatten ab. Offensichtlich hatte er kein Auge zugetan, während sie schlief. Der Gedanke wärmte ihre Wangen. Hoffentlich hatte sie nicht geschnarcht. Sarah beschuldigte sie gelegentlich derartiger Unhöflichkeiten.

Cusker nahm einen Schluck Kaffee und rieb sich den Nacken. Ein blaues Baumwolltuch verdeckte jetzt die Narbe. Er bemerkte ihren Blick.

„Ist lange her", sagte er. „Heutzutage bringe ich andere nur noch selten dazu, mir dir Kehle aufschlitzen zu wollen."

Sie war sich nicht sicher, aber für einen Moment schien da ein reumütiges Lächeln in seinen Mundwinkeln.

„Sehr vernünftig, Mr. Cusker."

Eine halbe Stunde später war das Lager zusammengepackt. Cusker hielt die Stute am Zügel und wartete, bis sie aufgestiegen war.

„Eine Bitte, Miss Stanton", sagte er, als sie in den Sattel rutschte und das Leder unter ihrem Gewicht knirschte.

„Ja?"

„Nennen Sie mich Jon."

Alvas Buch

Kapitel 12

Belle stand in der Mitte des Hotelzimmers und lauschte in die Stille, in die gedämpft die Geräusche der Straße drangen. Ihr Hintern schmerzte wie die Hölle, selbst nach dem Bad, das Jon für sie hatte herrichten lassen.

Jon - er bestand darauf, Jon genannt zu werden - hatte die Pferde in einem Mietstall untergebracht, ihr ein Bad arrangiert und sie dann sich selbst überlassen.

Das Bad war eine Wohltat. Sie hatte sich den Schmutz der Reise von der Haut gewaschen und war in das leichte, blaue Kleid mit der Spitze geschlüpft. Lotties braunes Kleid hing über dem Stuhl, um auszulüften. Jon hatte ihr nicht gesagt, wohin er gegangen war. Vermutlich stattete er dieser mysteriösen Meggie einen Besuch ab.

Die Reise mit ihm war angenehm gewesen. Er zeigte Interesse an der Geologie und es schien ihn nicht zu stören, dass sie sich lieber mit Steinen als mit Stickmotiven beschäftigte. Ohne ihn kam es ihr mit einem Male sehr still vor.

Belle öffnete das staubige Fenster, um die Feuchtigkeit des Raumes hinaus und die Geräusche der Straße hereinzulassen. Crossville war lauter und hektischer als Raysfield. Menschen und Karren verstopften die Straßen. Ihr Fenster blickte auf eine Seitengasse zwischen zwei Häusern, die so eng standen, dass sie fast mit ausgestrecktem Arm die Bohlen der gegenüberliegenden Wand erreichen konnte. Von der belebten Straße erwischte sie nur einen Ausschnitt, in dem ein Karren nach dem anderen vorbeifuhr und ein unablässiger Strom Menschen hin und her lief. Im Schutz der Seitengasse unterhielten Jungen ein Murmelspiel. Das letzte Mal hatte sie mit Parcy Murmeln gespielt.

Parcy. Sie sollte ihm einen Brief schreiben. Sie band ihre feuchten Haare zusammen und lief die mit dunkelgrünem Teppich ausgelegten Stufen hinunter, um den Concierge nach Tinte und Papier zu fragen.

Als der Brief geschrieben und ihr Haar getrocknet war, verstaute sie das Schreiben in der Tasche ihres Kleides. Sie war mit Jon am Postamt vorbeigekommen und vertraute darauf, den Weg auch allein zu finden.

Eine Viertelstunde später war der Brief verschickt, und Belle fand sich auf der Straße wieder. Bis zum Hotel waren es nur ein paar Minuten und wenn sie sofort zurückging, würde Jon ihren Ausflug nicht einmal bemerken. Doch sie wollte nicht in die Einsamkeit des Hotelzimmers zurück. Sie wollte hier sein, zwischen all den Karren und Menschen, in der Lebendigkeit der Stadt.

Als eine Lücke zwischen nachfolgenden Wagen eine

Alvas Buch

Möglichkeit bot, raffte Belle den Rock und eilte über die Straße. Der Untergrund war trocken und ihre geputzten Stiefel bereits wieder mit einer dicken Staubschicht bedeckt. *Herrje*. Jon hatte eine Viertelstunde mit einer widerlich riechenden Paste an den Schuhen herumgewienert.

Reumütig ließ sie den Rock über die staubigen Stiefel fallen. Klaviermusik drang an ihr Ohr, eine leichte, heitere Melodie. Begley's Saloon stand in schiefen Buchstaben über der Tür. Eine Frau lehnte an der Fassade. Sie hatte einen Fuß gegen die Holzplanken der Hauswand gestemmt und wedelte sich mit einem Seidenfächer Luft zu. Ihre Schultern lagen frei, ihr Mieder zeigte mehr von ihrem Busen, als es verdeckte und ihr gerüschter Rock endete ein gutes Stück über ihren Knöcheln.

Die Frau legte den Kopf in den Nacken und sprach mit einem Mann. Jon Cusker setzte dem Mädchen die Hand auf die Hüfte. Er flüsterte ihr etwas ins Ohr, das sie zum Lachen brachte.

Belle erstarrte. *Meggie*. Das war also seine Meggie.

Jons Blick begegnete dem ihren und da war nichts Verspieltes mehr darin.

Belle wirbelte herum und eilte über die Holzplanken. Keine fünf Schritte später erwischte Jons Hand ihren Ellbogen. Er schob sie zwischen den Passanten hindurch. „Was tun Sie auf der Straße?"

„Ich hatte etwas zu erledigen." Sie verhedderte sich in den Planken, stolperte.

Sein Griff festigte sich. Er drängte sie in eine Seitengasse hinein, schob sie an ein paar Fässern vorbei und manövrierte sie in eine Lücke zwischen mannshoch aufgestapelten Kisten. Dort ließ er sie los und maß sie mit hartem

Blick. „Ich hatte Ihnen gesagt, Sie sollen im Hotelzimmer bleiben."

Stubenarrest. Belle massierte ihren Ellbogen. Jon schien sich nicht im Mindesten klar darüber zu sein, wie viel Kraft er hatte. „Ich kann sehr wohl einen Brief zur Post bringen."

Seine Augen wurden schmal. „An wen haben Sie geschrieben?"

Wem, in aller Welt glaubte er, dass sie schrieb? Winston? „Parcival Dalton. Er lebt in Philadelphia. Ich werde das Buch meines Onkels zu ihm bringen, damit er es veröffentlichen kann."

„Wenn Sie einen Brief verschicken wollen, dann geben Sie ihn mir."

„Ich bin kein Kind, Mr. Cusker."

Jon stemmte die Hände gegen die Kisten. Er beugte sich so dicht zu ihr, dass sein Atem auf ihre Stirn schlug. „Hören Sie zu. Brody schleicht hier um. Ich hab gesehen, was er mit Frauen anstellt und ich schwöre Ihnen, wenn der Kerl Sie in die Finger kriegt, werden Sie überhaupt nicht mehr wissen wollen, *was* Sie sind."

Die Furcht aus der Hütte griff nach ihr. „Lassen Sie mich durch."

Jons Schultern wurden breiter, seine Stimme leiser. „Ich frag Sie noch mal: Dieses Buch – ist es Ihnen mehr wert als Ihr Leben?"

Von der Straße drang das Rattern der Karren und die Stimmen der Menschen, doch hier zwischen den Kisten war es so still, dass sie nur ihren eigenen Herzschlag hörte. Sie ballte die Hände zu Fäusten. Ja, sie fürchtete die Männer und alles, was sie ihr antun konnten, doch ohne Alvas Buch blieb ihr nur Clifton Springs und die Rückkehr in ein

Bridgezimmer, das ihren Onkel nicht mehr kannte. Ihre Augen begannen zu brennen. Vor Wut. Vor Ohnmacht.

„Belle …"

Sie schüttelte den Kopf. Sie wollte keine einzige Sekunde mehr über die Männer nachdenken, denn wenn sie es tat, verlor sie den Mut. Konnte er das nicht sehen?

Sie spürte eine Berührung. Jons Fingerspitzen streiften ihren Hals, schoben eine Locke hinter ihre Schulter. „Ich kann dich nicht beschützen, wenn du nicht tust, was ich sage. Brody hasst mich wie die Pest. Er würde dir wehtun, nur um mir eins auszuwischen."

Die Sanftheit seiner Stimme brach ihren Widerstand. Sie hob den Blick. Jons blaues Halstuch verschwamm vor ihren Augen. Sie roch Seife an ihm und Holzrauch, der an seiner Kleidung haftete. Er stand so nah, wie damals in der Hütte. Sie hatte keine Angst. Seine Worte sollten sie heraufbeschwören, doch seine Haltung lullte sie in Sicherheit und Zuversicht. Und in etwas anderes. Zwischen die Seife mischte sich ein weiterer Duft. Jasmin. „Waren Sie bei Meggie?"

„Ja."

Eine Spinne kletterte auf dünnen Beinen eine der Kisten hinauf. Sie folgte ihrem Vormarsch, doch das Mädchen wollte ihr nicht aus dem Kopf. Die Vertrautheit, mit der er ihr die Hand auf die Hüfte gelegt und die Leichtigkeit, mit der er sie geküsst hatte. „Wer ist diese Meggie?"

„Eine Hure."

Während der Reise hatte sie Dutzende kleine Dinge über ihn gelernt: dass er beim Kartenspiel betrog, dass er morgens mürrisch und schweigsam war; dass er die Hälfte jedes Apfels mit Molly teilte und dass seine Stiefel immer glänzten. Kleine Dinge, die die Fremdheit von ihm nahmen und sie mutiger machten. „Kennen Sie viele Meggies?"

„Nur die eine."

Die Spinne verschwand in einer Ritze. Belle hatte noch etwas gelernt: Es schien nichts zu geben, das Jon Cusker in Verlegenheit brachte.

Nun, es kümmerte sie nicht, welche Gesellschaft er bevorzugte. Es ging einzig und allein um Alvas Buch. „Hat diese Meggie Ihnen gesagt, wo die Männer zu finden sind?"

Jon stemmte die Hände in die Hüften. Es dauerte eine Weile, bis er antwortete: „McLain ist in Saint Louis."

Saint Louis? Wie weit war das entfernt? Sie musste an Parcy schreiben.

Jon winkte sie zwischen den Kisten hervor. „Kommen Sie."

Sie bedauerte es, den kokonartigen Schutz der Kisten aufgeben zu müssen. Die Sanftheit von Jons Berührung summte ihr unter der Haut und mit ihr kam ein törichtes Gefühl der Leichtigkeit.

Sie folgte ihm aus der Gasse heraus. Bevor sie sich in den Menschenstrom einfädelten, beugte er sich zu ihrem Ohr herab. „Ein paar Meggies", sagte er und schob ihr sachte die Hand unter den Ellbogen. „Nicht *viele*."

*** *** ***

Jon zog den Kragen enger. Ein Luftzug ärgerte seinen Nacken, doch er wollte seine Sitzposition nicht aufgeben. Die Stelle verschaffte ihm einen guten Blick den Hügel hinab. Jeder, der die kleine Höhle anvisierte, war auf eine halbe Meile zu sehen.

Crossville lag zwei Tagesmärsche hinter ihnen. Er hatte jeden Saloon, jede Tanzhalle und jedes Hurenhaus nach Brody abgesucht. Der Mistkerl war nirgendwo zu finden. Vielleicht hatte Meggie ihn angelogen. Sie war unleidlich geworden, als er ihr nicht gestatten wollte, ihm die Hose zu öffnen. Dennoch trug er jetzt lieber seinen Revolver am Gürtel. Belle hatte die Waffe misstrauisch beäugt, aber nichts gesagt.

Sie saß ihm gegenüber am Feuer und hielt sich an dem seltsamen Stein fest, den er das erste Mal in der Kutsche gesehen hatte und der immer noch aussah wie eine zusammengerollte Schlange. Sie war den ganzen Tag über still gewesen und seit sie beieinander am Feuer saßen, hatte sie sich gänzlich in sich selbst verkrochen. Er starrte auf zarte Finger, die immer wieder die Spiralen nachzeichneten. Er konnte den Blick nicht abwenden, obwohl es ihm nicht guttat, sich vorzustellen, wie diese Finger seinen Rücken entlangstreifen würden.

„Woher haben Sie das?", fragte er.

„Onkel Alva hat ihn mir geschenkt." Das Lächeln, das sie versuchte, schaffte es nur bis in ihre Mundwinkel.

Wenn Jules traurig war, nahm er sie in die Arme und wenn sich ihr zarter Körper an ihn drückte, wusste er, dass sein körperlicher Trost ihr half. Dass es genug war.

Er rückte aus dem Luftzug heraus und legte ein paar Zweige ins Feuer. Belles Haare waren noch feucht von dem Regenguss, der sie beide in die Höhle getrieben hatte und fielen offen über ihre Schultern. Wenn er zu lang hinsah, würde er hart werden. Besser, er gab seinen Gedanken eine andere Richtung.

Was hatte sie sich dabei gedacht, in Crossville auf der Straße herumzuspazieren? Er war außer sich vor Wut gewesen, als er sie in die Seitengasse geschoben hatte. Sie war es auch – bis er Brody erwähnte und ihr die Furcht in die Adern kroch. Er war fast dankbar für das, was in der Hütte zwischen ihnen geschehen war, denn es ließ sie verstehen. Er erkannte es in der Verhärtung ihrer Schultern und dem Blasswerden ihrer Haut. Die Intimität der Seitenstraße stieg ihm dermaßen zu Kopf, dass er nichts anderes wollte, als sie an sich ziehen und küssen. Sein Körper war noch erregt von Meggies Berührung und der Lavendelduft aus Belles Haaren, diese Strähne, die der Wind immer wieder gegen ihren Hals wehte, der Anblick machte ihm die Knochen weich und füllte sein Blut mit dem Verlangen sie zu beschützen und zu besitzen.

Er wünschte, er hätte Meggies Angebot nicht ausgeschlagen.

„Vermissen Sie Ihre Tochter?" Belle sah ihn zaghaft an.

Er schob einen neuen Zweig ins Feuer. „Jules kommt zurecht. Sie ist ein kluges Ding. Und ein Teufel hin und wieder."

„Und eine gute Zeichnerin. Das hat sie von Ihnen."

Nette Worte, doch sie machten ihm nur seine Erbärmlichkeit bewusst. Jules' Talent gehörte allein ihr selbst, und er hatte absolut nichts damit zu schaffen.

„Wo ist Julias Mutter?"

Er war darauf vorbereitet, dass sie fragen würde. „Sie starb, als Jules noch klein war."

„Vermissen Sie sie?"

„Sie war eine außergewöhnliche Frau."

Belle senkte den Kopf. Er war ihr keine Hilfe. Solange er

bei ihr blieb, würde sie sich nicht gestatten zu weinen.

„Ich seh nach den Pferden." Er erhob sich und tat einen Schritt Richtung Ausgang.

Ein Schluchzer stoppte ihn. Er trat zu ihr und legte ihr eine Hand auf die Schulter. Er spürte das Beben in ihrem Körper und gab ihr einen kurzen, versichernden Druck. Es war die einzige Art von Trost, die er anzubieten wagte und er hoffte, dass es genug war.

Eine halbe Stunde später, klamm und durchgefroren, schob er Molly den letzten Rest eines Haferkekses unters Maul. Er spähte über ihren Rücken hinweg nach dem Eingang der Höhle. Wie viel Zeit sollte er Belle gewähren? Er war nass genug, um seinen Platz am Feuer wieder zu beanspruchen. *Um was zu tun, Cusker?* Er hatte nie zuvor einer Frau den Hof gemacht. Jegliche Fähigkeit, die er bisher benötigt hatte, war das Klimpern von Münzen in seiner Hosentasche. Vielleicht sollte er Belle nach dem kleinen Heftchen über Philosophie fragen. Womöglich hatte der Schreiber ein paar Ratschläge für ihn. Irgendetwas, das ihn auf den richtigen Weg lenkte.

Mit einem Seufzer wandte er sich um.

Und blickte in den Lauf eines Karabiners.

Woodson starrte ihn mit ausdrucksloser Miene an. „Hab gehört, du fragst nach Rick?"

Es war nicht der Gedanke an Rick, der sein Herz zum Rasen brachte. „Wo ist Brody?"

Woodson senkte den Lauf. „Besser, du schaust mal nach deiner Frau."

Er schoss herum und rannte los.

*** *** ***

Jons Berührung weilte noch auf ihrer Schulter, warm und tröstlich. Die Tränen hatten die Schwere aus ihrem Herzen gespült. Sie war ihm dankbar, dass er sie dafür allein ließ.

Belle legte den Ammoniten beiseite und band ihre Haare zusammen. Es wurde allmählich dunkel und sie fragte sich, wo er blieb. Der Regen war in feinen Niesel übergegangen. Trotzdem musste Jon inzwischen durchgeweicht sein.

Sie hätte ihn nicht nach seiner Frau fragen dürfen. Aber er war ihr für einen Moment so zugänglich erschienen, dass sie die Frage gewagt hatte. Tagsüber sah sie meistens seinen Rücken, der sich im Takt des Pferdes bewegte und tiefbraune Haare, die unter seinem Hut hervorquollen. Wenn das Terrain es erlaubte, lenkte er den Rappen heran und brachte sie dazu, über Geologie zu reden, obwohl die meisten ihrer Ausführungen es lediglich schafften, dass er zweifelnd die Brauen zusammenzog. Und er zog sie über Augen zusammen, deren Farbe dem tiefen Indigoblau des Himmels während der Dämmerung glich.

Ihr Kopf begann zu schwirren. Sie stand auf. Inzwischen machte sie sich wirklich Sorgen.

Ein fauliger Geruch stieg ihr in die Nase.

Belle fuhr herum. Ein Mann in dreckstarren Kleidern grinste sie durch schwarze Zahnstumpen an. „Wartest du auf mich, Schätzchen?"

Brody. Belle presste ihren Rücken gegen kalten Fels. „Wo ist Jon?"

Brody öffnete die Hose. „Soll er zusehen? Würde ihm nicht gefallen."

Der Kerl hasst mich wie die Pest. Belle horchte nach einem

Geräusch. Etwas, dass ihr sagte, dass Jon am Leben war. Brody hielt sein Geschlecht in der Hand. Panik erfasste sie.

„Komm her."

Sie stolperte rückwärts. Ihr Schuh glitt von einem Stein. Sie verlor die Balance, fiel und schlug hart auf den Boden.

Schmerz nahm ihr die Luft.

„Hure." Ein Klumpen Kautabak landete neben ihrem Kopf. Brody packte ihren Knöchel. Sie schlitterte über Steine und Fels.

„Willst es rau haben?"

Finger zerrten ihren Rock nach oben, quetschten ihre Schenkel und versuchten, sie auseinanderzudrücken. Stinkender Atem blies in ihr Gesicht. Sie drehte den Kopf und presste die Lippen aufeinander.

Brodys Zunge schmierte feuchtwarm über ihre Wange. Ekel mobilisierte ihre Kräfte. Sie griff in schmierige Haare und zerrte daran.

„Verdammte Schlampe!" Die Wucht des Schlages nahm ihr die Sicht. Blut füllte ihren Mund.

„Weg von ihr!" Jons Stimme schnitt durch Brodys Gekeuche. Das Gewicht des Angreifers wurde von ihr gezerrt, die herumfuhrwerkenden Finger verschwanden, der Gestank.

„Bastard!"

Sie hörte den Einschlag von Fäusten, dumpf wo sie mit Kleidung kollidierten, scharf, wo sie auf Knochen trafen. Sie zog die Knie heran und nestelte den Rock um die Knöchel. Jon kniete über Brody und drosch ihm die Faust ins Gesicht. Wieder und wieder, jeder Schlag wuchtiger als der zuvor. Blut spitzte aus Brodys Gesicht.

„Schluss jetzt!"

Jon wirbelte herum, eine Hand in Brodys Hemd, die andere blutverschmiert zu einem weiteren Schlag bereit.

Ein weiter Mann stand im Eingang der Höhle und hielt ein Gewehr auf Hüfthöhe. Sie erkannte ihn als einen der Männer des Kutschenüberfalls. *Woodson.* Jons Gesicht, eben noch rot von der Anstrengung, bleichte aus. Erst da bemerkte sie, dass das Gewehr auf sie gerichtet war.

„Das ist genug." Woodson senkte die Waffe. „Nimm deine Frau und verschwinde."

„Damit er weiter hinter ihr her sein kann? Vergiss es!"

„Er wird sie in Ruhe lassen. Dafür sorge ich."

Der Wunsch Brody zu töten, stand Jon ins Gesicht geschrieben.

„Das nächste Mal", sagte er und sprang auf, „wenn Brody auch nur in Schussweite kommt, leg ich ihn um. Das kannst du Rick sagen."

Jon packte sie bei den Armen und zog sie auf die Beine. Seine Finger drücken in ihr Fleisch. Sie war dankbar für den Schmerz, den sein harter Griff verursachte, denn es bedeutete, dass er am Leben war. Sein Blick glitt eilig an ihr auf und ab. „Bist du in Ordnung?"

Sie nickte, unfähig zu sprechen.

„Pack zusammen."

„Sie bleibt, wo sie ist. Du packst."

Jons Kopf fuhr zu Woodson, dessen Gewehr wieder auf sie gerichtet war. Er stand eine Weile bewegungslos, dann begann er die Sachen zusammenzupacken. Seine Hände zitterten, als er die Decken einrollte, sein Gesicht war bleich, seine Lippen fest aufeinandergepresst.

Irgendwann drückte er ihr Mollys Sattel in die Hand und schob sie zum Ausgang. Aus dem Augenwinkel sah sie Woodson einen Fuß in Brodys Seite stupsen. „Bist du tot,

Alvas Buch

Mann?"

Sie stolperte hinter Jon her, stand halbbetäubt, während er die Pferde sattelte. Der Rappe tänzelte nervös unter der rauen Behandlung.

Jon drückte ihr Mollys Zügel in die Hand. Die Knöchel seiner Hand waren blutig von den Schlägen.

„Bist du verletzt?", fragte sie.

Er starrte sie an, doch sie hatte das Gefühl, dass er sie gar nicht sah.

„Ich dachte …" Er sagte ihr nicht, was er dachte. Seine Augen wurden groß und dunkel. Mit einem Ruck zog er sie an sich und drückte ihr einen harten Kuss auf den Mund. Als er von ihr abließ, schmeckte sie Blut. Sein Kuss brannte auf ihren Lippen, als sie benommen in den Sattel der Stute kletterte.

*** *** ***

Die Dämmerung hatte begonnen, Vögel starteten ihren Morgengesang. Jon warf einen Blick über die Schulter. Belle hockte auf dem Stamm einer umgeknickten Birke. Ihre Hände ruhten in ihrem Schoß, ihr Kinn war auf die Brust gesunken. Sie war kurz davor einzuschlafen.

Mit der Wasserflasche in der Hand kniete er sich vor sie. „Trink."

Sie blinzelte ihn müde an. Da war ein Schnitt auf ihrer Lippe. Getrocknetes Blut hatte die Wunde verschlossen. Verdankte sie das ihm oder Brody?

„Deine Hand", sagte sie.

Seine Knöchel waren wund und blutverkrustet von den Schlägen. Nicht zu fassen, dass sie sich darüber Gedanken machte. Er schluckte gegen die Trockenheit in seiner Kehle. Da steckte ein Klumpen von der Größe einer Kanonenkugel. „Belle? Hat er ...?"

Sie schüttelte den Kopf. „Es geht mir gut. Ich bin nicht verletzt – abgesehen von ein paar Schrammen und blauen Flecken. Und die werden vergehen."

Der Schnitt in ihrer Lippe war eine dieser Schrammen. Er strich mit dem Daumen darüber. „Das tut mir leid."

Ihre Zunge tastete vorsichtig nach der wunden Stelle. Das Verlangen sie zu küssen, rauschte ihm durch die Adern. Nicht, was sie jetzt brauchte.

Belle fragte: „Woher wusstest du, dass ich deine Hilfe brauchte?"

„Woodson hat's mir gesagt." Mit hämmerndem Herzen war er losgerannt, unfähig einen klaren Gedanken zu fassen. Er hätte Brody umbringen sollen. Nur ein paar Schläge mehr und er hätte dem Bastard das Lebenslicht herausgeprügelt. Brody würde nie wieder Hand an Belle legen. Das hier würde nicht enden, wie es für Patterson geendet hatte.

„Diese Männer ... haben sie deiner Frau wehgetan?"

„Dir wird nichts geschehen, Belle." Er war nicht so dumm zu glauben, dass Belle sein Ausweichmanöver nicht bemerkte. Was immer sie daraus schlussfolgerte, war ihm lieber als die Wahrheit.

„Werden die Männer uns folgen?"

„Nein, werden sie nicht." Woodson hätte ihn nicht gewarnt, wenn er Interesse daran gehabt hätte, Brody wahrhaftig eine Gelegenheit zu verschaffen. Auf der anderen Seite wollte er kein Risiko eingehen.

Er stand auf. „Wenn wir die Pausen kurz halten, können

wir bis Mitternacht in Saint Louis sein. Kannst du so lang wachbleiben?"

Sie nickte, gähnend.

„Ich bring dich zu Fleur. Dort bist du sicher." Und dann würde er dieses verdammte Buch besorgen und mit Belle verschwinden. Brody würde ihr nie wieder nah kommen.

Belle stand auf und schwankte. Reflexartig legte er den Arm um sie. Er roch den Lavendel in ihrem Haar, als ihr Kopf gegen seine Brust sank.

„Wer ist diese Fleur?", fragte sie leise.

„Sie führt in Bordell in Saint Louis."

Belles Kichern vibrierte in ihm. Er zog sie zu sich heran und als sie sich an ihn lehnte, wuchs eine kompromisslose Entschlossenheit in seinem Inneren. „Sollte Brody dir noch einmal zu nah kommen, bring ich ihn um."

Alvas Buch

Kapitel 13

Jon sank in das gepolsterte Sofa. Seine Augen brannten, die Zunge klebte ihm am Gaumen. Wann immer Belle Gefahr lief einzuschlafen, hatte er sie zum Reden animiert, über Geologie, über ihren Onkel, über tausend andere Dinge, an die er sich nicht mehr erinnern konnte.

Er hatte Mühe gehabt, Fleurs Etablissement zu finden. Saint Louis war aufgegangen wie ein Hefekloß. Er hatte sich heillos verlaufen zwischen unzähligen Tanzhallen und Freudenhäusern. Alles sah anders aus. Die Straßen. Die Gebäude. Selbst Fleurs Haustür. Das Eichenholz trug jetzt eine dunkelgrüne Farbe und einen Schlagring in Form eines Löwenkopfes. Er war nicht sicher gewesen, an der richtigen Tür zu klopfen, bis Fleur auf der Höhe der mit Teppich belegten Stufen erschienen war.

Aus dem Salon drang die Melodie eines Pianos. Der Anblick des Instruments hatte ihm früher den Atem geraubt. Warmes, poliertes Nussbaumholz und Fleurs schlanke Finger, die über die Tasten glitten. Klavierspielen lag ihm nicht. Er konnte nur Karten spielen und einem Dummkopf wie Hayward damit fünfzig Dollar aus der Tasche ziehen. Hatte Hayward wieder die ganze Stadt auf die Beine gestellt? Und geschworen zu töten?

Jon gähnte. Um Hayward würde er sich kümmern - morgen - irgendwann.

Er nahm einen Schluck glitzernden Whiskys. In dem Jahr, das er damals in der Green Street verbrachte, hatte Fleur ihm nie Alkohol angeboten.

Fleur saß ihm gegenüber in einem Ohrensessel und beobachtete ihn über einen dieser winzigen Beistelltische hinweg, die man für nichts gebrauchen konnte. Keine Haarsträhne wagte sich aus ihrer Hochsteckfrisur. Die Makellosigkeit gab ihr etwas Unnahbares.

Sie hatte Belle ein Zimmer gegeben und sie unter weiche Decken gesteckt, damit sie nicht im Stehen einschlief. Der Marsch vom Mietstall zur Green Street hatte Belles letzte Reserven gefordert. Seine auch. Er wünschte, er dürfte ebenfalls schlafen.

Noch nicht. Er schluckte den Drink hinunter und rieb sich die Hand übers Gesicht. „Wo ist Rick?"

„Auf seiner Farm. Ist mit seiner Frau ein paar Meilen den Missouri hinaufgezogen."

Nichts davon klang nach Rick. Weder die Farm. Noch die Ehe.

Jon lauschte der Melodie des Pianos und den Bassstimmen der Männer. Stadtväter, Richter, Geschäftsmänner; sie brachten die Silberdollar zurück, mit denen Fleur sie schmierte.

Fleur wartete, dass er sprach. Das hatte sie immer getan. Ihm einen Platz zugewiesen, die Tür geschlossen und ihn nicht gehen lassen, bevor sie den letzten Tropfen Wahrheit aus ihm herausgesaugt hatte.

Die Stoppeln auf seinem Kinn kratzten unter seinen Fingerkuppen. Er hätte sich rasieren sollen. Das hier war nicht die Almond Street, wo schäbige Hütten sich an eine schlammige Straße lehnten. Hier trug man Anzug und Fliege. Hier wusste man um Manieren und verstand sich auf Konversation. Andererseits, seine Bartstoppeln hatten ihm endlich das Recht auf einen Drink beschert. „Rick hat ein Buch mitgehen lassen, das Belle gehört."

Er erzählte Fleur von dem Überfall und Miss Stantons Hartnäckigkeit bezüglich dieses gewissen Buches. Fleur hörte ihm wortlos zu, nickte nur ab und zu leicht mit dem Kopf. Aus dem Salon nahm der Klang des Pianos an Schnelligkeit zu und die amüsierten Rufe an Lautstärke.

Er wackelte fragend mit dem leeren Glas. Fleur schickte ihn zur Bar. Ein Dutzend Flaschen standen dichtgedrängt beieinander. Auf jeder ein Etikett, das er nicht entziffern konnte. Er hielt sich an die Flasche, aus der Fleur ihm eingeschenkt hatte. So wusste er wenigstens, was er trank. Er zog den Glaskorken aus der Flasche.

„Bist du verliebt, Jon?"

Der Whisky plätscherte auf das silberne Tablett unter seinem Glas. Er leckte ein paar Tropfen vom Finger, bevor er sich zu Fleur umdrehte. „Nein."

„So, wie du es damals in mich auch nicht warst?"

Er gönnte sich einen großzügigen Schluck. „Ich war noch ein Kind."

„Soweit ich mich erinnere, warst du ein entschlossener

junger Mann."

Die Anerkennung in ihren Worten schmeichelte ihm. Außerdem hatte sie recht. Er hatte in einem Haus voller Mädchen mit tiefsitzenden Miedern und verführerischem Lächeln gelebt. Monatelang war er wie eine geladene Kanone herumgelaufen. Fleur war unnachgiebig geblieben. Sollte eines der Mädchen ihn zu sich nehmen, würde sie das Mädchen auf die Straße setzen. Sofort. Die Mädchen behandelten ihn daraufhin, als wäre er die Pest.

Er setzte sich wieder auf die Couch und lehnte den Kopf zurück. Klatschen drang aus dem Salon.

Fleur hätte sich damals keine Gedanken machen müssen. Er war ihr in dem Moment verfallen gewesen, als er sie die Treppe hinunterschreiten sah; zarte Finger, die das Geländer hinunterglitten, makellose weiße Schnürschuhe, die unter einem pflaumenfarbenen Kleid hervorblitzten. Nur dass Madame Fleur nicht arbeitete. Sie leitete ausschließlich die Geschäfte des Hauses. Und doch. „Warum hast du nachgegeben?"

„Weil ich wusste, dass du eines Tages einen guten Ehemann abgeben würdest, wenn ich dir ein oder zwei Dinge beibrächte."

„Du hast mich in Form gegossen?" Das Konzept missfiel ihm. Für Monate hatte er sich wie der König von England gefühlt.

Fleur lachte herzhaft. „Es schien dir damals nichts auszumachen."

Nein, die Lehrstunde hatte ihm nichts ausgemacht.

Fleur strich eine nichtexistierende Falte aus ihrem seidenen Kleid. „Wie geht es Charles?"

Jon presste die Hand vor ein Gähnen. „Pflanzt immer

noch Steckrüben und akzeptiert Hühnersuppe als Bezahlung."

„Weiß er, dass du hier bist?"

„Er wird es sich denken."

Charles sprach niemals schlecht über seine Schwester, was vor allem daran lag, dass er überhaupt niemals über sie sprach. „Er liest deine Briefe."

Fleurs Lippen formten ein mildes Lächeln, doch in ihren Mundwinkeln nistete die Traurigkeit. „Tut er das?"

Die Briefe kamen regelmäßig. Zwei Mal im Jahr. Und sie blieben ebenso regelmäßig unbeantwortet.

„Wie geht es Julia?"

„Gut." Sie war sicher bei Doc. Charles mochte den Lebensstil seiner Schwester verabscheuen, aber er hatte ihn und Julia auf ihren Wunsch hin bei sich aufgenommen.

Er leerte sein Glas. Belle steckte sicher unter warmen Decken. Er musste keine Angst haben, dass Brody ihr nachstellte und doch sank Fleurs Frage wie ein Stein in seinen Magen. *Bist du verliebt?* Wenn Fleur es sehen konnte, konnte Rick McLain es ebenfalls.

Er hätte Belle niemals herbringen dürfen.

*** *** ***

Belle erwachte unter dem Duft von Wasserlilien und dem Gezwitscher der Vögel. Sonnenschein tanzte über die ägyptischen Motive ihrer Bettdecke. Pyramiden und Hieroglyphen wechselten einander in den Lichtklecksen ab.

Also das war ein Bordell. Jon hatte gesagt, es wäre eins.

Belle stemmte sich auf die Ellbogen hoch. Gardinen aus dunkelgrünem Seidenbrokat umrahmten das Fenster. Den

Boden schmückte ein orientalischer Teppich. Es gab einen runden Tisch mit gedrechseltem Fuß und zwei samtgrüne Armsessel mit Fußablage. Ihrem Bett gegenüber stand eine glänzende Walnusskommode. Darauf thronte eine geschnitzte Version der Aphrodite von Melos.

Außer der barbusigen Dame war dem Zimmer nichts Unanständiges anzusehen. Trotzdem würde Tante Ophelia die Hände über dem Kopf zusammenschlagen. Und Alva? Würde er auch hier kichern und ihr zuzwinkern, wenn Ophelia es nicht sehen konnte? Wohl kaum. Der Einzige, der glaubte, dass ein Bordell der sicherste Ort auf der Welt für sie wäre, war Jonathan Cusker.

„Miss?" Fingerknöchel klopften gegen die Tür und eine Jungenstimme erkundigte sich vorsichtig: „Sind Sie wach? Madame sagt, ich soll nachschauen, ob Sie's sind."

Belle schlug die Decke zurück. Sie trug noch immer ihr Reisekleid. Gestern Nacht war sie zu erschöpft gewesen, um auch nur die Stiefel auszuziehen. Darum hatte sich Jon gekümmert. Sie erinnerte sich an den Holzgeruch seiner Kleidung, an den Klang eines Pianos und Hände, die sie unter die Bettdecke steckten. *Hier bist du sicher.*

„Miss?"

„Einen Moment." Sie schwang die Füße aus dem Bett und erstarrte. Ihre Strümpfe strotzten vor Dreck. *Um Himmels willen!* Als Jon ihr aus den Stiefeln geholfen hatte, musste er das Elend mit angesehen haben. Und jetzt waren ihre Stiefel nirgendwo zu sehen. Belle steckte den Kopf unter das Bett. Keine Stiefel. Nicht einmal Staub.

„Miss?"

Sie zerrte das Kleid über die Füße und öffnete die Tür einen Spalt.

„Hab Ihre Stiefel poliert." Ein blonder Bursche präsentierte das glänzende Paar mit stolz geschwellter Brust. Sie schätze ihn auf zehn oder elf.

„Danke. Sie sehen wunderbar aus."

„Es sind Männerstiefel, Ma'am."

„Ich weiß." Sie manövrierte sie eilig durch den Türspalt.

„Glaub nicht, dass Madame Ihnen die Schuhe bei der Arbeit erlauben wird." Der Bursche zuckte mit den Schultern. „Das hier soll ich Ihnen geben."

Eine handgeschriebene Notiz. *Liebe Annabelle, wenn Sie ausgeschlafen haben und hungrig sind, kommen Sie frühstücken. Fleur.*

„Danke." Belle drückte die Tür ins Schloss und schlüpfte in die Stiefel. Besser. Viel besser.

Auf der Kommode fanden sich ein silberner Handspiegel und eine Bürste. Sie kämmte die gröbsten Knoten aus den Haaren, nutzte das Wasser, um sich frisch zu machen und die Möglichkeit, sich hinter dem Paravent zu erleichtern. Nach einem letzten Blick in den Handspiegel öffnete sie erneut die Tür.

Das Haus war still. In der unteren Etage schepperte Geschirr. Die mit Teppich ausgelegten Stufen dämpften ihre Tritte, und mit jedem Schritt stieg ihr der Duft von frisch Gebackenem in die Nase. Ihr Magen knurrte so laut, dass man ihn bis nach Boston würde hören können.

Die Küche war ein langgezogener, schmaler Raum. Es roch nach Kaffee. Madame Fleur saß am Kopfende eines eingedeckten Tisches. Belle zählte acht Stühle auf jeder Seite, vor jedem ein Gedeck und jedes unberührt.

„Guten Morgen, Annabelle. Haben Sie Hunger?" Madame Fleur schlug eine Zeitungsecke um.

Sie trug einen goldglänzenden Morgenmantel mit Pyramidenmotiven. Ihr offenes Haar ließ sie weniger streng wirken als die kunstvolle Hochsteckfrisur der letzten Nacht, doch kein bisschen weniger elegant.

„Haben Sie gut geschlafen?" Fleur goss ihr dampfenden Kaffee ein.

„Das habe ich, Madame. Danke für Ihre Gastfreundschaft."

„Nennen Sie mich Fleur. Madame nur für meine Mädchen."

Belle hatte gestern einen Blick auf einige der Mädchen erhascht, auf tiefausgeschnittene Mieder und blanke Schultern, aber sie war so müde gewesen, dass sie nicht mit Bestimmtheit sagen konnte, was wahr und was ein Traum gewesen sein mochte.

„Versuchen Sie die Butterröllchen." Fleur vertiefte sich wieder in ihre Zeitung.

Belle war ihr dankbar, unbeobachtet frühstücken zu dürfen. Ihr leerer Magen hatte keine Geduld für höfliche kleine Happen. Die Butterröllchen schmolzen auf ihrer Zunge. Sie probierte auch die Buchweizenpfannkuchen mit Ahornsirup und die Gurkensandwiches. Der Kaffee war köstlich und Meilen entfernt von Jons bitterem Gebräu. Oh, er machte hervorragendes Rührei mit Speck, aber er konnte wahrhaftig keinen Kaffee kochen. Sie entschied sich für ein weiteres gekochtes Ei und etwas Schinken, als sie Schritte hörte, die Richtung Küche polterten.

„Ich hab die Blumen, Madame."

Halbverdeckt hinter einer Armladung Lilien erkannte sie den Jungen, der ihr die polierten Stiefel gebracht hatte.

„Wunderschön", lobte Fleur. „Bring sie in mein Zimmer

und arrangiere ein Bad für Miss Stanton."

Der Blick des Burschen suchte sich einen Weg durch den Lilienstrauß. „Sie trägt Männerstiefel."

„Jetzt, Tommy."

Feixend drehte er ab und stürmte die Treppe nach oben.

Belle fragte sich, was ein Junge dieses Alters in einem derartigen Etablissement tat, doch der Gedanke verflüchtigte sich bei der Aussicht auf ein heißes Bad. Sie spürte noch immer Brodys dreckstarre Finger in ihre Oberschenkel pressen.

„Jon hat mir erzählt, warum Sie hier sind." Fleur faltete die Zeitung zusammen. „Er sagt, Sie suchen nach einem Buch."

„Den Notizen meines Onkels. Geologische Aufzeichnungen. Ich möchte sie nach Philadelphia bringen, damit sie veröffentlicht werden können."

„Weiß Ihre Familie davon?"

Belle spürte, wie ihr die Wangen heiß wurden. „Ich glaube nicht."

Fleur lachte. „Jon sagt, Sie sind Ihrer Tante davongelaufen."

Konnte Jonathan Cusker denn über gar nichts den Mund halten? Sie hatte ihm so viel erzählt. Die ganze Nacht über. Immer wieder und immer wieder von vorn. Es konnte nichts mehr geben, das sie ihm nicht erzählt hatte. Ihr Kopf kam ihr vor wie ausgeräumt.

„Nun, Liebes, gehen Sie nicht so hart mit ihm ins Gericht. Er hat es nicht freiwillig erzählt, doch wenn ich Ihnen Schutz gewähren soll, dann muss ich wissen, wovor."

Schutz. Wann immer ihr die schweren Lider zufallen wollten, war er da, mit einer neuen Frage und seiner Hand unter ihrem Ellbogen, damit sie nicht aus dem Sattel rutschte. *Nur noch ein paar Meilen, ja? Schlaf nicht ein. Erzähl mir von den Schlangensteinen.*

Alles, was sie darüber wusste, hatte sie ihm gesagt. Bis ihr die Lippen taub wurden, die ohnehin benommen gewesen waren von seinem Kuss. Vorsichtig tastete sie mit der Zunge nach der wunden Stelle. „Wo ist Jon?"

Fleur deutete durch das Fenster zu einem Schuppen. „Er schläft."

Belle stahl einen Blick hinaus. Eine grob zusammengeschusterte Hütte, deren Planken nach unten morsch wurden. Der Tür hing schief im Schloss. An der Unterseite klaffte ein kanonengroßes Loch. Es tat ihr leid, dass er sich mit einem Strohbett in einem Schuppen zufriedengeben musste, während sie weiche Kissen und seidene Bezüge genoss, die nach Wasserlilien dufteten.

Fleur lächelte sie an, warm und fürsorglich, und Belle verstand nicht, warum, bis Fleur sprach. „Jon hat mir erzählt, wie Sie dieses Buch verloren haben."

Ihre Handflächen fühlten sich mit einem Male feucht an.

„Er hat mir erzählt, was in der Hütte geschehen ist."

Ihr Magen zog sich zusammen.

„Was hat er getan, Annabelle?"

„Nichts."

„Das muss ein ziemlich schlimmes Nichts gewesen sein."

Fleur hob ihr sanft das Kinn, bis sie ihr in die Augen sehen musste. Dunkle, warme Augen, mit all dem Wissen, das ihr Geschäft mit sich brachte. „Ich kenne alle Arten von Männern. Du wirst mir nichts erzählen können, das mich schockiert oder dich beschämt."

„Er hat mir Angst gemacht."

„Ich wette, das hat er. Ich kenne seine Version. Erzähl mir deine, Liebes."

Sie hatte zu niemandem darüber gesprochen. Sie hatte es tief in ihrem Inneren vergraben, wo es vor sich hin faulte. Jon hatte sie beschützt und dennoch war sie wütend auf ihn, wütend über die Angst, die er in ihr geweckt hatte.

Sie verspürte das Bedürfnis, einer Frau gegenüber zu sprechen, die weder geschockt, noch ein Urteil fällen, geschweige denn Mitleid über sie ergießen würde. Als sie erschöpft und leer war, streichelte Fleur ihr die Hand. „Ich werde ihm eine Tracht Prügel verpassen."

Fleurs Pragmatismus flutete sie mit befreiender Leichtigkeit. Ihr wurde klar, woher Jon die Idee mit dem Birkenzweig einst gehabt hatte.

„Sie haben keine Ahnung, warum Jon dieses Buch für Sie jagt, nicht wahr?"

Weil sie ihn überredet hatte. *Gezwungen*. „Damit ich ihm für die Geschehnisse in der Hütte vergebe."

Fleur lachte herzhaft. „So sehr ich auch bereit bin, zu glauben, dass Jon Cusker in der Lage ist, einem ehrhaften Kurs zu folgen, bezweifle ich, dass das sein einziges Anliegen ist."

Fleurs Amüsement erschien ihr unbegreiflich.

„Nun, Liebes", Fleur strich ihr sanft über die Wange. „Es ist nicht meine Absicht, deine hohe Meinung über die Absichten eines Mannes zu zerstören, aber du solltest die Möglichkeit in Betracht ziehen, dass er mindestens ebenso darauf aus ist, dich in sein Bett zu bekommen."

Sie wünschte, der Boden würde sich auftun und sie verschlingen. Am Ende war es eine Badewanne voll heißen Wassers, die sie und ihre Verlegenheit gnädig aufnahm.

Alvas Buch

Das Bad war heiß. Es verbrannte ihr beinahe die Haut. Es war genau, was sie brauchte. Die geräumige Zinkwanne verschluckte sie. Nur ihre Schultern und kleine kreisrunde Flecke auf ihren Kniescheiben standen heraus, als sie ins Wasser tauchte.

Drei Seifen standen zur Wahl. Sie führte jede vorsichtig unter die Nase. Lavendel, Rose, Sandelholz.

Auf ihren Schenkeln sprossen daumengroße blaue Flecke, die sich mit keiner der Duftseifen wegschrubben ließen, so sehr sie sich auch bemühte. Das Schrubben machte nur die Haut wund. Sie fand weitere Verfärbungen. Da prangte ein handtellergroßer dunkler Fleck auf ihrem unteren Rippenbogen und ein kleiner Schnitt an ihrer Schulter, der wie Feuer im Seifenwasser brannte.

Belle blieb im Wasser, bis es so weit abgekühlt war, dass sie mit Gänsehaut herausstieg.

Auf dem Bett wartete ein Stapel frischer Kleider: baumwollene Unterwäsche und ein mintgrünes Kleid aus Musselin mit Blumenmuster am Mieder. Mit einem grobzinkigen Kamm arbeitete Belle sich durch die Knoten in ihren feuchten Locken. Sie kämmte Zweige und Blätter heraus. *Um Gottes willen.* Ihre Haare waren so ein Dickicht, dass Sperlinge darin nisten konnten. Zumindest behauptete Tante Ophelia Derartiges.

Ob sie schon in Raysfield angekommen war? War Sarah verheiratet? Suchten sie nach ihr? Nun, das mussten sie nicht. Es erging ihr ausgezeichnet. Sie hatte es bis in ein Bordell geschafft. Der Gedanke war so absurd, dass sie wie ein Mädchen darüber kicherte.

Angekleidet und mit geordneten Haaren wagte sie einen Blick aus dem Fenster. Die Tür des Schuppens stand halboffen. Eine Katze döste zufrieden im Schatten der Tür. Fleurs Worte über Jons Absichten kamen ihr in den Sinn und brachten ihre Wangen zum Glühen. Ihre Zunge tastete nach dem kleinen Schnitt auf der Lippe.

Sie konnte nicht in einem Bordell sein, ohne darüber nachzudenken, was in diesen Betten geschah. Die Logistik war ihr kein Mysterium, dank Alvas Offenherzigkeit in der Überzeugung, welches Wissen jedermann gehörte. Mit brennenden Ohren hatte sie seinen Ausführungen gelauscht. Damals glaubte sie, alles zu wissen, doch jetzt, mit Fleurs Worten, die ihr in den Ohren tanzten, fühlte sich ihr Verstand wie leergefegt an.

„Sind Sie fertig Ma'am?", brüllte Tommy durch die Tür.

Belle zog den Kopf zurück, als hätte der Bursche sie beim Spionieren erwischt. Sie beeilte sich, zu öffnen. „Ist Mr. Cusker erwacht?"

„Der ist vor zwei Stunden weg."

„Wohin?"

„Keine Ahnung, Ma'am."

*** *** ***

Rick legte die Hand über die Augen, um sie vor der Sonne zu schützen. Da war er. Jonny Cusker schlich durch hüfthohes Gras und die kläglichen Überbleibsel von Pattersons Heim. Vorsichtig, als fürchte er, die Toten zu stören. Er stieg über einen Balken, der vor acht Jahren noch die Tür eingerahmt hatte und ließ die Fingerspitzen über die Ruine des Steinkamins gleiten. Er traute sich nicht an die Stelle, an der sie Patterson auf dem Stuhl festgebunden hatten; wo Brody ihm die Kehle durchschnitt und die

Holzplanken mit Blut tränkte.

Rick zog die Hutkrempe tiefer. Das war keine gute Nacht gewesen. Er hatte Brody zu viel Leine gegeben. Vielleicht hätte er Jon damals nicht mitnehmen sollen. Aber er hatte ihn gebraucht.

Rick schnalzte mit der Zunge und sein Falbe marschierte den Hang hinunter. Jons Rappe bemerkte ihn zuerst. Das Pferd hob den Kopf und stellte die Ohren auf. Jon folgte, alarmiert durch das Tier. Seine Haltung versteifte sich, als er die Gegend nach Woodson und Brody absuchte. Nervös wie ein junger Hengst. Jonny brauchte sich keine Sorgen machen. Er hatte die Jungs nicht mitgebracht.

Rick sprang aus dem Sattel. Der Ort sah wahrhaft friedlich aus. Kniehohes Gras, das sich sanft in der Brise wiegte, der Himmel blau mit federleichten Wolken. Ein Paradies.

Er wischte sich den Schweiß von der Stirn. Es nützte nichts. Patterson stand hier draußen zwischen ihnen. „Er war kein Heiliger, weißt du?"

Jons Augen wurden schmal. Niedlich, als er noch ein Junge war, jetzt konnte der Anblick einem die Nackenhaare aufstellen.

„Warum hast du ihn getötet?"

„Wird es leichter für dich, wenn ich dir einen guten Grund gebe?"

„Gibt's einen?"

Rick legte den Kopf in den Nacken und lud die Sonne ein, ihm die Haut zu wärmen. Patterson war es nicht wert, seinetwegen ein schlechtes Gewissen zu haben. Er klopfte Jon auf die Schulter. „Lass gut sein, Kumpel. Daran lässt sich nichts mehr ändern. Erzähl mir lieber, wie es kommt, dass du mich besuchst. Ist eine Weile her, nicht wahr?"

„Ich will zurück, was du gestohlen hast."

„Das könnte fast alles sein. Geht's etwas genauer?"

„Das Notizbuch, das du von der Frau aus der Kutsche hast mitgehen lassen."

Dieses anstrengende Gekritzel, das zum Ende hin überraschend schlüpfrig wurde. Interessant, wenn man es über die erste Hälfte langweiliger Steine schaffte. „Die Notizen eines Alva Burgess."

„Gib's zurück."

Jon konnte amüsant sein. Stampfte den Fuß auf wie ein kleiner Junge und wollte eine Zuckerstange. Der Bursche musste lernen, sich zu gedulden. „Die Dinge haben sich geändert, mein Freund."

„Welche Dinge denn?"

„Fürs Erste stehst du einem verheirateten Mann gegenüber."

„Das heißt, dir leistet jetzt eine Frau Gesellschaft, wenn du Leute übers Ohr haust?"

Rick konnte sich ein Grinsen nicht verkneifen. Amy war ein wahrer Meister im Taschenausräumen. „Und eine Tochter. Celia. Wär schön, wenn du vorbeikommst und sie kennenlernst."

„Kein Interesse."

Das war das Schwierige an Jon. Verhandlungen mit ihm bedurften eines Druckmittels. „Ich hab das Buch. Du willst es. Alles, was du dafür tun musst, ist mit mir und meiner Familie zu Abend zu essen."

„Warum?"

„Weil wir Freunde sind." Er lächelte. „Ach, und bring die Frau mit."

Er mochte es nicht, Jon zu drohen. Das machte dessen

Alvas Buch

Gesicht so bleich. Aber er spürte Jons Gewissen wie einen grobfasrigen Galgenstrick um den Hals und Jons Hang zur Rechtschaffenheit war der wacklige Schemel unter seinen Füßen. Früher hatte es ihm Spaß gemacht, das Wackeln auszubalancieren, aber jetzt hatte er für eine Familie zu sorgen.

„Sie ist bei Fleur, nicht wahr?", sagte er. Eine Frau aus dem Osten in ein Hurenhaus stecken. Jons Starrsinn wurde nur von seinem Pragmatismus übertroffen.

Als er Jon ansah, waren dessen Augen dunkel und hart. „Ich werde Belle nicht in dein Haus bringen, um sie Brody auf dem Tablett zu servieren."

Patterson war eine einmalige Sache gewesen. Menschen abzuschlachten gehörte nicht zum Tagesgeschäft und Rick konnte es nicht leiden, wenn Jon es so darstellte. „Brody wird nicht dabei sein. Nur meine Frau und meine Tochter."

„Und deshalb hast du mir Brody schon vorher auf die Pelle gehetzt?"

Brody? Er hatte den stinkenden Bastard seit dem Überfall auf die Kutsche nicht mehr zu Gesicht bekommen. „Hab ihn nirgendwo hingeschickt."

Er war sogar erstaunt gewesen, dass es ihm gelungen war, Brody tatsächlich für den Kutschenüberfall aufzutreiben. Aber er fand ihn schlafend und stinkend zwischen den Abfällen in der Seitengasse eines Hurenhauses. Weder Whisky, noch Syphilis, noch eine verirrte Kugel rafften diesen Bastard je dahin. Solange Brody seinen eigenen Angelegenheiten nachging, interessierte Rick nicht, was er trieb. Aber Jonny Cusker war nicht Brodys Angelegenheit.

„Iss mit uns, Jonny. Amy wird sich über Gäste freuen." Er gab sein charmantestes Lächeln. Vielleicht würde es

Amy gelingen, seinen Freund aufzuheitern. Im Moment sah Jonny jedenfalls aus, als hätte man ihn in Essig eingelegt. „Du hast mein Wort. Kein Brody."

Er sah den Schlag nicht kommen. Jons Faust kollidierte mit seinem Jochbein. Sein Blick verschwamm. Dunkelheit für eine Sekunde, bevor er mit dem Hosenboden aufsetzte. Er schmeckte Blut. Und wischte es sich vom Mund.

„Das heißt, du kommst?" Er grinste Jon an. Der hatte den Punkt schierer Verzweiflung erreicht.

„Was zum Teufel willst du von mir, McLain?"

„Dinner."

„Warum sollte ich dir glauben?"

„Nein, mein Freund, die Frage ist: Warum tust du es nicht?"

*** *** ***

„Was tut sie da?" Jon traute seinen Augen nicht. Belle saß im Salon zwischen den Mädchen, dem Geschnatter und der Klaviermusik und sprach mit einem Glatzkopf, der an ihren Lippen hing und vermutlich darüber fantasierte, wie sie sich unter den seinen anfühlen würden. Das und tausend andere Annehmlichkeiten, die die Nacht ihm bieten könnte.

„Sie redet Ambrose ins Paradies." Fleur wippte ihre Füße zur Klaviermusik, hochzufrieden über das volle Haus.

„Sie ist keine Hure."

„Sie hurt nicht, sie redet."

„Mit einem Glatzkopf, der sich darüber die Hosen nass macht."

Fleur tätschelte ihm den Arm. „Sie hat mir von der Hütte

erzählt."

„Was hat die Hütte damit zu tun?"

„Du hast ihr Angst gemacht, Jon. Ich versuche nur, ihr etwas Selbstsicherheit wiederzugeben."

„Indem du sie die Arbeit einer Hure machen lässt? Hast du den Verstand verloren?"

Fleur verdrehte die Augen. „Ich zeige ihr nur, dass sie ebenfalls Macht haben kann über einen Mann."

„Das ist nicht dasselbe."

„Nein, es ist etwas vollkommen anderes und trotzdem ist es Macht, nicht wahr?" Sie zwinkerte ihm zu, bevor sie zu Ambrose hinüberschwebte.

Er stampfte hinterher, bahnte sich einen Weg über Teppiche hinweg, um Armsessel und Chaiselongues herum und versuchte, nicht auf Füße oder Kleider zu treten. Das mochten die Mädchen nicht.

„Mr. Ambrose", rief Fleur den Glatzkopf an. „Ich glaube, Ihre Zeit ist um."

Ambrose stemmte sich aus dem Polster und tupfte ein Taschentuch über die wachsige Stirn. „Ein wundervoller Abend, Madame und eine außergewöhnliche Begleitung."

Fleur legte ihm die Hand auf den Arm. „Es ist mir eine Freude, wenn Sie sich amüsiert haben."

Ambrose strahlte wie ein Honigkuchenpferd. „Miss Annabelle ist genauso liebreizend wie klug. Ihre Kenntnisse der Geologie sind bemerkenswert."

Aus dem Augenwinkel bemerkte Jon, wie das Kompliment Belles Augen zum Leuchten brachte.

„Mr. Ambrose, leisten Sie mir bei einem Drink Gesellschaft." Fleur hakte sich bei Ambrose ein und schwebte mit ihm davon.

Belles Lippen versuchten standhaft, ein Lächeln aufrechtzuerhalten. Ihre Wangen hatten eine tiefrote Farbe angenommen. Der Anblick ließ ihm die Haut kribbeln. Er wollte, dass sie genau so aussah - *seinetwegen* - und dann würde Geologie ganz sicher nichts damit zu tun haben.

„Hast du McLain getroffen?", fragte sie.

Die Frage ernüchterte ihn. Kein Thema, das er im Salon besprechen wollte. Er bot ihr den Arm. „Darf ich dich auf dein Zimmer bringen?"

Durch den Baumwollstoff seines Hemdes spürte er die federleichte Berührung ihrer Hand auf seinem Arm, während sie die Stufen nach oben stiegen und Platz machten für ein Mädchen und ihren dickbäuchigen, schnurbarttragenden Begleiter. Belle wagte einen Blick über die Schulter, hinunter in den Salon, wo die Mädchen bei ihren Gästen saßen und über die Ränder ihrer Gläser lächelten, hin zu der Chaiselongue, auf der sie sich mit Ambrose unterhalten hatte und wo sich jetzt das Mädchen und ihr Dickbauch niederließen. Plötzlich im Klaren darüber, wie ihre Unterhaltung mit Ambrose aus der Ferne gewirkt hatte, kroch ihr die Beschämung bis in die Haarspitzen.

Er brachte seinen Mund an ihr Ohr und bemühte sich, ernst zu bleiben. „Sag das nächste Mal *nein* zu Fleur."

Fleurs Zimmer lag am Ende des Ganges. Es war mehr als acht Jahre her, dass es ihm erlaubt gewesen war, den Raum zu betreten. Früher waren die Wände portweinrot gewesen und dunkle Vorhänge hatten dem Raum etwas Geheimnisvolles gegeben. Jetzt wirkte alles hell und anständig - ausgenommen die barbusige Venus von Milo, die noch immer vom Kaminsims aus verführte.

Belle setzte sich in einen der Armsessel. Ihre Frage nach

Alvas Buch

McLain füllte den Raum.

„Ich hab Rick getroffen", sagte er.

Draußen auf Pattersons Farm war mannshohes Gras über den Terror gewachsen. Alles hatte so friedlich gewirkt. Was hatte er anderes erwartet? Dass die Toten auferstehen und Rache an ihm nehmen?

„Hat er das Buch meines Onkels noch?" Hoffnung füllte Belles Blick.

„Er gibt es zurück unter einer Bedingung: Er will mit uns zu Abend essen. Auf seiner Farm."

Ihr Verstand schien sich durch verschiedene Szenarios zu arbeiten, wie der seine es getan hatte, als er mit Rick sprach. „Werden die anderen Männer auch dabei sein?"

„Nur seine Frau und seine Tochter." Er streckte die Finger durch. Seine Knöchel schmerzten noch von dem Schlag, den er Rick verpasst hatte. „Hör zu, wenn du nicht willst, dann –"

Sie schüttelte den Kopf. „Ich gehe nicht nach Clifton Springs und ohne Alvas Buch ist das alles, was mir bleibt. Ophelia wird mich auf dem Boden verstauen, zwischen Alvas Mineralien und Büchern, sollte es ihr nicht gelingen, einen Ehemann für mich aufzutreiben."

Er verstand. Sie wählte den Terror, dem sie sich stellen wollte. Verzweiflung hatte einen starken Sog.

Er wusste nichts zu sagen, doch er wollte die Vertraulichkeit des Raumes nicht verlassen. Oder Belle. Er sah sich in Fleurs Zimmer um. Die halbnackte Venus von Milo war kein guter Fixpunkt - nicht mit einer lebendigen Frau gleich unter ihr. Er ließ den Blick weiterwandern. Nicht alles hatte sich verändert. Das Kopfteil von Fleurs Bett zierten noch immer Pyramiden. Die Ägypter hatten solche

Dinge gebaut, um Pharaonen darin zu bestatten. Vermutlich war das nur ein Märchen. Belle würde es wissen. Sie wusste alle möglichen Dinge. Am meisten über Fossilien und Schlangensteine. Letzte Nacht hatte sie ihm alles darüber erzählt.

„Würdest du dich setzen?" Belles Stimme holte ihn ins Zimmer zurück. „Bitte?"

Vor acht Jahren war ihm dasselbe gesagt worden, von Fleur. Damals war die Lektion Geduld gewesen. Die Erinnerung stellte ihm die Härchen an den Armen auf. Es gab nichts mehr im Raum, was er noch ansehen konnte, also konzentrierte er sich auf Belles Finger, die den Taft ihres Kleides kneteten.

„Was ist?", fragte er leise. Er setzte sich, aber nicht in den Armsessel. Die Wahl der Bettkante erlaubte ihm eine bessere Sicht auf Belles Antlitz. Sie hatte etwas vor. Der Zug der Entschlossenheit um ihr Kinn verriet sie.

Mit einem tiefen Atemzug fasste sie sich ein Herz. „Die Frauen in diesem Haus ... kennst du sie ... alle?"

Alle? „Dieses Haus - es ist teuer. Was hat Fleur dir über mich erzählt?"

Belle streckte das Kinn vor. Die roten Flecken auf ihren Wangen färbten sich Karmesin. „Dass du mich in deinem Bett haben willst."

Schweiß prickelte auf seiner Stirn. In seinem Bett? Irgendein Bett wäre ihm recht. Oder keins. „Nun", sagte er, „das ist nicht gänzlich unwahr."

Er versuchte herauszufinden, wie Belle sein Zugeständnis aufnahm. Die Flecken auf ihren Wangen verloren rasant an Farbe. Ihre Haltung versteifte sich.

Oh, Gott, er war so ein Dummkopf! Fast hatte er ihre

Frage als Einladung verstanden. Vielleicht lag ihr eine vollkommen andere Motivation zu Grunde. „Hast du Angst vor mir?"

Belles Kopfschütteln überzeugte ihn nicht. Ihre Finger schimmerten weiß von der Anstrengung des Knetens.

„Belle, hör zu. Du musst dir keine Sorgen machen. Ich komm dir nicht nah, außer du –" Er brach ab. *Außer du bittest mich darum* erschien ihm mit einem Male eine dermaßen weithergeholte Fantasie, dass er sich lächerlich vorkam. Und ernüchtert. Von dem, was es bedeutete. Niemals würde er ihren weichen Körper spüren, niemals ihre Lippen küssen und Antwort erfahren. Weil er falsch begonnen hatte. Er hatte ihr Angst gezeigt.

„Es tut mir leid." Er wünschte, er dürfte sie in den Arm nehmen und ihr beweisen, dass er kein Barbar war.

„Deine Finger. Sie sind sauber."

Verblüfft sah er nach seinen Händen. Sie waren tatsächlich sauber, bis auf ein wenig Dreck unter den Nägeln.

„An der Postkutschenstation waren sie dunkel vom Graphit. Als du den Ammoniten gezeichnet hast."

Den Schlangenstein. Das seltsame aufgerollte Ding. Das war ungefähr das letzte Mal, dass er überhaupt etwas gezeichnet hatte.

„Ich mochte die Bilder von Boston. Und die Brigg im Hafen. Da hab ich immer gestanden und auf Alva gewartet, wenn er auf Reisen war." Wehmut umsegelte ihre Lippen. Sie hatte ihm von diesen Reisen erzählt. Fantastische Geschichten über ferne Orte. Er konnte nicht sagen, was erfunden war und was nicht. Doch er verstand das unzertrennliche Band, das sie mit ihrem Onkel verband und sie dazu brachte, sich einer Bande Barbaren zu stellen.

Oder dem Teufel, sollte es nötig sein.

„Wir holen das Buch und dann bring ich dich nach Philadelphia."

Sein Versprechen blieb unbeantwortet. Belles Hände kneteten den Taft und die kleine Furche zwischen den Augenbrauen ließ ihn wissen, dass sie nachdachte. Was immer Fleur ihr über ihn erzählt hatte - und ihr beizubringen, dass er darüber fantasierte, mit ihr das Bett zu teilen, war unverfroren genug - beschäftigte Belle mehr als das Buch ihres Onkels. Es drängte ihn, Fleurs Geschichten in die richtige Perspektive zu rücken. „Ich hab für keines der Mädchen bezahlt. Nicht in diesem Haus."

Er hatte Fleur eine Vitrine gebaut. Er würde Belle ein Haus und einen Garten bauen. Oder Dutzende Regale, in denen sie Steine und Fossilien stapeln konnte, wenn -

„Ich hab keine Angst vor dir."

Ihr kühner Blick sollte als Beweis herhalten. War er auch zu bemüht, um ihn gänzlich zu überzeugen, machte er ihn trotzdem hart. „Ich bin froh, das zu hören."

Vermutlich würde sie ihm einen Kuss gewähren, nur um ihre Furchtlosigkeit zu beweisen. Aber er wollte sie nicht furchtlos. Er wollte, dass sie ihn begehrte.

Als er mit Fleur in diesem Zimmer war, hatte sie ihn Geduld gelehrt. Es war ihm damals so unmöglich erschienen wie jetzt auch.

Alvas Buch

Kapitel 14

Charles Wiley betrachtete den bronzenen Löwenkopf, der die Eingangstür bewachte. Von dieser Adresse aus waren all ihre Briefe geschrieben wurden. Green Street, Saint Louis.

„Wir sind am Ziel", sagte er zu Winston.

Hayward hatte ihn überrascht. Annabelle Stantons zweites Verschwinden hatte Raysfield wie ein Erdbeben erschüttert. Winston stand inmitten all der Aufregung, der Spekulationen, der hitzigen Ratschläge und zweifelhaften Gerüchte. Ruhig dirigierte er die Suchmannschaften und schaffte es nebenher noch, die Hysterie einer gewissen Ophelia Burgess zu handhaben, die mit der Fünf-Uhr-Kutsche wie ein Nachbeben über die Stadt hereinbrach.

Charles musterte Winston aus dem Augenwinkel. Bisher hatte er den Burschen für begriffsstutzig gehalten in allen Dingen, die nicht die Geschäfte seiner Mühle betrugen.

Doch Hayward war es nicht entgangen, dass auch Jon sich nicht mehr in Raysfield befand und das Verschwinden zweier Menschen aus ein und derselben kleinen Stadt keinesfalls nur dem Zufall anheim zu schreiben war.

Am Ende war es Winstons Persistenz, die sie hierher brachte - unter der Bedingung der Verschwiegenheit über alles, was hier geschah und das nichts davon zu Jons Nachteil gereichen würde.

„Dieses Haus ist ein Bordell", sagte Charles.

„Gut." Winston streckte den Hals, als wäre ihm der Kragen zu eng.

Charles musste ihm zumindest zugestehen, dass ihm seine Gesinnung über einen Ort wie diesen nicht im Gesicht abzulesen war. *Noch nicht.*

„Es gehört meiner Schwester."

Winstons Mund klappte auf. Charles hatte nichts anderes erwartet. Dennoch begann, beim Anblick von Winstons Konsternation, das alte Gefühl der Beschämung über seine Schwester erneut zu gären.

Also schön. Er fasste nach dem Ring, den der Löwe im Maul hielt. Das Metall glänzte warmgolden in der Abendsonne. Freundlich und einladend - als spotte es ihm.

Die Tür öffnete ein Junge von vielleicht zehn Jahren, mit blonden pomadisierten Haaren und zwei Narben einer Windpockeninfektion auf der Stirn. „Guten Abend, die Herren."

Charles räusperte sich. „Guten Abend. Ich bin Doktor Charles Wiley und das ist Mr. Winston Hayward. Wir sind hier, um Mar- ", Margarete Jane war nicht mehr ihr Name. Sie hatte sich von ihm befreit, wie sie sich von ihrer Familie befreit hatte. „- um Madame Fleur zu treffen."

„Kommen Sie herein. Madame wird Sie gleich begrüßen."

Gedämpfte Klaviermusik empfing sie. Zwei seidenbezogene Stühle wurden ihnen von dem Jungen angeboten, doch Charles hatte nicht vor, geduldig zu warten. „Sag ihr, dass ihr Bruder da ist."

Winston stand steif an seiner Seite. Pianomusik und Lachen bewegten die Luft. Am oberen Ende der Treppe bemerkte Charles eine Bewegung. Ein Mädchen schritt die Treppe hinunter und begann zu lächeln, als sie ihn und Winston bemerkte. Sie schritt dicht an Winston vorbei und streifte ihn in der Form einer Unachtsamkeit, vor der Winston zurückwich.

Der Junge kam zurück. „Madame erwartet Sie in ihrem Büro."

Der Raum war mit Teppichen ausgelegt und mit Mahagonimöbeln eingerichtet. Auf dem großen Schreibtisch standen Blumen in einer Vase. Lilien. Mutters Lieblingsblumen.

Margarete stand in der Mitte des Raums.

„Charles." Ihre Stimme erklang klar und stark, genau wie er sie in Erinnerung hatte. Sie sah aus wie Mutter, mit den hohen Wangenknochen und den katzenhaften Augen. Nur hatte hinter Mutters wasserblauen Augen niemals dieses Feuer gebrannt. Seit Kindertagen war Margarete mutig und forsch gewesen. Mutiger als er es jemals sein konnte.

„Margarete." Er wagte nicht, sie Greta zu nennen, wie er es getan hatte, als sie im Garten der Familie Schmetterlingen nachjagten, aber er sollte verflucht sein, wenn er sie mit Madame Fleur anredete.

„Das ist Mr. Winston Hayward", sagte er. „Er betreibt eine Papiermühle in Raysfield. Mr. Hayward, das ist meine Schwester Margarete Jane Wiley."

Sie zuckte unter der Erwähnung ihres Geburtsnamens zusammen. Dann wandte sie sich mit entschlossener Freundlichkeit an Winston. „Mr. Hayward, willkommen in meinem Haus." Sie reichte ihm die Hand. „Ich wünsche, Fleur genannt zu werden. Magarete gestatte ich nur meinem Bruder. Ein Geburtsrecht sozusagen." Sie zwinkerte ihm zu und er spürte den strafenden Klaps auf die Finger.

Winston verbeugte sich schneidig.

Einen Moment später saßen Winston und er auf gepolsterten Stühlen und hielten jeder ein Glas Sherry in der Hand. Warm und würzig auf der Zunge - exquisit. Charles würde ihn genießen, tränke er ihn irgendwo anders als im Hurenhaus seiner Schwester.

Winston wippte mit den Füßen. Ein exquisiter Sherry war das Letzte, das ihn interessierte. Charles wollte ihn nicht länger auf die Folter spannen.

„Mr. Hayward hat um meine Hilfe bei der Suche nach seiner Schwägerin gebeten", begann er.

Hayward schoss auf seinem Stuhl nach vorn. „Miss Annabelle Stanton. Ihre Familie ist in großer Sorge um ihr Wohlbefinden. Ich habe all meine Hoffnung daran gehängt, Miss Annabelle sicher unter Ihrem Schutz zu finden."

Margarete bedachte Hayward mit einem prüfenden Blick. „Und Ihre Hoffnung, Sie hier zu finden, begründet sich auf welchen Schlussfolgerungen?"

„Ich nehme an, dass sie sich in Begleitung von Jonathan Cusker befindet. Eine Annahme, die Doktor Wiley bestätigt hat. Der Doktor machte mich darauf aufmerksam, dass Mr. Cusker Miss Annabelle zu Ihnen gebracht haben könnte."

„Zu mir gebracht? Was meinen Sie damit?" Hinter Margaretes feinem Lächeln versteckte sich das Echo einer dunklen Erinnerung.

„Ich meine ..." Hayward sah ihn hilfesuchend an.

„Mr. Hayward wollte sagen, dass Jon Miss Stanton hierher begleitet hat auf Miss Stantons eigenen, freien Wunsch hin. Und dass Mr. Hayward diesen Wunsch respektiert."

„Gut, dass wir uns in dieser Angelegenheit einig sind." Er erhielt ein feines Nicken, bevor Margarete sich wieder Hayward zuwandte. „In der Tat hat Jon Annabelle zu mir begleitet und ich habe den beiden meine Gastfreundschaft angeboten, wie man es für Freunde in Not von mir erwarten kann. Sie können Miss Stantons Familie ausrichten, dass sie wohlauf und wohlbehütet ist."

Nicht, was Winston sich erhofft hatte. „Ich vertraue selbstverständlich auf Ihre Einschätzung, aber ich würde dennoch gerne mit Miss Annabelle sprechen und wäre Ihnen zu tiefstem Dank verpflichtet, wenn Sie ein solches Treffen ermöglichen könnten."

Charles nippte von seinem Sherry. Ein bisschen kratzig im Abgang.

„Ich werde sie selbstverständlich fragen." Margaretes Freundlichkeit blieb ungebrochen. „Angesichts der Tatsache, dass Jon und Annabelle auf meinen Schutz vertrauen, schulde ich es den beiden, mich nach Ihren Absichten zu erkundigen, Mr. Hayward."

Winston schaute sie perplex an. „Ich kann Ihnen versichern, Madame, meine Absichten sind gänzlich ehrenhafter Natur."

„Dann erlauben Sie mir, offen zu sprechen. Sind Sie hier, um Annabelle ihrer Familie zurückzubringen? Gegebenenfalls gegen ihren ausdrücklichen Wunsch?"

Charles stellte sein Glas auf den Tisch. Hayward hatte ein zu delikates Thema angeschnitten. Als Margarete die Familie verließ, hatte Vater ihr zwei Männer auf die Fersen gehetzt, die sie buchstäblich an den Haaren nach Hause zurückzerrten.

„Mr. Hayward wird nichts dergleichen tun", sagte er. „Und er hat gewiss nicht vor, Miss Stanton auf dem Dachboden einzusperren."

Er hatte gehofft, die Vergangenheit nicht so schnell besprechen zu müssen. Er sah den Schmerz in Margaretes Augen. Sie hatte Vater nie verziehen, noch würde sie es jemals tun. Im nächsten Moment war ihr Lächeln zurück.

„Nun", sagte sie, „da Jon und Annabelle nicht anwesend sind, sollten wir ein Treffen für die nächsten Tage arrangieren. Ich werde Tommy schicken. In welchem Hotel haltet ihr euch auf?"

Charles erhob sich. „Das Planters." Vier Dollar am Tag und Winstons Wahl. Er sollte aufhören, sich in Hühnersuppe bezahlen zu lassen.

„Mr. Hayward", bat er ihn. „Gestatten Sie mir einen Moment mit meiner Schwester."

Winston erhob sich widerwillig, nicht im Geringsten zufrieden mit dem Ausgang des Gesprächs.

Allein mit Margarete, bat Charles um ein weiteres Glas Sherry, das sie ihm bereitwillig einschenkte.

„Wer ist dieser Mr. Hayward?", fragte sie.

„Ein verzweifelter Mann, dessen Familie seine Freiheit auf ungebührliche Weise einschränkt."

Alvas Buch

Margarete akzeptierte das Zugeständnis stillschweigend. Auf ihrem Schreibtisch lag das Briefpapier, das er so oft mit ihrer feinen Handschrift in den Händen hielt. Zwei Briefe pro Jahr. Das machte sechsundzwanzig von ihr und keinen einzigen von ihm. Winstons Persistenz hatte ihn hierhergebracht und er war froh darüber gewesen, denn es war nicht Winston, der ihn am Ende nach Saint Louis zog. Es war die Sehnsucht, sie wiederzusehen. Seine starke Schwester.

„Greta –" Er stoppte. Er hatte ihr nie geschrieben, weil kein Wort über seine Schuld hinwegreichte. Ihr war Unrecht geschehen. Schreckliches Unrecht, verübt von ihrer eigenen Familie. Nicht ein einziges Mal hatte er ihre Seite ergriffen. Vater hatte sie auf dem Dachboden eingeschlossen, und er war aufs College gegangen, um Arzt zu werden.

Dennoch hatte sie ihm Jon und das Baby geschickt. Und er nahm sie auf. Er konnte Margarete nicht ein weiteres Mal enttäuschen. Schuld wurde Zuneigung über die Jahre. Jon war seine Reue. Wusste sie das?

„Wo ist Jon? Ich muss ihn sprechen."

„Nicht hier, wie ich gesagt habe. Er holt ein Buch zurück, das Annabelle gestohlen wurde."

„Von Richard McLain."

„Ja. Sie essen auf seiner Farm zu Abend."

Die Vorstellung traf ihn wie ein Schlag in den Magen. Also war er wieder bei ihnen.

Alvas Buch

Kapitel 15

Friedlich war der erste Gedanke, der Jon in den Sinn kam. McLains Farm erwartete sie im warmgoldenen Glanz der Abendsonne. Dem Schornstein entstieg eine zarte Rauchsäule, die der Wind nach Osten trug. Zwei Schecken dösten in einer halbrunden Koppel, an die sich eine frischgezimmerte Scheune anschloss.

„Ist das die Farm?" Belle blickte mit weiten Augen auf das Haus. Sie war den ganzen Ritt über still und in sich gekehrt gewesen, doch diese Imitation der Friedfertigkeit lockerte ihre Anspannung augenfälliger, als sein Versprechen, sie zu beschützen, es vermocht hatte.

„Sollen wir dann?", fragte er.

Ein dunkler Fleck löste sich vom Haus und jagte auf sie zu. Der Köter sprang bellend um die Pferde und brachte den Rappen zur Weißglut. *Verdammtes Mistvieh.* Ein schriller Pfiff zog den Köter ab.

Rick erwartete sie auf der Veranda. Er trug ein Grinsen im Gesicht und eine Tabakpfeife in der Hand. Weder Patronengurt noch Waffe - ein kreuzbraver Farmer, wäre da nicht die grüne, bestickte Samtweste. Jeder, dem nur ein bisschen Verstand gegeben war, konnte es sehen: Rick McLain rannte keinem Pflug hinterher.

Jon band den Rappen fest und half Belle aus dem Sattel. Er spürte die Spannung in ihrem Körper, wie damals, als sie vor ihm auf dem Pferde saß und Rick sie stundenlang durch die Mittagshitze zwang.

„Miss Stanton", Rick verbeugte sich. „Es ist mir eine Ehre, Sie als Gast begrüßen zu dürfen."

Jon stand nah genug, um den rasenden Puls an Belles Hals zu beobachten. Trotz allem erklang ihre Stimme fest.

„Mr. McLain."

Die Haustür öffnete sich und ein kleines Mädchen quetschte sich durch den Spalt. Sie griff nach Ricks Hand.

„Das ist Celia. Meine Tochter."

Ein Halbblut mit Ricks Grübchen auf den Wangen. Wo die Abendsonne ihr schwarzbraunes Haar erreichte, leuchtete ein kupferner Schimmer.

„Würdest du unsere Gäste ins Haus führen?"

Die Kleine nickte eifrig und stemmte die Tür auf. Belle schenkte ihr ein angetanes Lächeln. Die Anwesenheit des Mädchens schien sie zu entspannen. Jules' Gegenwart hatte das auch erreicht. Als wäre ein Mann in Begleitung eines kleinen Kindes weniger barbarisch.

Belle ließ sich von dem Mädchen ins Haus führen. Als er ihr folgen wollte, trat Rick ihm in den Weg.

„Keine Waffen in meinem Haus." Rick zuckte mit den Schultern, als lägen die Regeln nicht in seinen Händen.

„Wo ist Brody?"

„Nicht hier und nicht eingeladen. Wenn es dich beruhigt, sieh dich um."

Er hatte sich umgesehen. Nirgendwo ausgespuckte Tabakklumpen, die an Stiefelsohlen kleben blieben. Jon verstaute den Revolver in Mollys Satteltasche. In seinem Stiefel wusste er immer noch das Messer, mit dem er Belles Fesseln einst zerschnitten hatte. Das sollte genügen.

Im Haus empfing ihn wärmendes Kaminfeuer und ein gedeckter Tisch. Es roch nach gebratenem Rebhuhn und Apfelkuchen. Eine Frau, die ihm kaum bis zur Brust reichte, balancierte eine Schale mit gerösteten Maiskolben an ihm vorbei. Rick legte den Arm um ihre Taille. „Das ist Amy, das Licht meines Lebens."

Sie verdrehte die Augen. „Hier, Licht meines Lebens", sagte sie und drückte Rick einen Kuss auf die Wange, „trag das zum Tisch. Ich möchte unsere Gäste begrüßen."

Sie rieb die Hände an der Schürze, begrüßte erst Belle und reichte dann ihm die Hand. „Mr. Cusker, nicht wahr?"

Sie war hübsch. Hohe Wangenknochen und ein dunkler Teint verrieten indianisches Blut.

„Willkommen in meinem Heim", sagte Rick. „Nehmt Platz."

Ricks Heim imitierte die Herberge eines hart arbeitenden Farmers, darauf bedacht, seiner Familie ein Auskommen zu verschaffen. Doch der Stuhl, auf dem Jon sich niederließ, war gestohlen, darauf verwettete er seinen rechten Arm.

Belle beschäftigte sich damit, die Buchrücken eines vollgepackten Regals zu bewundern. Das Licht des Kamins reflektierte in ihren Augen.

Alvas Buch

Ein Buchregal machte Richard McLain nicht zu einem zivilisierten Menschen. Auch ein kleines Mädchen aus eigenem Fleisch und Blut nicht. Jon beobachtete die Kleine unter halbgesenkten Lidern. Unglaublich, dass Rick McLain, zumindest ein einziges Mal in seinem Leben, etwas so Pures und Reines erschaffen hatte. Jules würde jetzt auch zu Abend essen, mit Charles. Über die Jahre vergaß er manchmal, dass sie nicht sein eigen war. Jetzt traf es ihn mit Wucht. Julia Cusker war nicht seine Tochter. Sie war wunderschön und himmelsgleich, aber an dieser Schönheit hatte er keinen Anteil.

„Nun, Annabelle", hörte er Rick. „Wenn es Ihnen gefällt, sind Sie herzlich eingeladen, durch meine bescheidene Bibliothek zu stöbern."

Das Angebot lockte sie. „Oh, das würde ich sehr gern."

„Ich habe mein Bestes gegeben, Jon für die Vergnügungen des Lesens zu begeistern, doch er scheint noch immer nicht sehr angetan davon."

Er fühlte sich sehr angetan davon, Rick die Faust ins Gesicht zu schlagen. Rick war nicht ihr Gastgeber, er war ihr Feind. Doch Belle entspannte sich mit jeder Minute mehr, in der Rick sie mit Fragen über Steine und Fossilien beschwatzte. Ihre Wangen glühten im Eifer der Diskussion. Wie bei Ambrose, dem Glatzkopf. Aus dem Augenwinkel folgte er den Bewegungen ihrer Lippen. Sie waren feucht und purpurn vom Wein.

„Nun", sagte sie, „die Existenz von Vulkanen ist ein starker Beweis für die Existenz eines unterirdischen Feuers."

Er nippte vom Wein. *Eher ein unschlagbarer Beweis für die Existenz der Hölle.*

„Warum gibt es dann nicht mehr Vulkane auf der Welt?"
Rick schob sich eine Gabel Erbsen in den Mund. Der Kerl amüsierte sich prächtig.

„Es gibt weitaus mehr Beweise für unterirdische Hitze", sagte Belle. „Heiße Quellen zum Beispiel."

„Haben Sie schon einmal im Meer gebadet? Am Grund fühlt es sich doch eher kalt an."

„Oh", Belle zog die Stirn in Falten, dann entspannte sie sich mit einer Idee. „Sollten Sie ein wenig mit Chemie vertraut sein, werden Sie bestimmt von Nichtleitern gehört haben. Gibt es also einen Nichtleiter zwischen dem zentralen Feuer und dem Grund des Meeres wird nur wenig Wärme übertragen werden können."

Firlefanz. Jon klirrte die Gabel auf den Teller. „Na schön, was hält dieses innere Feuer am Brennen? Braucht es dafür nicht eine gewaltige Menge Kohle oder Holz oder Ähnliches?"

Beide starrten ihn an, als hätte er eine Kardinalssünde begangen, außerhalb der Reihe zu sprechen. Belle fasste ihn ins Auge. „Eine Erklärung ist unmöglich. Sie ist genauso unmöglich, wie der Versuch, die Herkunft der Sonnenwärme zu erklären."

Eine feine Schicht Schweiß prickelte auf seiner Stirn. Wären sie allein, würde er ihr sagen, dass ihre Antwort purer Unsinn war und nichts weiter als eine plausible Erklärung dafür, nicht die leiseste Ahnung zu haben.

„Mr. Cusker", Amy nahm seinen leeren Teller vom Tisch. „Haben Sie noch Platz für Apfelkuchen?"

In ihren Augen blitzte Amüsement. Was wusste sie über dieses erzwungene Abendessen? Oder Ricks Pläne? Rick hatte ihm gesagt, dass die beiden gemeinsam Dampfschiffpassagiere ihrer Geldbörsen erleichterten. Amy war perfekt für den Betrug. Zart und zerbrechlich, würde niemand annehmen, dass sie eine Gefahr für ihre Besitztümer darstellte. Aber sie war gewiss nicht harmlos. Dann wäre sie nicht Ricks Frau.

Der hatte Belle wieder ins Gespräch zurückgelockt.

„Hutton sagt", erklärte sie, „dass die Berge von Regen und Frost erodiert und in kleinen Stücken durch Flüsse wieder ins Meer getragen werden."

„Aber das ergibt keine neuen Berge, nicht wahr?"

Ambrose hatte das auch getan. Ihr die Fragen gestellt, die sie dazu brachten, aus dem Inneren heraus zu glühen. Aber sie waren nicht hier, um über Vulkane zu fantasieren oder ob die Welt im Inneren brannte. Begriff sie nicht, dass McLain sie vorführte? Das Geschwätz musste ein Ende haben.

„Was ist mit dem Buch?" Seine Frage ließ die Gespräche abrupt verstummen. Belles Wangen färbten sich Karmesin, Ricks Mundwinkel zuckten belustigt.

McLain stand auf, lief zu einer Kommode und kam mit dem Buch ihres Onkels zurück. Er legte es vor Belle auf den Tisch. „Ich gestehe, Annabelle, dieses Buch mit größtem Interesse gelesen zu haben."

Der Anblick des abgenutzten Leders ließ Belle aufatmen. Gleichzeitig zögerte sie, danach zu greifen, wohl aus Angst, Rick könne es ihr vor den Augen wieder wegschnappen.

„Haben Sie es ebenfalls gelesen?"

Belle senkte die Lider. „Ich ... Ich konnte nicht. Nach seinem Tod schmerzte es zu sehr, seine Handschrift zu sehen."

Alvas Buch

„Mein Beileid für Ihren Verlust."

In Belles Augenwinkeln glitzerte es feucht. *Zur Hölle mit McLain.*

„Was haben Sie mit dem Buch vor?"

„Ich werde es nach Philadelphia bringen, um es veröffentlichen zu lassen."

War sie verrückt geworden? Philadelphia ging McLain einen verdammten Dreck an! Er stellte die Füße auf den Boden. Bevor er etwas sagen konnte, kam McLain um den Tisch herum und schlug ihm die Hand auf die Schulter.

„Jon, lass uns einen Spaziergang machen." Er schenkte den Damen eine galante Verbeugung. „Ein Wort unter Männern, das die Ladys nur langweilen wird."

*** *** ***

Die Nacht war hereingebrochen. Es roch nach Regen. Molly und der Rappe dösten mit gesenkten Köpfen neben der Veranda. Jon strich über Mollys warmen Hals, bevor er Rick zur Koppel folgte.

Der Köter trabte an ihm vorbei und richtete sich zu Füßen seines Herrn ein. Der lehnte mit dem Rücken gegen den Zaun. Das Licht des Hauses reflektierte in seinen Augen, auch wenn er sie zu schmalen Schlitzen zusammenkniff und ihn amüsiert betrachtete.

„Für die Blonde aus der Kutsche hättest du keinen Finger gerührt, nicht wahr?"

„Du bist jetzt ein Farmer?"

„Ein Mann muss sich niederlassen. Früher oder später."

„So wie Patterson?"

Rick drehte sich um und stützte die Ellbogen auf der

obersten Zaunlatte ab. „Es ist an der Zeit, die Toten in Frieden ruhen zu lassen."

Nicht so einfach, wenn man in die Augen eines Mädchens blickte und sich an die toten Gesichter ihrer Eltern erinnerte.

„Du hättest es beenden können."

„Du meinst, eine Kugel in Brodys Kopf hätte das Schlachten beendet? Du hast recht, aber du erwartest doch nicht ernsthaft von mir, dass ich meinen eigenen Bruder erschieße?"

„Ich werde es tun. Kommt er noch einmal in Belles Nähe, töte ich ihn."

„Belle, ja? Sieht ganz danach aus, als wär sie dir inzwischen recht zugetan. Eine Frau verändert die Dinge, nicht wahr?"

„Sind wir durch?" Sein Teil der Abmachung war erfüllt. Er war nicht willens, den Besuch auszudehnen.

„Wie auch immer", sagte Rick. „Es ist nicht dein Weib über das ich sprechen wollte. Es ist Julia."

Die Worte stockten sein Blut. „Was ist mir ihr?"

„Patterson war ein Lügner. Und ein Dieb. Und er hat bekommen, was er verdient hat."

„Jules geht dich nichts an." Er war hier, um ein Buch zu holen. Jules hatte nichts mit alldem zu tun.

„Beim nächsten Besuch bringst du die Kleine mit. Celia wird ihre Gesellschaft mögen. Die beiden sind ungefähr im gleichen Alter, nicht wahr?"

McLains Worte zogen sich wie eine Henkersschlinge um seinen Hals. Ein endloser Albtraum dehnte sich vor ihm aus, in dem McLain ihn nach Gutdünken heranwinkte. Er presste die Antwort durch die Enge in seiner Kehle.

„Nein."

Rick klopfte ihm lachend auf die Schulter. „Ach, Jonny. Ich hab wirklich eine Schwäche für dich."

Der Hund bellte. Er streifte Jons Bein, als er unter dem Zaun hervorschoss. Pferdehufe donnerten über trockenen Boden und eine trunkene Stimme brüllte durch die Nacht. *Brody*.

Mit rasendem Herzen rannte Jon los. Er jagte über festgetretene Erde, nahm die Verandastufen mit einem Sprung und riss die Tür auf.

Sein Erscheinen ließ die Frauen zusammenfahren. Belles Lächeln erstarb, als er auf sie zumarschierte. „Wir verschwinden."

Zu perplex, um zu reagieren, starrte sie ihn fassungslos an. „Was ...?"

„Brody ist hier." Stuhlbeine scharrten über die Bodendielen, als er Belle auf die Beine zerrte. Panik weitete ihre Augen. Dennoch besaß sie die Gegenwärtigkeit nach Alvas Buch zu greifen. *Gut*. Er käme nicht für das Ding zurück.

Er schob Belle nach draußen. Brody stand sabbernd auf der untersten Verandastufe. „Hey, Jonny."

Bastard. Er drückte Belle beiseite und rammte Brody die Schulter in die Brust. Der Fettsack ging rücklings zu Boden.

„Steig auf." Er drängte Belle zwischen Molly und den Rappen.

Endlich fand ihr Fuß den Steigbügel.

„Beeil dich." Mit der Hand unter ihrem Hintern drückte er sie in den Sattel. In seinem Rücken klickte ein Revolver. Er erstarrte. Sein Herz schlug ihm bis in den Hals. Zwischen zwei Schlägen wirbelte er herum.

Brody grinste übers ganze Gesicht. Genau dahin trieb Jon

seine Faust. Brody kippte nach hinten wie ein nasser Sack. Jon warf sich auf den stinkenden Hurenbock, schlang ihm die Hände um die Kehle und drückte zu.

Quer über Brodys Nasenrücken zog sich ein dunkler Streifen. Der Anblick befriedigte ihn zutiefst. Seine Faust hatte also Knochen gebrochen in der Höhle. Er schloss die Finger fester um Brodys Kehle.

Ein Fußtritt krachte ihm in die Seite und nahm ihm die Luft. Rick zerrte Brody unter ihm hervor. Für eine Sekunde sah Jon den Pferdedreck an Brodys Sohle, bevor der Stiefel mit seiner Schläfe kollidierte und ihn in Dunkelheit schicken wollte. *Nein!* Er konnte jetzt nicht ohnmächtig werden. Er konnte Belle nicht diesen Schlächtern überlassen.

Er zwang sich auf die Knie. Sein Kopf schwirrte. Eine Welle der Übelkeit ließ ihn die Augen zusammenkneifen. *Steh auf!*

Er stand, schwankend, und tastete fahrig nach den Zügeln des Rappens. Sein Stiefel glitt zwei Mal aus dem Steigbügel, bevor er endlich das Eisen fand. Er griff nach dem Sattelhorn und zog sich hoch.

Belle? Er riss den Kopf herum. Eine neue Welle der Übelkeit schwappte über ihn. Aber Belle war da, auf Molly, und starrte ihn mit weit aufgerissenen Augen an.

„Jon!" Rick ergriff die Zügel des Rappen. Das Tier riss den Kopf hoch und tänzelte rückwärts. „Das hier wird nicht Patterson. Vergiss endlich Patterson!"

„Zur Hölle mit dir! Lass los!"

Brody arbeitete sich auf die Hacken hoch. Er spie Blut und Speichel. „Ich geb dir Patterson doppelt und dreifach, Jonny. Verlass dich drauf."

Rick fuhr herum und trieb Brody die Faust ins Gesicht.

Brodys Schädel knallte gegen die Hauswand. Dann lag er still.

*** *** ***

Der Vollmond leuchtete hell und doch kam Jon die Nacht undurchdringlich in ihrer Dunkelheit vor. Die Konturen der Bäume und Sträucher verschwammen vor seinen Augen zu gestaltlosen Schatten. Wie viele Meilen lag Ricks Farm hinter ihnen? War es schon nach Mitternacht?

Er drückte den Handballen gegen das Pochen in seinem Schädel. Wo Brodys Stiefel getroffen hatte, spürte er die Kruste getrockneten Blutes. *Ich geb dir Patterson doppelt und dreifach.* Das Hämmern in seinem Kopf übertönte sein Denken. Jules. Er musste Jules in Sicherheit bringen.

Ein galliger Geschmack kroch ihm die Kehle hinauf. Er hastete aus dem Sattel und stolperte ein paar Meter in Richtung eines Baums, bevor seine Knie dumpf auf den Boden schlugen. Er würgte und spie Apfelkuchen auf die Wurzeln eines Maulbeerbaums.

Als nichts mehr kam, lehnte er sich auf die Hacken zurück. Die Leichtigkeit in seinem Magen stieg ihm bis in den Kopf. Stille. Er schloss die Augen und sog die kühle Nachtluft in die Lungen. Der Leichtigkeit nachzugeben, lockte ihn. Sich hinlegen, die Augen schließen - vergessen.

„Jon?"

Er zwang die Augen auf. Der ätzende Geruch seines Erbrochenen brannte ihm in der Nase.

„Komm nicht her." Er streckte Belle den Arm entgegen und zwang sich auf die Füße. „Steig auf dein Pferd."

„Jon?" Belle fasste seinen Arm. „Wer ist Patterson?"

Ihm schwindelte. Er schloss die Augen. Da war so viel Blut gewesen. Es kroch über die Holzdielen und saugte sich in seine Stiefelspitzen.

„Jon?"

Er hatte sich nicht rühren können. Gar nichts hatte er tun können. „Jules ist nicht meine Tochter."

Das Rauschen in seinem Kopf wurde lauter. Belles Hände umklammerten seinen Arm. Sie sorgte sich um ihn. Wie konnte sie nur? Alles, was ihr geschehen war, war ihr nur seiner Feigheit wegen geschehen.

„Sie haben ihre Eltern getötet … Brodys Messer … er hat ihr die Kehle aufgeschnitten." Ellen Patterson hatte ihm Pfannkuchen gemacht und dieses seltsame süße Gebäck. Feige war er gewesen. Ein Feigling mit einem Revolver am Gürtel und genug Zeit, ihn zu benutzen. Doch er hatte nur dagestanden und auf das Blut zu seinen Füßen gestarrt und gebetet, dass es nicht an ihm heraufkroch.

„Ich hab sie sterben lassen." Er konnte die Erinnerung an Ellens geschundenen Körper nicht ertragen. Nicht damals. Nicht jetzt. Und nun, da Belle die Wahrheit kannte, fürchtete er ihr Urteil. Er ließ ihr keine Zeit dafür. „Steig auf dein Pferd. Wir müssen uns beeilen."

Alvas Buch

Kapitel 16

Als Jon den Ring des Löwen gegen die Tür an der Green Street hämmerte, starrte Belle auf seine Schultern. Sie konnte noch immer nicht fassen, was er ihr gestanden hatte. Die Bande hatte Julias leibliche Eltern ermordet. Das Wissen darum war so gewaltig, dass es nicht in ihren Verstand hineinzupassen schien.

Jon hatte sie nicht angesehen, als er ihr sagte, dass Julia Cusker nicht seine Tochter war. Er hatte sie überhaupt nicht mehr angesehen, seit er ihr von den Pattersons erzählte. Sein Gesicht wachsig und bleich. *Panisch*.

Jetzt hatte seine Haltung sich geändert. Alles an ihm war von erschreckender Stille und Entschlossenheit. Es machte ihr Angst.

Die Tür öffnete sich einen Spalt. Sie erwischte einen Blick auf Tommys gegelten Blondschopf, bevor Jon die Tür aufstieß und Tommys Stirn damit kollidierte.

Alvas Buch

Jon marschierte hindurch, doch er stoppte abrupt. Kleidung raschelte, als jemand aufstand, der auf den seidenbezogenen Wartestühlen ausgeharrt hatte. Ein Moment unheilvoller Stille folgte dem Rascheln, bis Jon mit dunkler Stimme sprach: „Was tun Sie hier?"

„Mister Cusker …"

Belle trat beiseite, alarmiert durch den Klang der Stimme. „Winston."

Winstons Augen weiteten sich. „Miss Annabelle, ich hatte so darauf gehofft, Sie hier zu finden."

Sie hier zu finden? In einem Bordell?

„Noch mal, Hayward, was tun Sie hier?"

Winston straffte die Schultern. „Ich bin hier, um nach Miss Stanton zu suchen und mich ihres Wohlergehens zu vergewissern."

„Und wer hat Ihnen geraten, *hier* nach ihr zu suchen?"

„Doktor Wiley war so freundlich."

Jon schnaubte. „Doc hat Sie hergeschickt?"

„Im Gegenteil", Winston genoss die Korrektur, auch wenn nur ein feiner Hauch der Genugtuung in seiner Stimme lag. „Doktor Wiley hat mich hierher begleitet."

Jon stürmte an Winston vorbei und riss die Tür zu Fleurs Büro auf.

Winston schob sich in ihr Sichtfeld. „Geht es Ihnen gut?"

„Es geht mir gut." Sie stahl einen Blick um ihn herum. Die Bürotür stand offen, doch sie konnte niemanden sehen.

„Ich bin so froh, Sie gefunden zu haben. Ihre Familie macht sich große Sorgen. Ihre Tante war geradezu hysterisch."

Tante Ophelia. Sie hatte so lange nicht an sie denken müssen. Sie wollte es auch jetzt nicht.

„Entschuldigen Sie mich, Winston." Sie lief zu Fleurs Büro.

Fleur saß an ihrem Schreibtisch und winkte sie herein. Jon und Doc Wiley standen einander gegenüber. Was immer gesagt worden war, hatte eine tödliche Stille hinterlassen. Jons Gesicht war bleich, Doc Wileys Hals glühte rot.

„Ich muss mich setzen", sagte Jon schließlich und sank in einen der samtbezogenen Stühle. Er nahm den Kopf zwischen die Hände und schob die Finger durchs Haar. Er sah furchtbar aus. Sie hoffte, dass er sich nicht erneut würde übergeben müssen. Da konnte nichts mehr übrig sein in seinem Magen. Die Stelle, wo Brodys Stiefel getroffen hatte, war geschwollen und blutverkrustet. Der Doktor begutachtete die Verletzung ebenfalls, dann sah er zu ihr.

„Was ist mit seinem Kopf passiert?"

„Ein Stiefeltritt."

„War ihm übel?"

Sie nickte.

„Du hast eine Gehirnerschütterung, Jon. Du musst dich ausruhen."

„Ich kann mich nicht ausruhen. Ich muss Jules holen." Er gab dem Doc einen hässlichen Blick. „Wo hast du sie gelassen?"

„Bei den Hendersons."

Jons Antwort war ein abfälliges Schnauben.

„Annabelle", sprach Fleur sie an. „Erzählen Sie uns, was passiert ist."

Belle spürte den Schlag ihres Herzens hinter dem Brustbein, doch bevor sie den Mund öffnen konnte, sprang Jon aus dem Sessel.

„Nichts ist passiert." Sein steinharter Blick eine Warnung. Damals in der Hütte hatte dieser Blick fast ihren Mut erstickt. Jetzt wusste sie es besser. Die Rohheit darin verriet das Ausmaß seiner Angst.

Jons Aufmerksamkeit rutschte über ihre Schulter und verhakte sich an etwas. Belle spürte Winston in ihrem Rücken.

„Raus mit Ihnen. Das alles geht Sie verdammt noch mal nichts an."

„Miss Annabelle geht mich sehr wohl etwas an. Ihre Cousine ist meine Verlobte."

Jons Muskeln spannten sich. Noch ein Wort und er würde Winston an die Kehle springen.

„Jon." Sie drückte sein Handgelenk. Unter ihren Fingerkuppen hämmerte sein Puls.

„Mr. Hayward", Doc Wiley legte Winston eine Hand auf die Schulter. „Ihre Ritterlichkeit in Ehren, doch bitte gestatten Sie uns einen privaten Moment."

Mit knirschenden Zähnen ließ Winston sich vor die Tür geleiten.

„Was hast du jetzt vor, Jon?", fragte Fleur, nachdem sich die Tür hinter Winston geschlossen hatte.

„Ich bring Jules nach Boston. Zu ihrer Familie. Dort ist sie sicher."

Das Rot an Doc Wileys Hals intensivierte seine Farbe. „Sag gegen die Bande aus. Bring sie an den Galgen für den Mord an Patterson."

Jon wirbelte die Hand durch die Luft. „Damit Jules erfährt, dass ich ihre Eltern getötet habe?"

„Du hast sie nicht getötet."

„Aber ich hab es verdammt noch mal zugelassen. Das ist dasselbe."

„Du warst fünfzehn. Noch ein Kind."

„Ein Kind mit einer Waffe, die ich hätte benutzen können, nicht wahr?"

Belle schloss die Augen. Der Streit der Männer war allein ihre Schuld. Alvas Buch schien sich in ihrer Unterkleidtasche zu verwandeln. Kleine, spitze Dornen wuchsen aus dem Leder und stachen in ihren Bauch.

„Ich bring Jules nach Boston!" Die Härte in Jons Stimme duldete keinen Widerspruch und die Wucht, mit der er die Tür hinter sich zuschlug, ließ sie zusammenzucken.

Stille senkte sich. Doc Wileys Blick bohrte sich in sie hinein. „Was ist auf der Farm passiert?"

Etwas Unwiderrufliches und es war ihre Schuld.

„Charles!" Fleur kam um den Tisch herum.

Belle roch den Duft von Maiglöckchen und spürte die Obhut eines Arms, der sich um ihre Schultern legte. „Ruhen Sie sich aus, Kind."

Die Barmherzigkeit der Geste war mehr, als sie ertragen konnte.

*** *** ***

Ein schwacher Geruch nach Pfeifentabak hing noch immer an Alvas Buch. Aus dem Leder waren keine spitzen Dornen gewachsen, trotzdem fühlte es sich anders an. Schwerer schien es ihr geworden zu sein.

Mit dem Buch vor die Brust geklemmt, blickte sie aus dem Fenster hinab zum Schuppen. Ein gelber Lichtkegel drang aus der halbangelehnten Tür. Tommy hatte soeben einen Eimer Wasser hineingeschleppt und der Tür nur einen halbherzigen Tritt gegeben, als er wieder davontrottete.

Jons Offenbarung erschien ihr noch immer unwirklich. Julia war das Kind eines Mannes namens Patterson und dessen Frau. Beide tot. Beide ermordet. Von Rick McLain, mit dem sie nur Stunden zuvor ein Abendessen geteilt hatte und der sie dabei in ein Gespräch über Geologie lockte, das ihren Verstand berauschte wie süßer Wein.

Ihre Augen brannten. *Warum hast du das zugelassen, Jon Cusker? Wie konntest du nur?* Sie stopfte Alvas Buch unter das Kopfkissen, stieg in die Stiefel und zerrte wenig später die Tür des Schuppens auf.

„Du hast mir nicht die richtige Frage gestellt", begann sie ohne Umschweife. „Alvas Buch war mir mehr wert als mein Leben, aber nicht mehr als deins oder Julias."

Jon starrte sie perplex an. Wasser tropfte aus seinem Haar und saugte sich in das Leinen seines Hemdes.

„Setz dich doch", sagte er.

Der Schuppen war winzig. Ein kurzes Bett flankierte die eine Seite. Ein Tisch mit benutzter Waschschüssel und ein alter Ofen die andere. Spartanisch, bis auf die vergilbten Bleistiftzeichnungen an der Wand. Dampfschiffe auf dem Mississippi. Eines der Bilder war signiert. Wackelige Buchstaben, die jeden Moment vom Bild zu kippen schienen: J. Cusker.

„Bitte, setz dich."

Das Bett war die einzige Möglichkeit. Die Strohmatratze gab unter ihrem Gewicht nach. Vermutlich war sie jetzt auch schwerer, mit all der Schuld, die von nun an einen Großteil ihres Gewichtes ausmachen würde.

Jon rieb ein Handtuch über die Haare. Strähnen standen ihm vom Kopf, als er damit fertig war. Er lehnte sich gegen den Waschstand. Sie sah die dunklen Ringe unter seinen Augen, den Zug der Erschöpfung um seinen Mund.

„Es tut mir leid, Belle. Nichts davon ist deine Schuld."

Sie spürte ein heißes Stechen hinter den Augen. Was hatte sie nur getan? Warum hatte sie darauf gedrängt, dass er ihr Alvas Buch wiederbeschaffte? Zu welchem Preis?

„Es tut mir leid." Tränen rollten über ihre Wangen.

„Nein." Jon kniete sich eilig vor sie. Er schob ihr Haar aus dem Gesicht, wischte mit dem Daumen über ihre nasse Wange. „Bitte, Belle."

Durch den Tränenschleier sah sie die helle Linie seiner Narbe. Er bemerkte ihren Blick. „Patterson wollte mir die Kehle aufschneiden", sagte er. „Dann er hat seine Meinung geändert."

„Warum?" Mit dem Ärmel tupfte sie Feuchtigkeit von den Wangen.

„Seine Frau hat ihn dazu überredet."

„Ich meine, warum wollte er dich töten?"

„Er glaubte, ich sei eine Bedrohung für seine Familie. Er hatte recht. Ich hab die Bande zu ihm geführt."

„Warum haben die ihn umgebracht?"

Er schüttelte den Kopf. „Rick sagt es mir nicht."

„Dieser Brody ... er hat dir gedroht." Mit aufgedunsenem Gesicht und blutunterlaufenen Augen. Die Drohung hatte Jons Teint bleich gemacht.

„Er hasst mich. Schon immer. Ohne Rick hätte er mich längst in Stücke geschnitten. Keine Sorge, Belle. Er wird dir nie wieder nah kommen. Und Jules auch nicht. Ich sorg dafür, dass ihr in Sicherheit seid."

Sein Versprechen fühlte sich wie eine warme Umarmung an, doch irgendetwas war falsch daran. Furchtbar falsch.

„Julias Familie lebt in Boston", sprach Jon sanft weiter. „Pattersons Frau hat mir davon erzählt, als ich für ihn gearbeitet habe. Deshalb war ich dort. Um ihre Familie zu finden. Sollte es einmal nötig sein."

Dieser Tag war rasch gekommen. *Ihretwegen*.

„Ich hätte sie bereits vor acht Jahren nach Boston bringen sollen. Ich hatte kein Recht, sie zu behalten."

Er mochte vor acht Jahren kein Recht dazu gehabt haben. Jetzt hatte er es. Die Zeit änderte die Dinge.

„Ich sorg dafür, dass Hayward dich nach Philadelphia bringt. Schaff das Buch dorthin. Versprich es mir."

Er lächelte sie an. Wie konnte er das nur tun? Sie hatte sein Leben aus den Angeln gehoben. Sie hatte ihm die Tochter genommen. Und sie würde Jonathan Cusker nie wiedersehen.

Ihre Stiefelspitzen bedeckte eine dicke Staubschicht. Jon hatte sie einmal so kräftig gewienert, dass sie wie Sterne am Nachthimmel glänzten.

„Tut dein Kopf noch weh?" Sie legte die Hand auf seinen Scheitel. Sie hatte ihn niemals auf diese bewusste Weise berührt. Er fühlte sich so solide an, und er war hier bei ihr. Sie konnte seinen Atem hören und die Wärme seines Körpers spüren. Solch einfache, wundervolle Dinge.

Jon würde ihr seine Stiefel und ein paar federleichte Berührungen hinterlassen. Sie hatte nicht geglaubt, dass es möglich wäre; dass sie etwas verlieren konnte, dass sie nie besessen hatte.

„Du hast dir gewünscht, dass ich dir vergebe", sagte sie, „für das, was du in der Hütte getan hast. Das tue ich. Von ganzem Herzen."

Er schüttelte den Kopf, sein Haar feucht unter ihrer

Handfläche. „Du hast mich so mutig bekämpft. Und ich wünschte, ich hätte dir eines Tages zeigen können, dass es anders ist, wenn man den anderen -" Er stoppte, als wolle er einen ungebetenen Gedanken vertreiben. „Vergib mir die Eitelkeit. Ich war ein Dummkopf. Ich kann dich nicht beschützen, solange du bei mir bist."

Und Julia auch nicht. Er war so entschlossen, alles, was er in Sicherheit wissen wollte, hinter sich zu lassen. Zu welchem Zwecke? Um allein zu sein?

Jon schob seine Hand unter ihre und drückte einen Kuss auf ihren Handrücken. „Nichts davon ist deine Schuld, Belle", flüsterte er, seine Lippen voll und warm gegen die Kühle ihrer Haut. „Ich bereue nicht. Mach dir keine Sorgen um mich. Ich komm zurecht."

Die Schwere, die seine Worte von ihr nehmen sollten, streckte sie mit dem vollen Gewicht nieder. Das Bett konnte sie unmöglich tragen, doch es tat es. Ein Ton bahnte sich den Weg aus ihrer Kehle und verursachte ein schreckliches Geräusch, als er unkontrolliert ihren Mund verließ.

Jon riss den Kopf hoch. „Belle, ich ..."

Für einen Moment glaubte sie, dass seine Augen in Feuchtigkeit schwammen. Aber es war nur der Bruchteil einer Sekunde, bevor er aufsprang.

„Ich red mit Hayward", sagte er und lief davon.

Sie saß reglos, bis die Tränen auf ihren Wangen eine salzige Kruste hinterlassen hatten. Dann zwang sie sich auf die Beine und nahm eines der Dampfschiffe von der Wand, das mit den wackeligen Buchstaben. J. Cusker.

*** *** ***

Alvas Buch

Jon war verschwunden. Die Schuppentür stand offen, die Pyramidendecke lag faltenlos über das Bett gezogen und der winzige Raum fühlte sich unendlich in seiner Leere an.

„Mr. Cusker und Doktor Wiley sind vor einer Stunde abgereist."

Belle drehte sich nach Winston um. Er steckte in einem makellosen Anzug, Makassar Öl in den Haaren.

„Mr. Cusker hat mich darum gebeten, Sie nach Philadelphia zu begleiten", sagte er. „Und das werde ich tun. Der Dampfer nach Cincinnati geht um fünf Uhr."

Belle zog den Morgenmantel fester um die Brust. Es kümmerte sie nicht, wann der Dampfer ablegte. Ohne ein Wort ließ sie Winston stehen und trat in den Schuppen.

Die Halbdunkelheit empfing sie schweigend. Es roch nach Seife. Das Holz des Waschstands war dunkel an den Stellen, an denen Jon Wasser verschüttet hatte.

Belle sank in die Strohmatratze. Sie atmete nach den letzten Spuren eines Mannes, dessen Leben sie auf den Kopf gestellt hatte. Draußen sangen die Vögel und ratterten die Karren. Die Welt bewegte sich weiter, gleichgültig in ihrer Haltung, während sich ihr Innerstes wie kalter, starrer Basalt anfühlte. Alvas Buch steckte in ihrer Reisetasche. Sie befand sich auf dem Weg nach Philadelphia. Immer noch und trotz allem.

Sie nestelte Jons Zeichnung hervor. Das Dampfschiff verschwamm vor ihren Augen. Jons wacklige Buchstaben schienen auf Wellen zu hüpfen. Erschaffen von seiner Hand, war es das Einzige, das ihr von ihm gehören sollte. Das und seine Stiefel.

Ein Klopfen ließ sie zusammenzucken.

„Miss? Darf ich reinkommen?"

Tommy. Der Bursche zwängte sich durch den Spalt der halbangelehnten Tür, eine Sorgenfalte zwischen den Brauen. „Geht es Ihnen gut?"

Sie strich Feuchtigkeit von den Wangen. „Um ehrlich zu sein, tut es das nicht."

„Ich weiß." Tommy bedachte sie mit einem mitfühlenden Blick. „Mr. McLain hat gesagt, dass es so wäre."

Der Name sandte einen Schock durch ihre Glieder. „Mr. McLain?"

„Er schickt Ihnen diesen Brief." Tommy präsentierte ein Schreiben, versiegelt mit Wachs.

Sie war so verblüfft, dass sie nicht wusste, was sie davon halten sollte.

„Er hat gesagt", fuhr Tommy unbeirrt fort, „dass Sie sich möglicherweise weigern werden, ihn zu lesen und er hat gesagt, ich soll darauf bestehen. Entschieden."

Sie starrte auf das ungeheuerliche Ding.

„Und höflich", fügte Tommy hinzu. Er wedelte mit dem Papier vor ihren Augen. „Also bitte, Miss, lesen Sie."

Wofür hielt sich Richard McLain? Glaubte er, sie würde sich auf seine Worte stürzen, nach all dem Unglück, das der Abend auf seiner Farm mit sich gebracht hatte? „Warum sollte ich das lesen?"

Tommys Gesicht erhellte sich. „Um den Lauf der Welt zu ändern."

Das hatte McLain ihm aufgetragen. Es war Unsinn. „Das ist Unsinn."

Der Bursche verfiel in ein breites Grinsen. „Nicht den Lauf der ganzen Welt. Nur den Lauf von Mr. Cuskers Welt."

Ihr Herz schlug gegen ihr Brustbein. McLain war ein

Gauner und ein Lügner. Dieser Brief würde nichts als Unheil bergen.

„Bitte, Miss."

Schweiß prickelte auf ihrer Kopfhaut. McLains Worte zu akzeptieren, konnte einen Verrat an Jon bedeuten. Es nicht zu tun womöglich ebenso.

Zumindest konnte sie den Jungen von seiner Aufgabe befreien. „In Ordnung. Sag Mr. McLain, dass ich den Brief erhalten habe."

Sie nahm Tommy das Schreiben ab und machte sich daran, es in der Tasche ihres Morgenmantels zu verstauen.

Tommy riss entgeistert die Augen auf. „Nein, Sie müssen ihn jetzt lesen. Ich soll Ihre Antwort überbringen."

Alvas Buch

Kapitel 17

Belle presste die Handballen gegen die Schläfen. Jeder, den sie im Geiste befragte, sagte ihr, dass sie auf bestem Wege war, die größte Dummheit ihres Lebens zu begehen.

Dennoch war sie hier. Meile um Meile sammelte sich unter ihren Stiefeln, während sie vom gelbstichigen Gemälde einer Wildkatze am einen Ende des Hotelzimmers zum Waschstand am anderen Ende und wieder zurück marschierte.

McLains elegant geschriebene Worte hatten sie hergebracht. Worte, die nicht den kleinsten Hinweis seiner Motive offenbarten. Sein Brief lag neben der Waschschüssel. Er bat sie darin um Verzeihung und Unterstützung. Er benannte dieses Hotelzimmer als Treffpunkt und versicherte ihr, sie würde rechtzeitig zum Ablegen des Dampfers zurückkehren können, solle sie sich dafür entscheiden, ihre Unterstützung nicht zu gewähren.

Alvas Buch

Belle knetete die Finger, bis sie schmerzten. War sie ein Narr und dieses Treffen mit Rick McLain eine Torheit, die sie alsbald bereuen würde?

Sie tastete nach den Dampfschiffen in ihrer Rocktasche. Wie gering auch immer die Aussicht darauf sein mochte, dass ein Treffen mit Rick McLain etwas Gutes hervorbringen würde, musste sie die Chance ergreifen. Sie erinnerte sich an Jons Gesicht. Es war so bleich und voller Schmerz gewesen, weil er Julia verlassen musste. Jon Cusker hatte ihr Alvas Buch zurückgebracht. Sie würde alles wagen, damit er seine Tochter nicht verlor.

Es klopfte. Belle trocknete die Handflächen am Kleid und atmete tief ein. Dann öffnete sie Rick McLain die Tür.

„Miss Stanton." Ohne ihre Einladung abzuwarten, schlüpfte er herein. Der Duft von Rasierwasser streifte ihre Nase. *Sandelholz.*

McLain warf einen Blick aus dem Fenster und ließ sich dann in einen Sessel fallen. „Tun Sie mir den Gefallen und setzen Sie sich. Sie machen mich nervös."

Er hatte sich rasiert. Da war ein frischer Schnitt an seiner Oberlippe. Sein kupfernes Haar sah hier und da dunkler aus. *Nass.* Hatte er sich etwa herausgeputzt?

Sie schloss die Tür. „Danke. Ich stehe bequem."

Seine Mundwinkel zuckten. Selbst mit den Fältchen um die Augen hatte er das Gesicht eines Jungen. „Wer ist der Buchhalter, der Ihnen bis Philadelphia am Rockzipfel hängt?"

„Winston ist kein Buchhalter."

McLain lachte. „Verzeihen Sie den Scherz. Winston Hayward ist ein 32-jähriger Junggeselle, der eine Papiermühle in Raysfield, Missouri betreibt. Und der Verlobte

Ihrer Cousine."

Der Schock musste in ihrem Gesicht stehen. Sie spürte ihn deutlich genug. „Wenn Sie bereits über alles informiert sind, warum bestehen Sie dann darauf, ihn einen Buchhalter zu nennen?"

„Damit Sie verstehen, dass Sie mir nichts vormachen müssen. Es ist mir wichtig, dass wir uns darüber einig sind."

Ihre Handflächen schwitzten. „Was wollen Sie, Mr. McLain?"

„Zunächst muss ich Sie um Verzeihung bitten."

„Müssen Sie das?"

„Ich habe Ihnen Angst gemacht, als ich Sie bei der Kutsche glauben ließ, Ihnen würde Unrecht geschehen. Ich bitte um Vergebung. Aber es war notwendig. Ich schuldete es Jon."

„Wie galant von Ihnen."

Er lächelte reumütig. „Jons Gewissen liegt ihm schwer auf der Seele und ich bin daran nicht unschuldig. Deshalb sah ich mich in der Pflicht, sein Gewissen zu erleichtern, indem ich ihm gestattete, Sie vor Schaden zu bewahren." Er betrachtete sie mit Neugier. „Was hat er in der Hütte angestellt?"

Es gab also Dinge, die Richard McLain nicht wusste. Dabei sollte es bleiben. Sie antwortete ihm nicht.

„Es tut mir leid, wenn er grob war."

Nicht grob. Überfordert und panisch. So wie jetzt auch. Und deshalb eilte er zurück nach Raysfield, um Julia in Sicherheit zu bringen, während sie eine bizarre Konversation mit dem Grunde allen Übels führte. „Mr. McLain, bitte kommen Sie zum Punkt."

„Ganz wie Sie wünschen. Wo ist Jon?"

Sie presste die Lippen aufeinander.

„Sie wollen ihn nicht verraten. Beeindruckend - aber unnötig. Als Zeichen des guten Willens mache ich den Anfang und sage Ihnen, wo er ist. Er rennt zurück nach Raysfield, wo er sich Julia schnappen wird, um sie mit ihrer Familie in Boston wieder zu vereinen. Hab ich recht?"

Sie schluckte. „Bin ich nur hier, um zu bestätigen, was Sie ohnehin bereits wissen?"

Er maß sie von oben bis unten. Sein kalkulierender Blick stellte ihr die Härchen auf.

„Nein", sagte er langsam. „Ich will nur klarstellen, was wir beide wissen. Aber mein Hauptanliegen besteht noch immer darin, Ihre Unterstützung zu erbitten."

„Und worin soll die bestehen?"

„Ich möchte, dass Sie Jon davor bewahren, die größte Dummheit seines Lebens zu begehen. Wie Sie inzwischen wohl herausgefunden haben, ist die kleine Julia nicht Jons leibliche Tochter."

Er wartete auf ihr Nicken.

„Er hat Ihnen von den Pattersons erzählt?"

„Sie haben sie umgebracht."

„Ja, das haben wir."

„Warum?"

„Patterson war kein Heiliger, obwohl Jon das gern glauben will. Seine Frau konnte keine Kinder bekommen und da hat er ihr eins beschafft. Er stahl es einer anderen Frau unter den Fingern weg und keinen hat es gekümmert. Mich schon." In seinen Augen blitzte Wut. Doch er kontrollierte sich schnell und rief sein charmantes Lächeln zurück. „Julia nach Boston zu bringen, ist also absolut unnötig."

Belle schwirrte der Kopf. Wenn McLain die Wahrheit sprach, war es unnötig, Julia nach Boston zu bringen. Aber es war nicht unnötig, sie in Sicherheit zu bringen. *Ich geb dir Patterson doppelt und dreifach.*

„Brody hat ihn bedroht", sagte sie.

„Ja, Brody." McLain zog Luft durch die Zähne. „Er konnte Jon noch nie leiden. Wie Feuer und Wasser, die beiden."

Für einen Moment schien sein Blick in der Erinnerung zu verharren und dort fand er etwas, das ihn erquickte. „Hat Jon Ihnen erzählt, wie wir uns begegnet sind? Nein? Hab ihn in einem Laden getroffen. Jon hatte eine Schachtel Bleistifte im Auge und überlegt, ob er sie in der Tasche verschwinden lassen soll. Hat sich dafür entschieden, es nicht zu tun. Also hab ich ihm einen Gefallen getan und die Stifte in seine Tasche geschmuggelt. Mann, er war außer sich, als er's rausgefunden hat. Irgendwie ist er sauer geblieben, die ganzen Jahre über."

„Warum haben Sie das getan?"

„Weil ich es kann. Juckte mir in den Fingern."

„Sie sind ein Mörder und ein Dieb."

„Ich töte nicht, Ma'am. Das hab ich nie. Aber ich stehle."

Er zog die blauglänzende Samtweste zurecht. McLain war besser gekleidet als die verzogenen Söhne der Bostoner Gesellschaft. Sie hätte ihn nur allzu leicht für einen gehalten, wenn sie es nicht besser wüsste.

„Ich betrachte Jon als Freund", sprach er weiter. „Aber ich bin mir im Klaren, dass er darüber eine andere Meinung unterhält. Er ist beeindruckend, nicht wahr? Nichts bringt ihn von seinem Pfad der Rechtschaffenheit ab. Er schwankt nicht mal."

McLain schien ihn wahrhaftig dafür zu bewundern.

Aber er lag falsch mit seiner Einschätzung. Jon hatte ihr mit Stolz erzählt, Winston beim Kartenspiel betrogen zu haben. Das konnte man *schwanken* nennen.

„Also, hier ist, was ich von Ihnen will: Sie und ich, wir gehen und finden Jon und überzeugen ihn, Julia nicht nach Boston zu bringen."

„Warum brauchen Sie mich dazu?"

„Ich bring ihm zurück, was er will. Seine Frau. Damit er versteht, dass ich es ernst meine."

„Warum tun Sie das?"

„Jon ist mein Freund. Patterson war notwendig. Und ich geb zu, die Sache ist aus dem Ruder gelaufen. Jon hätte nicht dabei sein sollen, aber ich brauchte ihn. Jemand musste sich um das Baby kümmern." Er sah sie erwartungsvoll an. „Haben wir eine Abmachung?"

„Woher weiß ich, dass Sie die Wahrheit sagen?"

„Das wissen Sie nicht. Aber wenn ich es tue, macht es einen gewaltigen Unterschied, nicht wahr? Ich denke, Sie sehen sich einer Frage des Vertrauens gegenüber."

Oder einer großen Dummheit. „Warum, Mr. McLain, kümmert Sie das Schicksal eines kleinen Mädchens?"

Die Worte überrumpelten ihn. Bevor das Lächeln wieder auf seine Lippen fand, konnte sie sehen, dass ihre Frage eine empfindliche Stelle berührt hatte. „Ich kannte ihre Mutter."

„Ihre Mutter? Wer ist sie?"

„Ein Saloonmädchen."

Ein unsäglicher Gedanke stahl sich in ihren Geist. „Ist Julia Ihre Tochter?"

„Machen wir uns nichts vor. Julias Mutter war eine Hure. Das Kind ist so sehr meins, wie es das jedes anderen sein kann. Doch selbst wenn Julia nicht meine Tochter ist, ist sie immer noch die ihre."

Und das bedeutete ihm etwas. „Wo ist ihre Mutter jetzt?"
„Tot."

„Warum haben Sie das Baby nicht behalten, nachdem Sie die Pattersons getötet haben?"

„Ich? Nach allem, was Sie über Jon wissen, glauben Sie, ich wäre besser geeignet gewesen, ein kleines Kind aufzuziehen? Ich hab ihr den besten Vater gegeben, den sie bekommen konnte."

„Wollen Sie sie zurück?"

„Nein, deshalb bin ich nicht hier. Sie ist Julia Cusker - und wenn es nach mir geht, wird sie es immer bleiben."

Das Wissen sank ihr wie Blei in die Glieder. Es würde Jon tief erschüttern, zu wissen, dass er womöglich das Fleisch und Blut seines Feindes aufzog. Es würde alles verändern.

„Nun, Annabelle - haben wir eine Abmachung?"

*** *** ***

Ich komm zurecht. Das war die größte Lüge, die ihm je über die Lippen gekommen war und er würde dafür in der Hölle brennen. Belle war sich nicht sicher, ob es eine Hölle gab. Er schon.

Der Lavendelduft ihrer Haare kitzelte ihm noch immer in der Nase. Er würde alles daran setzen, die Erinnerung zu bewahren, selbst wenn sie eines Tages nur noch da wäre, um ihn zu quälen.

Jon schob die Reste des Abendessens ins Feuer. Sein Magen knurrte, aber nach ein paar Bissen war ihm die Kehle so zugeschnürt gewesen, dass er nichts mehr hinuntergebracht hatte.

Julia lag zusammengerollt an seiner Seite. Das Flackern des Feuers zeichnete Licht und Schatten über ihr schlafendes Gesicht. Vor zwei Tagen hatte er sie bei den Hendersons aus dem Bett gezerrt. Benommen und warm vom Schlaf schmiegte sie sich an ihn. *Wir gehen nach Boston*, hatte er ihr ins Ohr geflüstert. *Du kommst mit mir. Ich zeig dir die Schiffe.*

Er hatte ihre Sachen zusammengepackt, Bleistifte und Papier in eine Tasche gestopft, ebenso wie Jules zerfledderte Puppe und Docs altes Medizinbuch, während sie auf dem Bett saß und ihn stumm beobachtete.

Boston, aber nicht sofort. Noch ein paar Tage mit ihr, bevor er eine Überlandkutsche fand und schließlich einen Zug nach Osten.

Er strich über Jules seidenweiches Haar. Sie war so zart und er würde nicht sehen können, was für eine Frau aus ihr wurde. Und Jules? Würde sie ihn vergessen, so wie er das Gesicht seiner Mutter vergessen hatte?

Jon zog das Zeichenbuch hervor. Er betrachtete Belles rundes Gesicht mit den Sommersprossen über dem Nasenrücken und den vollen Lippen, von denen er gewünscht hatte, dass sie für den Rest ihres Lebens nur den seinen in Leidenschaft begegnen würden.

Es war nicht ihre Schuld, dass er Jules in Sicherheit bringen musste. Hätte er mehr Zeit gehabt, hätte er ihr den Gedanken ausgeredet. All das war allein seine Schuld. Er hätte die Bande damals an den Galgen bringen sollen für den Mord an Patterson.

Er zog die Decke über Jules Schultern. Sie war ein zu

schlaues Mädchen, um zu glauben, dass ein Aufbruch mitten in der Nacht bedeutete, Schiffe im Bostoner Hafen ansehen zu wollen.

Am nächsten Morgen bereitete er das Frühstück, während Jules zeichnete.

„Komm, iss." Er reichte ihr gebratenen Speck.

Jules schaute von ihrem Buch auf. Er erkannte sich selbst in der Zeichnung. „Seh ich wirklich so grummelig aus?"

„Du siehst nicht grummelig aus. Nur traurig. Hast du Miss Stantons Buch nicht gefunden?"

„Doch. Sie ist auf dem Weg nach Philadelphia, um es veröffentlichen zu lassen." Sollte Hayward Manns genug sein, eine sichere Reise zu gewährleisten.

„Was steht in dem Buch?"

„Die Notizen ihres Onkels. Es geht um ...-", Er formulierte das Wort erst im Stillen, „...- Geologie."

Er erzählte ihr davon. Alles, was er darüber wusste; alles, was Belle ihn gelehrt hatte; alles, woran er sich erinnerte. Womöglich erinnerte er sich falsch, denn Jules sah ihn mit ungläubigen Augen an. Dann lehnte sie sich zu ihm und flüsterte ihm etwas ins Ohr.

Alvas Buch

Kapitel 18

Sie hatten eine Abmachung und die Reise mit Rick McLain war ein größeres Vergnügen, als Belle sich eingestehen mochte. McLain war unterhaltsam und gebildet, zwei Eigenschaften, die sich nur selten in ein und derselben Person vereinten. Seine Kenntnisse der Wissenschaften waren auf vielen Gebieten bemerkenswert.

„Wo haben Sie eine solch gute Ausbildung genossen?", wagte Belle zu fragen, als sie am Ende eines langen Tages die Pferde in einem Mietstall unterbrachten. Die Nacht war lau und vom Zirpen der Grillen erfüllt.

McLain lachte herzhaft. „Manchmal stehle ich Bücher."

Er machte keinen Hehl aus seiner diebischen Gesinnung. Stolz hatte er ihr Geschichten erzählt, wie er mit seiner Frau Amy die Dampfschiffpassagiere um Geldbörsen, Taschenuhren und Hemdsknöpfe erleichtert hatte. Seine Augen funkelten voll kindlicher Glückseligkeit und seine

Begeisterung strahlte so hell, dass Belle für einen Moment beinahe die Schändlichkeit seiner Taten vergaß.

„Sehen Sie das Hotel dort vorn?" McLain deutete auf ein zweistöckiges Gebäude mit großen, beleuchteten Fenstern, hinter denen Menschen zu Abend aßen. „Nehmen Sie zwei Zimmer. Machen Sie sich frisch. Ich hol Sie in einer halben Stunde zum Abendessen."

Sie genoss die Aussicht darauf, Schweiß und Staub der Reise von der Haut zu schrubben. „Was tun Sie in der Zwischenzeit?"

McLain rieb die Handflächen aneinander und grinste sie an. „Uns das Abendessen verdienen."

Bald darauf saß Belle vor gebratenem Huhn und Salzkartoffeln. Das Gemurmel der anderen Gäste und das Klicken von Besteck auf Porzellan hüllte sie ein. Der Eigentümer des Golden Horse Hotels schien eine Vorliebe für Italien zu haben. Die Wände waren mit ölgemalten Panoramen von Florenz verziert.

„Gefällt Ihnen eins?" McLain genoss ein saftiges Roastbeef. Seit seiner Rückkehr schien sein Körper vor unterdrückter Euphorie zu vibrieren. Er war nur für eine halbe Stunde verschwunden gewesen, bevor er mit einem Bündel Scheine, einer Taschenuhr und einer Brosche der Heiligen Maria zurückkam.

McLain hatte ihr die Brosche schenken wollen, doch sie hatte abgelehnt und sie bezweifelte ebenfalls, dass die Dimensionen von Florenz unbeschwert in ihre Reisetasche passen würden.

„Wer hat Ihnen die Kunst beigebracht?", fragte sie stattdessen.

„Patterson." McLain wartete ihre Überraschung ab, bevor er mit einem Zwinkern fortfuhr: „Patterson war ein Dieb - bis er sich eine feine junge Lady aus dem Osten anschaffte. Ab dem Zeitpunkt kannte er uns nicht mehr - so wie Jon."

Die Anspielung war haltlos. „Jon ist kein Dieb und so, wie ich es verstehe, hat er Ihnen schon längst den Rücken gekehrt."

McLain lachte. „Absolut. Ich denke, seine Besessenheit, *kein* Dieb zu sein, war das einzige, das ihn einst bei uns hielt. An meiner Seite ist es einfach, rechtschaffen zu sein, nicht wahr?"

Sie spürte den Stachel der Wahrheit. In der Gegenwart eines Diebes erfüllte auch sie ein erhebendes Gefühl der Untadeligkeit. „Woher wussten Sie, dass Jon damals in dieser Kutsche sein würde?"

„Er hat Clara erzählt, dass er nach Boston fährt. Ich musste nicht lange grübeln, was Jonny wohl in Boston wollte."

„Wer ist Clara?"

McLain schenkte ihr ein mildes Lächeln. „Fragen Sie Jon."

Belle tupfte mit der Serviette über den Mund. Sie hatte eine Meggie gesehen. Sie glaubte nicht, dass sie eine Clara sehen wollte.

„Sie mögen Jon", sagte sie.

„Das tue ich und die Tatsache überrascht Sie, nicht wahr?"

„Nun, Sie sind ein Dieb und er ist keiner. Und Jon ist Ihnen gegenüber gewiss nicht freundschaftlich gesinnt."

„So war es nicht immer. Aber ja, nach Patterson haben sich die Dinge geändert."

„Wenn Patterson das Kind gestohlen hat, warum haben Sie es dann nicht einfach zurückgestohlen? Oder den Sheriff davon unterrichtet?"

McLains Gesicht wurde hart. „Weil Patterson eine Strafe verdiente. Für Mord."

„Mord?" Ihr Verstand arbeitete. „Julias Mutter? Warum haben Sie das Jon nicht gesagt?"

McLain verzog schmerzvoll den Mund. „Jon etwas zu sagen, ist oft nicht genug - und bei Gott, ich wünschte, es wäre so. Davon abgesehen", der Schalk fand in seine Augen zurück, „mag ich auch Sie. Sie sind kurzweilig und schlau und Sie vertrauen auf mein Wort. Obwohl Sie wissen, wer ich bin, vertrauen Sie mir."

Die Feststellung schien ihn eher zu erfreuen, denn zu erstaunen. „Habe ich eine Wahl?"

„Oh, die haben Sie. Sie nennen mich einen Dieb, sogar einen Mörder, doch Sie vertrauen mir." Er hob sein Glas. „Auf die Wahrheit."

Fast schien es ihr, als sehne er sich nach dieser Wahrheit und womöglich hatte er recht. Womöglich vertraute sie ihm; einfach so und trotz allem, was sie wusste.

„Keine Sorge, Sie werden es nicht bereuen."

Ihre Hand suchte das Glas, um den Toast zu erwidern, doch sie stoppte. „Warum haben Sie uns Brody dann zur Höhle folgen lassen?"

McLain zog die Brauen zusammen. „Jon hat das auch gefragt. Also: welche Höhle? Hab Brody nirgendwo hingeschickt."

„Er ist uns aus Crossville heraus gefolgt." Sie erzählte ihm von den Geschehnissen. McLain hörte aufmerksam zu.

„Damit hab ich nichts zu tun", erklärte er schließlich.

„Brody beißt hin und wieder die Leine durch und streunt herum. Der Whisky macht ihm das Hirn weich. Nicht, dass er jemals viel davon hatte. Und als der Esel ihn am Kopf erwischte, hat das die Angelegenheit auch nicht verbessert. Aber Woodson passt auf ihn auf. Keine Sorge."

„Er erscheint mir recht brutal."

„Der Gute hat einen beunruhigenden Geschmack für Blut, das geb ich zu. Aber er ist meine Verantwortung und ich pass auf ihn auf."

Das gelang ihm nicht immer. „Er kam auf Ihre Farm, um Jon zu drohen, obwohl Sie versprochen hatten, dass er nicht da sein würde."

„Ja." Rick seufzte. „Amy hat mir deswegen schon den Kopf gewaschen. Sie können sich die Mühe sparen." Er blätterte durch ein Bündel Dollarnoten. „Nun, Mylady, hier ist noch genug für ein großes Stück Blaubeerkuchen."

*** *** ***

Zwei Tage später folgten sie einem Waldpfad. Der kräftige Wind rauschte in den Baumkronen und bog sie wie Weizenähren.

McLain stoppte sein Pferd. „Warten Sie hier."

Er sprang aus dem Sattel und verschwand im Dickicht. Ein paar Minuten, dann war er zurück. „Wir haben ihn gefunden."

Jon. Ihr Herz überschlug sich in ihrer Brust.

„Steigen Sie ab und kommen Sie her." McLain legte seinen Revolver auf den Boden. „Den nehmen Sie dann", befahl er. „Aber erst durchsuchen Sie mich."

Sie sah ihn perplex an.

„Machen Sie schon." Er packte ihre Hände und drückte sie gegen seine Hüften. Sie spürte den Patronengurt und die Kugeln darin.

„Jetzt packen Sie verdammt noch mal zu, als ob Sie's ernst meinen. Überzeugen Sie sich, dass ich keine Waffe trage."

Er trug keine.

„In Ordnung", sagte er und drückte ihr den Revolver in die Hand. „Gehen Sie vor und bleiben Sie am Waldrand stehen."

Sie stakte über gefallene Bäume und kämpfte sich durch trockenes Geäst. Der Revolver lag schwer in ihrer Hand. Ihr Herz hämmerte gegen ihre Rippen. Nur einen Augenblick und sie würde Jon wiedersehen. Er glaubte sie auf einem Dampfer nach Philadelphia. Stattdessen brachte sie seinen Feind mit sich und ein Wissen, dass er bedauern mochte.

Belle stoppte am Waldrand. Jon lag halb auf der Seite, gestützt auf einen Ellenbogen und sprach zu seiner Tochter. Mit der freien Hand zeichnete er Formen in die Luft. Der Wind trug den dunklen Ton seiner Stimme an ihr Ohr. Die Unbeschwertheit der Szene schnürte ihr den Magen zu. Sie kam sich wie ein Verräter vor.

Julia bemerkte ihre Anwesenheit. Sie beugte sich zu ihrem Pa und sagte ihm etwas. Sofort fuhr Jon herum. Für einen Moment starrte er sie fassungslos an. Als er sich des Revolvers in ihrer Hand gewahr wurde, sprang er auf die Füße.

„Ich bin nicht allein", rief sie und bemerkte, dass Rick McLain sich neben ihr aufstellte.

Jon schob Julia hinter seinen Rücken und richtete seinen

Revolver auf Rick.

„Geh weg von ihm!", rief er.

Rick seufzte neben ihr. „Machen Sie, was er sagt, aber beten Sie, dass er mir nicht die Rübe wegschießt, ja?"

Sie lief auf Jon zu. Er beobachtete ihren Fortschritt und ließ gleichzeitig McLain keine Sekunde aus den Augen. Belle war jetzt nah genug, um die Adern an Jons Hals hervortreten zu sehen.

„Er ist nicht bewaffnet", sagte sie. „Ich habe seinen Revolver."

Jons Gesicht war bleich. Schweiß glitzerte auf seiner Stirn. Eilig suchte er die Umgebung ab. „Wer ist bei ihm?"

„Niemand. Nur er. Er hat dir etwas zu sagen. Jon", Sie legte ihm die Hand auf den ausgestreckten Arm und spürte die Härte der angespannten Muskeln. „Er ist nicht bewaffnet. Er hat mich nachsehen lassen."

„Was will er?"

„Mit dir sprechen."

McLain setzte sich in Bewegung. Er schloss zu ihnen auf, bis seine Nase auf die Mündung von Jons Revolver traf.

„Nun", sagte Rick, „können wir von jetzt an etwas zivilisierter fortfahren?"

Jon hob den Revolver und drückte die Mündung gegen Ricks Stirn. „Was willst du?"

„Frag mich noch einmal nach Patterson."

„Es interessiert mich nicht mehr, warum du ihn umgelegt hast."

Wut funkte in McLains Augen. „Patterson hat sich etwas genommen, was ihm nicht zugestanden hat. Und seine Frau hat ihm dabei geholfen."

„Zur Hölle mit dir." Der Hahn an Jons Waffe klickte und

Belles Herz tat einen Sprung.

„Du wirst mich nicht vor den Augen deiner Tochter erschießen." McLain behielt recht. Der Puls an Jons Hals pumpte, doch die Erwähnung Julias veränderte ihn.

„Verlass dich nicht drauf", sagte er. Als er die Waffe senkte, blieb ein runder Mündungsabdruck auf McLains Stirn.

„Dann hörst du mir jetzt zu?"

Belle fasste nach Julias Hand. „Komm, zeichne mir etwas."

Mit dem Kopf über der Schulter ließ die Kleine sich von ihr außer Hörweite bringen. Belle suchte den Schatten einer Eiche und verbarg McLains Revolver in den Falten ihres Rocks. Aus der Entfernung sah sie nach Jon.

Er stand reglos, den Revolver in der herabhängenden Hand. Der Wind wirbelte sein Haar auf und rupfte an seinem Hemd. Sie konnte die Worte nicht verstehen, doch es war ausschließlich Rick, der sprach. Irgendwann klopfte er Jon auf die Schulter. Jon schüttelte die Berührung nicht ab. Er stand wie betäubt. Es machte ihr Angst.

Schließlich kam Rick auf sie zu. Er tippte an die Hutkrempe. Das Funkeln der Spielfreude in seinen Augenfältchen war verschwunden.

„Meinen Revolver", verlangte er.

Er steckte die Waffe ins Holster. Erschöpfung verlieh seinem Gesicht etwas Unwirkliches. Belle war so sehr an das Aufblitzen seiner Zähne und die Fältchen voller Schalk um seine Augen gewöhnt, dass das Fehlen wie ein Verlust erschien. Nach einem langen Moment, in dem er Julia still betrachtete, sagte er: „Nicht meins."

Dann ging er davon.

Jon stand noch immer an gleicher Stelle. Er sah verloren aus.

„Bitte, Julia, gib mir einen Moment mit deinem Pa."

Sein Gesicht war weiß wie die Kreidefelsen in Dover, sein Blick ins Leere gerichtet. Sie strich ihm über den Arm. Sie hatte das Gefühl, sie müsse ihn von einem Zauber befreien.

Die Berührung wirkte. Jon blickte sie an, seine Augen groß und dunkel, wie damals bei der Höhle, als er sie vor Brody beschützt hatte. Er sagte: „Ich dachte, ich würde dich niemals wiedersehen."

Auch sie hatte das geglaubt, hatte gespürt, wie die Gewissheit ihre Knochen mit Blei füllte. Es war wunderschön, die Nähe seines Körpers zu spüren.

„Es tut mir leid", sagte sie. Sie war zu ihm gekommen, um ihm ein Wissen zu bringen, das für immer an seinem Herzen zerren würde.

„Ist sie sein?"

Da war kein kupferner Schimmer in Julias Haar. Die Chance war groß, dass sie nicht von McLains Blut war. „Nein, das glaube ich nicht."

Jon nickte. Dann beugte er sich zu ihr und presste einen Kuss auf ihre Lippen.

Alvas Buch

Kapitel 19

Belle atmete nach dem lieblichen Duft von Sternjasmin und lauschte dem beruhigenden Plätschern eines Wasserspiels. Parcival Daltons Wintergarten hatte sie mit der Gutmütigkeit eines alten Bekannten wieder in sein grünes Reich aufgenommen.

Nach anstrengenden Tagen der Reise und einem ausführlichen Bericht ihrer Erlebnisse, gähnte sie jetzt hinter vorgehaltener Hand in die Stille, die all dem Erzählen folgte.

Alvas Notizbuch ruhte auf einem kleinen, runden Eisentisch. Sie hatten so viel über Onkel Alva gesprochen, dass sie ihn fast durch den Wintergarten schlendern sah, um die Nase in die duftenden Blüten des Jasmins zu stecken. *Trachelospermum*, sagte er dann.

Jon rieb eine Hand übers Gesicht. Dunkle Schatten zeichneten Ringe unter seinen Augen. Er saß auf einem geblümten Sofa unter einem Akazienbusch und stahl einen beneidenden Blick zu Jules hinüber, die zusammengerollt auf der Chaiselongue schlief.

Früher hatte dieses Vorrecht auch Belle gehört. Auf dem weichen Samt einzuschlafen, während die Männer im Salon miteinander diskutierten und die Luft mit Zigarrenrauch vernebelten. Nach dem Tod ihrer Eltern hatte sie sechs Monate in diesem Haus mit Alva und Parcy verbracht. Tage, gefüllt mit Büchern und Ausflügen und Abende mit Zimttoast und Soireen. *Lebendige Tage*.

Parcival Dalton nahm vorsichtig Alvas Buch vom Tisch. Sein rabenschwarzes Haar graute an den Koteletten, die Fältchen um seine Augenwinkel waren tiefer geworden. Das Lächeln, das er ihr zur Begrüßung geschenkt hatte, war voller Freude und Zuneigung. Das Lächeln, das er ihr jetzt schenkte, war wehmütig.

„Als ich Alva das letzte Mal sah", sagte er, „haben wir uns im Streit getrennt. Danach habe ich nie wieder ein Wort von ihm gehört."

Auch wenn Onkel Alva Parcys Namen nie wieder ausgesprochen hatte, hatte Belle ihn mehr als einmal dabei beobachtet, wie er das Wandgemälde über dem Kamin mit Schmerz in den Augen betrachtete.

„Was ist geschehen?", fragte sie.

„Eine Trivialität. Ein wissenschaftlicher Streit, der außer Kontrolle geriet."

In ihrer Erinnerung waren die beiden kaum jemals einer Meinung gewesen, wenn es um wissenschaftliche Theorien ging. Ihre Diskussionen konnten sich über Tage erstrecken. Während Parcy ein Fels aus Selbstkontrolle und Vernunft blieb, hatte Alva die Arme durch die Luft gewirbelt und sich in Rage geredet. „Ihr habt immer gestritten."

„Diesmal war es anders." Parcy berührte ihre Hand und sie spürte die Trauer um das Verlorene in der zarten Geste des Trostes.

„Mr. Cusker", sagte Parcy. „Ich bin Ihnen zu großem Dank verpflichtet, da Sie Belle sicher zu mir gebracht haben."

„War mir eine Freude, Sir."

„Ihr müsst müde sein. Mary Anne wird inzwischen eure Zimmer vorbereitet haben. Ich werde euch nach oben bringen, damit ihr euch ausruhen könnt."

Belle bedauerte, die Vertrautheit des Wintergartens aufgeben zu müssen, doch Jon schien die Aussicht auf Schlaf zu locken. Er hob Julia hoch. Die Kleine öffnete kurz die Augen, schlang die Arme um den Hals ihres Pas und schlief wieder ein.

Als Belle hier gelebt hatte, war sie jede Nacht nach oben getragen worden. Parcy und Alva ließen sie ihre Nase in ein Buch stecken, bis ihr die Augen zufielen.

Als sie Parcy den Treppen nach oben folgte, bemerkte sie, dass er seinen linken Fuß mit Vorsicht aufsetzte. Die Tatsache traf sie. Die Dinge hatten sich verändert. Alva war nicht mehr hier, auch wenn ihrer beider Erzählungen ihn herbeigerufen hatten. Das Haus war leer. Da war eine Müdigkeit in den Wänden. Dem Haus fehlte nicht nur Alva. Dem Haus fehlte der Puls.

Julia bekam das Zimmer, das Belle als Kind gehört hatte, Jon den angrenzenden Raum, den Alva einst bewohnte. Parcy öffnete eine weitere Tür für sie. „Dieses Haus war leer, als du damals nach Boston zurückgekehrt bist. Ich habe es vermisst, mit dir auf Berge zu klettern."

Alvas Buch

„Ich auch. Worüber habt ihr gestritten?"

„Nichts, Belle." Parcy tätschelte ihr den Arm. „Sorg dich nicht. Das hier ist dein Zimmer", sagte er und ging.

*** *** ***

Jon wälzte sich im Bett herum. Seine Augen brannten vor Müdigkeit, doch er fand keinen Schlaf. Das Ticken der mit Schnitzereien verzierten Wanduhr machte es auch nicht besser.

Drei Uhr. Er hatte Julia im Nebenzimmer unter die Decken gesteckt. Sie hatte ein „Gute Nacht" gemurmelt und war sofort wieder eingeschlafen. Sie hatte es warm. Sie war sicher.

Jules nach Boston zu bringen, hätte ihn umgebracht. Selbst ohne Ricks Erscheinen hatte seine Entschlossenheit sich inzwischen wie Bodennebel aufgelöst. Seine Fantasie beschwor Orte herauf, an denen McLain oder Brody sie nicht finden konnten und eine innere Stimme lockte ihn unablässig, dass er imstande war, sie zu beschützen.

Belle glaubte nicht, dass Julia Ricks Tochter war. Auch er konnte keine Ähnlichkeit zu McLain in ihrem zarten Gesicht finden. Und er hatte danach gesucht. Pausenlos.

Und wenn sie Ricks Fleisch und Blut ist, was dann?

Er sprang aus dem Bett und spritzte sich Wasser ins Gesicht. Mit der Kühle kam Gewissheit. Wer immer Julia das Leben geschenkt hatte, sie war *seine* Tochter. Er hatte sie aufgezogen und ihr das Zeichnen beigebracht. Es verband ihn weitaus mehr mit ihr, als das Blut, das durch ihrer beider Adern floss.

Er stieg in die Hose und stopfte sich das Hemd in den

Hosenbund. Unten gab es eine gut bestückte Bar und er brauchte dringend Hilfe beim Einschlafen. Diesem Parcy würde es sicher nichts ausmachen. Er war so froh, Belle in seinem Haus zu haben.

Mit nackten Füßen schlich Jon die Stufen hinunter. Seine Lautlosigkeit war unnötig. Parcival Dalton saß in einem Ohrensessel, Alvas Notizen auf den Knien und eine Flasche Whisky in der Hand.

„Kommen Sie her, Jon. Setzen Sie sich." Rabenschwarzes Haar stand ihm wirr vom Kopf. „Kein Schlaf?"

Dalton sah aus, als hätte er mit dem Teufel gerungen.

Jon ließ sich auf dem Sofa nieder. „Geben Sie mir einen Drink?"

„Gern." Parcy reichte ihm ein Glas und goss ein. Ein paar Tropfen tränkten Jons Hose.

„Verzeihen Sie", sagte Parcy, „ich bin nicht in bester Verfassung."

Wahrhaftig nicht. Die roten Flecken im Gesicht verdankte Dalton dem Whisky. Die wirren Haare hatte er sich selbst zurechtgerauft.

Jon leerte das Glas und Parcy füllte ihm bereitwillig nach. Diesmal ohne zu kleckern.

„Ich möchte Ihnen danken, Jon, dass Sie Annabelle hergebracht haben. Als ich sie das letzte Mal sah, da war sie acht und ihre Eltern waren gerade gestorben. Alva hat sie hergebracht und wir haben alle eine wunderbare Zeit verbracht."

„Dafür müssen Sie mir nicht danken. Belle wäre hierher gekommen, auch ohne mich."

Sich in Fleurs Schuppen von ihr zu trennen, hatte ihm das Herz herausgerissen. Er war nur einen kleinen Schritt davon entfernt gewesen, zu ihren Füßen in Schluchzen auszubrechen. Und als sie mit McLain wieder auftauchte, war es ihm vorgekommen, als wären seine stillen Gebete erhört worden und zur gleichen Zeit hatte ihm McLains Anblick an ihrer Seite die Knochen ausgehöhlt, so dass nur noch der panische Schlag seines Herzens hindurchhallte. Er war bereit gewesen, Rick zu töten. Vielleicht hätte er schießen sollen, ohne ihn anzuhören. Dann würde er jetzt schlafen können.

Als er aufblickte, begegnete er Parcys neugierigem Blick. „Wie sind Ihre Absichten, Jon? Im Hinblick auf Belle."

Seine Absichten waren ehrenhaft. Er hatte gewollt, dass sie das Buch ihres Onkels wiederbekam. Und dass ihr dabei kein Unheil geschah. Und er wollte seinen Mund auf ihre Lippen drücken und ihren Körper an sich ziehen, unter sich ziehen und … Ja, zumindest einige seiner Absichten waren durchaus ehrenhaft.

„Sie müssen wissen", fuhr Parcy fort, „Belle hat einen fähigen Verstand. Es wäre eine Schande, ihn verkommen zu lassen."

Er hatte nicht vor, irgendetwas verkommen zu lassen. Vor allem nicht den Whisky. Er brannte ihm die Kehle hinunter.

Parcy murmelte etwas, das er nicht verstand und sah ihn dann durchdringend an. „Belle hat es nicht gelesen, nicht wahr?"

„Was gelesen?"

Parcy tätschelte den Einband von Alvas Buch.

„Warum?" Jon unterdrückte ein Aufstoßen. „Was steht da drin?"

„Ich kann das nicht veröffentlichen. Es macht Alva lächerlich. Sich bewegende Erdplatten ... Das ist irrwitzig. Und ich kann es Belle nicht sagen, weil ... Es wird ihr Bild von ihm zerstören. Es wird sie beschämen."

„Der Platten wegen?" Sie hatte ihm davon erzählt und dabei kein bisschen beschämt gewirkt.

„Nein, das ist nur eine verrückte Idee, die jeder wissenschaftlichen Grundlage entbehrt. Es ist ... der Rest. Alles, was in diesem Buch nichts mit Geologie zu tun hat. Und das ist mehr als die Hälfte."

„Und was steht in dieser Hälfte?"

„Sie scheuen keine direkte Frage, nicht wahr?"

„Wenn Sie's mir nicht würden sagen wollen, hätten Sie keine Andeutungen darüber gemacht."

„Sie haben recht, Sir." Parcy stürzte einen Schluck hinunter und schwang sich aus dem Sessel. „Das Buch ... Um es auf den Punkt zu bringen: Es ist eine Sammlung ..."

Der Whisky verlangte seinen Tribut. Jon hatte Mühe, die Augen offenzuhalten und Parcy wirkte konturlos und verschwommen, wie er da vor dem Kamin auf und ab stapfte. „Was für eine Sammlung?"

Parcy stoppte abrupt und starrte ihn mit blutroten Flecken auf den Wangen an. „Liebesbriefe."

„An wen?" Er wollte nicht hören, dass Belles Onkel eine geheime Affäre mit einer anderen Frau unterhalten hatte. Er würde es Belle sagen müssen, aber -

„*Mich.*" Daltons Gesicht glühte. „Die Natur unserer Beziehung ... sie war ... *griechisch.*"

Griechisch? Jon war zu träge für findige Wortspiele. Er brauchte Klarheit und er hatte eine verdammt klare Idee davon, was Dalton meinte. „Sie meinen, Sie sind ein Sodomit?"

Parcy starrte ihn an. Dann lachte er. Kurz und laut und ließ sich in den Ohrensessel fallen. „Um Himmels willen, ich hatte gehofft, wir könnten uns auf *griechisch* einigen."

„Von mir aus. Griechisch."

„Ich hatte erwartet, Sie entsetzter zu sehen."

Ohne den Whisky wäre er vielleicht tatsächlich entsetzter gewesen. Vielleicht auch nicht. Er hatte seine Jugend in Bordellen verbracht und es waren nicht nur Frauen, die dort ihre Dienste anboten. Bei einer Sache war er sich allerdings sicher. Er war nicht mehr in der Lage einen klaren Gedanken zu fassen.

Er stand auf. Schwankte. Er konnte schwören, dass die Welt ein gutes Stück wackliger unter seinen Füßen geworden war.

„Jon?", rief Parcy. „Sagen Sie es ihr, ja?"

„Ich? Warum?"

„Weil ich nüchtern zu beschämt sein werde."

Er wollte nicht. Belle hatte sich all der Gefahr und dem Terror gestellt, um Alvas Notizen an diesen Ort zu bringen. Und jetzt waren aus den beiden Sodo…- *Griechen* geworden.

Der Whisky machte ihn mutig. Er griff nach dem Buch. „In Ordnung."

Sie würde ihn hassen.

Alvas Buch

Kapitel 20

Als er erwachte, fand er Jules zusammengerollt an seiner Seite. Er erinnerte sich nicht, wann sie in sein Bett gekrochen war. Sie hatte eine Katze mitgebracht. Das Tier lag auf seinen Füßen und starrte ihn an.

Weg! Er wedelte mit der Hand, um das Vieh zu verscheuchen. Es bewegte sich nicht. Es blinzelte nicht einmal. Er wackelte mit den Füßen. Empört erhob sich das Tier und sprang mit einem Satz vom Bett.

Jules erwachte. „Guten Morgen, Pa."

Er drückte einen Kuss auf ihren Scheitel. „Guten Morgen, meine Süße. Was machst du in meinem Bett?"

„Es ist nicht dein Bett. Es ist meins."

Das war es. Keine tickende Wanduhr, die einem den Schlaf raubte.

Er hatte versprochen, etwas zu tun und er sollte es hinter sich bringen, bevor er den Mut dazu verlor. Er hob Jules aus dem Bett. „Zieh dich an. Ich hol dich gleich zum Frühstück."

Er marschierte in sein Zimmer. Die Stoppeln auf seinem Kinn mussten weg. Die Utensilien dafür fand er auf dem Waschstand. Aufmerksam von Parcy. Es schadete nicht, adrett auszusehen, wenn man einen Schlag verabreichen musste.

Mit der Reinlichkeit von Seifenduft in der Nase klopfte er an Belles Tür.

„Herein."

Sonnenlicht füllte den Raum und der Duft von Jasminblüten stieg ihm in die Nase. Ein großer Strauß thronte auf einer Walnusskommode. Die Kommode war schön gearbeitet. Intarsien. Daran sollte er sich auch versuchen.

Belle war bereits fertig angezogen und Mary Anne bürstete ihr das Haar. Es fiel in sanften Wellen über ihren Rücken. Er wollte die Finger hindurchlaufen lassen und den Lavendel darin riechen.

„Guten Morgen." Belle war fröhlich, doch ihre Stimmung änderte sich schlagartig, als sie Alvas Buch in seiner Hand erblickte.

Er legte das Buch auf der Tagesdecke ab, wo es eine Delle im Stoff hinterließ. „Du hast es nicht gelesen?"

Sie sah ihn verwirrt an. „Nein, nicht alles."

„Du solltest es lesen."

„Warum?"

„Lies es."

Er ging. Alles, was er tun konnte, war, auf sie zu warten, wenn sie es getan hatte.

Er schnappte sich Jules und fand Parcy im Wintergarten.

Alvas Buch

Kaffeeduft begrüßte ihn. Jules kletterte auf einen Stuhl.
Parcival Dalton hob abrupt den Kopf. „Jon, ich bitte um Verzeihung."
„Ich hab ihr das Buch gegeben."
Parcy nickte, bleich im Gesicht.
Sie saßen schweigend beieinander. Parcy stocherte durch Rührei, und er selbst starrte auf das Blumenmuster seines Tellers. Waren das Narzissen? Immergrün? Es gab nichts zu sagen. Sie warteten.

*** *** ***

Es war der Ausdruck in Jons Gesicht, der ihren Magen leer machte.
Lies es.
Sie las mit Mary Annes Geschnatter über dem Kopf, die ihr die Haare durchkämmte. Alvas winzige Buchstaben drängten sich dicht an dicht. Sie musste die Augen zusammenkneifen, um einen vom anderen zu unterscheiden. Durchgestrichene Wörter brachten Chaos auf jede Seite. Manche waren nur mit einem einzigen ärgerlichen Strich ausgelöscht, andere verschwanden, für immer unkenntlich, hinter einer Wand schwarzer Tinte. Neue Wörter quetschten sich darüber und darunter, liefen den schmalen Rand hinauf und hinab. Sie beschrieben eine Exkursion nach Connecticut, wo Abdrücke riesiger Vögel in Stein zu finden waren. Sie war dort gewesen mit Alva. An einem kalten Tag im März, mit eisigem Nieselregen, klammen Fingern und tauben Zehen. Aber es hatte ihr nichts ausgemacht, denn Alva war bei ihr gewesen und nicht auf einer Reise in Europa.

Alvas Buch

Sie blätterte weiter. Nichts in diesen Aufzeichnungen ergab einen Grund für die Ernsthaftigkeit in Jons Gesicht. Schon gar nicht die sich bewegenden Erdplatten, Alvas liebstes Thema.

„So wunderschön." Mary Anne steckte ihr die Haare hoch. „So kräftig. Ich würde meinen rechten Arm geben für solche Haare."

Belle eilte durch die Seiten. Gesteine, Fossilien und einige bissige Bemerkungen über die Bostoner Stadtpolitik. Wieder Geologie. Das alles war ein großes Missverständnis. In diesem Buch gab es nichts, das Alva ihr nicht schon tausendmal erzählt hatte.

Zwei Seiten weiter änderte sich das Schriftbild. Die Worte waren noch immer winzig, jetzt aber sorgfältig aneinandergereiht. Nichts durchgestrichen. Keine Ränder beschrieben. Sie blätterte zum Anfang der Veränderung, zu der Seite, auf der sie im Augenwinkel einen vertrauten Namen gefunden hatte. Er stand in der Mitte der Seite, auf der sich alles änderte.

Mein geliebter Parcy. Wie ein kalter Luftzug stellten die Worte ihr die Härchen auf.

Ich denke unentwegt an dich. Endlose Stunden dehnen meine Tage. Quälende Sehnsucht zerreißt mich. Im Traum drehe ich mich nach dir um, und du breitest deine Arme für mich aus, um mich darin willkommen zu heißen.

Sie klappte das Buch zu. „Mary Anne, vielen Dank. Das wird genügen."

„Aber, Ma'am, wir sind noch nicht ganz fertig."

„Ich komm zurecht."

„Miss, Sie sehen gar aus, als wäre Ihnen der Teufel erschienen."

Sie tätschelte Mary Annes Hand. „Es geht mir gut. Bitte lass mich allein."

Sie wartete, bis sich die Tür hinter Mary Anne schloss. Ihre Finger zitterten, als sie das Buch erneut aufschlug.

Ich betrachte dich, wie du vor dem Kamin sitzt und in unseren Aufzeichnungen blätterst. Die Tage sind randvoll gefüllt mit dir und ich taumle hindurch - betört - von dir ...

Seite um Seite folgte sie Alvas Handschrift und doch kam es ihr vor, als gehörten diese privaten Gedanken einem unbekannten Mann. Da waren Liebeserklärungen. Da war Qual und Selbstverachtung. Manches so schmerzlich, dass ihr Magen krampfte. Manches so wunderschön, dass es ihr wie eine sanfte Berührung über die Haut strich. Sie fand Alva Burgess in diesen Zeilen. Sie fand seine Qual und seine Euphorie. Und sie fand einen Fremden, dessen gotteslästerlicher Frevel sich wie eine Ankerkette um ihre Füße schlang, um sie in die Tiefe zu ziehen; in den grauenvollen Schlund einer schändlichen Sünde.

Abrupt stand sie auf. Der Stuhl kippte hintenüber und krachte auf das Parkett. Sie fühlte sich leer und gleichzeitig so angefüllt mit dem Geheimnis eines anderen Menschen, dass ihr der Schädel davon bersten wollte. Sie musste dieses Haus verlassen. Diesen Pfuhl der Sünde. Diesen Tempel der Lüge.

*** *** ***

Der Knall der Tür in ihrem Rücken war ihr Genugtuung. Sollten Parcy und Jon ruhig weiter bei Rührei und Kaffee in ihrem Wissen schwelgen, jetzt, da sie die Wahrheit großzügig an sie hinabgereicht hatten.

Alvas Buch

Sie zog den Strohhut tief in die Stirn. Vernünftig von ihr, ihn nicht vergessen zu haben. Sie beabsichtigte einen ausgiebigen Marsch und Philadelphia konnte im August heiß und stickig werden.

Sie lief unter der Markise des American Hotels hindurch. Ein fünfstöckiges Gebäude mit einem Balkon, der sich über die Front des gesamten zweiten Stocks zog. Das Haus servierte exquisite Zitronenlimonade. Zumindest damals, als sie ein Kind gewesen war und Parcy und Alva sie in Unwissenheit wussten. Vielleicht sollte sie ein Zimmer beziehen, sich Ruhe zum Nachdenken verschaffen, bis sie herausfand, an welchen Ort ihr Weg sie von nun an führen sollte.

Die Lächerlichkeit des Gedankens stach ihr in den Magen. Es gab keinen Ort mehr für sie. Sie konnte ebenso gut Ophelia den Gefallen tun und nach Clifton Springs reisen.

Sie blinzelte gegen das Stechen in ihren Augen. Da war etwas in ihrem Rücken. Sie bog in die Chestnut Street ab und riskierte einen Blick. Jon Cusker war ihr auf den Fersen wie damals auf der staubigen Straße nach Raysfield. Wenn er die Sohlen seiner gewienerten Stiefel durchlaufen wollte, sollte es ihr nur recht sein. Das würde ein langer Marsch werden, denn es gab eine Wahrheit, der sich zu stellen gebot: Alva Burgess war ein Sodomit gewesen. Und Parcival Dalton ebenso.

Scham brannte in ihren Gliedern, während der Gedanke wie ein Kobold durch ihren Geist tanzte und sie mit seinem Kichern verhöhnte. Was für eine Farce! Sie hatte ein Buch voller Sünden umhergetragen, als wäre es der Heilige Gral. Sie hatte sich Angst und Gewalt gestellt. Jon Cusker hätte beinahe seine Tochter verloren. Wofür? Um eine Sünde zu retten!

Wut brannte in ihren Adern. Wie hatte Alva das nur tun können? Wie konnte er sterben und alles auf den Kopf stellen? Als er und Parcy nach Sussex fuhren, um sich die Kliffe anzusehen ... keinen einzigen Stein hatten sie sich angesehen.

Tante Ophelia hatte davon gewusst. Deswegen räumte sie hinter Alva auf, löschte ihn für immer aus, löschte die Schande aus, die Kränkung, den Skandal.

Mit dem Handrücken wischte Belle über die Wange. So hatte sie sich den Ausgang ihres Abenteuers nicht vorgestellt. Nichts hieran war annähernd so, wie sie es sich vorgestellt hatte. Das war ein Schlag, der darauf wartete, sie niederzustrecken.

Sie nahm einen tiefen Atemzug. Die Morgenluft schmeckte klar und leicht. Es sollte wohl doch nicht allzu heiß werden heute. Sie konnte Julia das Naturkundemuseum zeigen. Sie konnte -

Ein heißer Stich hieb ihr in den Magen. Sie presste die Hand dagegen. Oh Gott, was hatte sie getan? Sie hatte geglaubt, Alvas Lebenswerk zu retten, doch alles, was sie bewahrte, war der Beweis für den Ruin seines Rufs. Sie hatte das Einzige gerettet, das ihm schaden konnte.

Philadelphias Häuser schienen über ihr die Köpfe zusammenzustecken. *Da ist sie*, flüsterten sie. *Seht, was sie getan hat.*

Sie bog in die George Street ab. War es die George? War das nicht der Ort, an dem sie mit Parcy Eiscreme zu essen pflegte? Waren das nicht die glücklichsten Tage ihres Lebens gewesen? Als Alva abends den Walzer mit ihr tanzte. Er tanzte niemals in Boston mit ihr. Ophelias Haus war düster und ernst. Parcys gefüllt mit Überschwänglichkeit.

Mit Liebe. Der Gedanke blockierte ihren Verstand wie eine unsichtbare Barriere, durch die sie sich nicht hindurchwagte.

Rittenhouse Square hieß sie willkommen. Ein kleiner Park mit Ahornbäumen und roten Kieswegen. Sie sank auf eine Bank, lauschte dem Vogelgezwitscher und folgte einem Eichhörnchen den Baum hinauf. Die Wut, die sie aufrecht gehalten hatte, versickerte in den Kieselsteinen am Boden und ließ sie hohl und ausgelaugt zurück. Das alles war eine Tragödie. Eine lächerliche Tragödie.

*** *** ***

Sie kam die Treppen herunter. Mit roten Augen und vorgestrecktem Kinn nestelte sie ihren Strohhut auf den Kopf und marschierte durch den Salon. Einen Moment später schlug die Haustür ins Schloss.

Mit der Hand auf seiner Schulter presste Jon Parcy auf den Stuhl zurück. „Ich kümmere mich um sie."

Er holte die Wasserflasche aus seinem Zimmer, füllte sie auf und war kurz darauf auf Philadelphias Straßen. Belle marschierte unter dem Sonnendach eines Backsteingebäudes mit Balkon hindurch. Ihr forscher Schritt teilte die Menge wie von Zauberhand. Ein Mann starrte ihr unter seinem Bowlerhut perplex nach. Frauen rümpften ihre Nasen. Belle bemerkte nichts von alldem.

Er musste sich anstrengen, Schritt zu halten. In seinem Inneren lag ein kalter, harter Stein. Er konnte sehen, dass sie litt, hinter ihrem Soldatenschritt und dem hocherhobenen Kinn.

Irgendwann blieb sie stehen und beugte sich vornüber, als hätte sie einen Schlag in den Bauch erhalten. Er beschleunigte seine Schritte, doch Belle fing sich wieder. Sie nahm einen tiefen Atemzug, bevor sie auf ein parkähnliches Fleckchen zusteuerte und auf eine Bank sank.

Sie sah verloren und zerbrechlich aus. Er hatte ihr das angetan. Er hatte sie das Buch lesen lassen.

„Durstig?" Er setzte sich neben sie. Zu seiner Überraschung nahm sie einen ausgiebigen Schluck, bevor sie die Flasche auf ihren Schoß sinken ließ.

„Er war ein Sodomit." Es klang grausam, so wie sie es sagte.

„Ich glaube, der bevorzugte Ausdruck ist *Grieche*."

Sie verzog angewidert den Mund.

„Parcy hat das gesagt", erklärte er.

„Natürlich sagt er das. Doch es ist noch immer dasselbe."

Jon klaubte einen Kiesel vom Boden auf und drehte ihn zwischen den Fingern. „Nach allem, was du mir über deinen Onkel erzählt hast", sagte er vorsichtig, „war er ein großartiger Mann. Das solltest du nicht vergessen."

„Er war ein Lügner."

Es gab Dinge, über die man log, weil die Wahrheit schmerzhafter war als die Lüge.

„Du musst mich für die dümmste Person halten, der du jemals begegnet bist", platzte es aus ihr heraus. „Ich werde beinahe entehrt, ich bringe dich fast soweit, dass du deine Tochter verlierst und das alles nur der schändlichen Verbrechen eines alten Mannes wegen."

Man konnte die Angelegenheit ganz sicher so betrachten,

wenn man darauf aus war, sich selbst eine Tracht Prügel zu verpassen. „Was du getan hast, war mutig."

Sie wischte eine Träne weg. „Das ist nicht wahr."

Das war es. Deshalb hatte er sie erwählt, damals bei der Kutsche. Er hatte nicht verhindern können, dass es geschah, doch er konnte die Frau wählen, die stark genug sein würde, sein Versagen auszuhalten.

Belles Blicke hingen an einem Straßenverkäufer. Lose Haarsträhnen tanzten über ihr Gesicht.

„Ich habe dir das Buch deines Onkels gegeben, damit du es selbst liest. Ich wusste, du bist stark genug, um die Wahrheit zu ertragen." Er vertraute darauf, dass sie es war, denn es gab nichts in seiner Macht, dass er für sie tun konnte. Da war nur Angst. „Ich bewahre ebenfalls ein Geheimnis vor Julia. Und ich bete dafür, dass sie eines Tages stark genug sein wird, mir meine Feigheit zu vergeben."

Er sah Alva Burgess einen Steinwurf entfernt stehen, in Erwartung eines Urteils.

Belle blieb lange still. Ein paar Meter weiter begannen Jungen ein Murmelspiel. Plötzlich sprach Belle: „Ich kann nicht in Tante Ophelias Haus zurückkehren."

Das war nicht nötig. Es war viel einfacher. „Musst du nicht. Du bleibst bei mir, wenn du willst."

Alvas Buch

Kapitel 21

Für den Rest des Tages schloss Belle sich in ihrem Zimmer ein. Mary Anne brachte ihr Suppe und Sandwiches zu Mittag und später etwas Nachmittagstee mit Zimtplätzchen. Zu der Gelegenheit hatte sie Mary Anne ebenfalls gebeten, ihr ein paar Bücher aus Parcys Bibliothek zu besorgen.

„Ah, Miss Belle", hatte Mary Anne gesagt, als sie ihr Lyells *Elements of Geology* überreichte. „Seien Sie nicht mehr böse auf Mr. Parcy. Er ist der netteste Mann, den ich kenne. Schmähen Sie ihn nicht für seine kleine Schwäche."

Kleine Schwäche? Mary Anne favorisierte eine milde Sicht auf die Dinge. „Du weißt davon?"

Mary Anne zwinkerte ihr zu. „Natürlich, Miss. Nach all den Jahren … Machen Sie sich keine Sorgen, es ist alles in Ordnung."

Belle presste den Ammoniten gegen die Wange, in der

Alvas Buch

Hoffnung auf Klarheit in der Kühle des Steins. Also wusste jeder davon. Ophelia, Mary Anne. Sarah? Hatte Sarah deshalb keine Träne um den Tod ihres Vaters vergossen?

Belle atmete tief ein. Was sie jetzt brauchte, war ein vernünftiger Plan. Erstens galt es, sich einer Tatsache zu stellen: Es gab kein Buch, das Veröffentlichung erfahren sollte. Zweitens: Nun, zweitens war bereits der Punkt, an dem ihr Plan endete. Ohne Buch gab es für sie nichts zu tun.

Panik prickelte ihr in kleinen Wellen den Rücken hinauf, während die dunklen Wolken von Clifton Springs am Horizont aufstiegen. Sie schlug Lyells *Elements of Geology* auf. Sie brauchte Ablenkung. Sie brauchte klar strukturierte Gedanken.

Zwei Kapitel später klopften Fingerknöchel an die Tür. „Ich bin's, Jon. Lässt du mich rein?"

Sie ließ ihn.

„Parcy ist in den Gentlemen's Club gegangen", sagte Jon und schloss die Tür.

Belle zuckte innerlich zusammen. Der Gedanke an einen Gentlemen's Club erschien ihr in neuer Bedeutung. Hatte Parcival Dalton denn keinerlei Anstand? Alvas Tod lag kaum mehr als ein halbes Jahr zurück.

„Läuft herum wie ein geschlagener Hund", sagte Jon. „Wirf ihm doch einen Happen hin, ja?"

„Ich habe ihm Alvas Notizen überlassen. Er kann sie haben." Aber sie konnte nicht hinuntergehen und sich mit ihm an Alva erinnern, ohne sich dabei vorzustellen - an dieser Stelle endete ihre Großherzigkeit.

„Darf ich mich setzen?" Jon deutete auf den geblümten Ohrensessel neben dem Kamin. Auf ihre Einladung hin ließ er sich hineinfallen und streckte die Beine aus.

Müde sah er aus, seine Männlichkeit ein starker Kontrast zum verspielten Blumenmuster, das ihn umgab. Abgesehen von den dunklen Wolken am Horizont hielt sie noch etwas anderes davon ab, einen klar geordneten Gedanken zu fassen. Jons Worte summten ihr unter der Haut. *Du bleibst bei mir, wenn du willst.*

Auf dem Rückweg vom Rittenhouse Square hatte sie ein Kribbeln unter der Haut gespürt, dort, wo sie ihren Arm in Jons einhakte. Alvas Worte hallten noch immer in ihr nach. Ihr war, als hätten Alvas gestohlene Gefühle eine verborgene Saite angeschlagen, deren Ton unablässig in ihr nachklang. Lauter werdend, wenn Jon Cusker in ihrer Nähe weilte.

„Was macht Jules?", fragte sie, nach Zerstreuung suchend. Er war den ganzen Tag über mit ihr am Hafen gewesen, um die Schiffe zu zeichnen.

Jon schlug die glänzend gewienerten Stiefel übereinander. „Eingeschlafen, mit der Katze. Aber erst, nachdem ich sie dazu gebracht habe, mir den gestiefelten Kater vorzulesen."

„Es tut mir leid, dass du sie meinetwegen fast verloren hättest." Eines Buches wegen, das eines solchen Opfers nicht im geringsten wert war.

Er winkte ab. „Hab an einem Leben geplant, in dem ich mich mit ihr vor der Bande verstecke. Hatte mich schon fast soweit, zu glauben, dass es mir gelingen würde."

Also hätte er seine Tochter nicht aufgegeben. Nur sie. Seltsam, wie der Gedanke ihr in der Brust stach.

Jons Stiefel scharrten über das Parkett, als er sie heranzog, um sich nach vorn zu lehnen. Leise sagte er: „Hab dran gedacht, auch dich zu holen."

Alvas Buch

Tiefbraune Haarsträhnen fielen ihm in die Stirn. Sie hatte sein Haar berührt, einmal bei Fleur. Sie hatte nie zuvor einen Mann auf diese Weise berührt; mit Absicht und sich seines Körpers bewusst. Sie hatte den Sog dieser Berührung nicht gekannt.

„Was ich zu dir in Fleurs Schuppen gesagt habe …", hörte sie Jon leise. „Ich hatte mir das alles zurechtgelegt, und ich wusste, wenn ich mich nicht an die geübten Worte halte, würde ich vor dir zusammenbrechen. Ich wollte dir nicht wehtun, Belle. Es hat mich fast umgebracht, dich zu verlieren."

Ihr Kopf fühlte sich benommen an. „Du wolltest mich holen?"

Er hob den Blick, seine Augen dunkel und offen. „Wärst du mit mir gekommen?"

„Ja." Die Antwort rollte widerstandslos über ihre Lippen.

Jon blieb still und doch füllte seine Anwesenheit den ganzen Raum und prickelte in ihren Fingern, die sich hilflos an Alvas Ammoniten klammerten.

Jon rutschte aus dem Ohrensessel. Er ließ sich auf dem Boden nieder und lehnte sich mit dem Rücken gegen das Bett. Sachte zupfte er am Saum ihres Kleides. „Komm her. Sitz bei mir."

„Auf dem Boden?"

Seine Hand fand die ihre und er zog sie auf den freien Platz zwischen seinen ausgestreckten Beinen. „Hier, Belle, so dass ich dich halten kann."

Sie plumpste auf ihr Hinterteil.

„Hätte daran denken sollen, ein Kissen unterzulegen", murmelte er. „Sitzt du bequem?"

„Ja." Sie spürte die Berührung seiner Schenkel an den

ihren, als er seine Arme um sie schlang und sie an sich drückte. Es war ein neuartiges Gefühl, ihm so nah zu sein. Es entfachte eine Sehnsucht in ihrem Inneren.

Jon nahm ihr den Ammoniten aus der Hand. Seine Fingerkuppen glitten über die Rillen. Er hatte schöne Hände. Lange Finger mit quadratischen Nägeln. Fähige Hände. Fähig der Gewalt, wie damals, als er Brody die Faust ins Gesicht hieb und fähig sanfter Feinheiten, wie damals, als sie das Modell der Brigg erschufen und ein jedes Mal, wenn er zeichnete.

„War McLain dir gegenüber respektvoll?"

Sie hörte Jons Bereitschaft, es McLain heimzuzahlen, sollte sie Anklage erheben. „Ja, das war er."

„Was er über Patterson gesagt hat - glaubst du ihm?"

„Warum sollte er die Pattersons töten, wenn es nicht wahr wäre?"

Jon schien darüber nachzudenken. Dann sprach er ganz leise, als fürchte er, mit den Worten einen bösen Geist zu erwecken. „Glaubst du, dass sie Ricks Tochter ist?"

Sie spürte die Qual in seinen Worten und sie erinnerte sich daran, wie Rick das Mädchen angesehen hatte. Vielleicht war McLain nicht nur der Wahrheit wegen gekommen. Vielleicht hatte er nach Erkenntnis gesucht. Sie hatte die Enttäuschung in seinem Blick sehen können, als es ihm nicht zu gelingen schien, eine Spur von sich selbst in dem Mädchen zu finden.

„Sie ist ihm nicht ähnlich", sagte sie.

Sie war froh, dass Jon seine Tochter nicht verloren hatte und doch bedauerte sie die Bürde der Ungewissheit, die es ihm auferlegte. Auf der Reise nach Philadelphia hatte sie beobachten können, wie er Jules betrachtete. Sie bemerkte seine Bemühungen, Rick in ihr zu finden und seine Furcht, es könne ihm gelingen.

„Es tut mir leid", sagte sie.

Er grub seine Nase in ihr Haar, so dass sein Atem über ihren Hals strich. „Muss es nicht. Ich hätte es nicht ertragen, Jules zu verlieren. Oder dich. Ich wäre für immer nur ein halber Mann geblieben."

Er schloss sie fester an sich und da war eine Bestimmtheit in seiner Umarmung, die sie mit Zuversicht erfüllte.

„Ich bau dir ein Haus, Belle, und du kannst es voller Bücher stellen. Ich bau dir so viele Regale, wie du nur willst. Ich sorg dafür, dass du es warm hast und du darfst für immer meine Stiefel tragen."

Sie zog die Stiefel unter den Rock. „Sie sind ein bisschen groß."

Das Lachen rumpelte tief in seinem Bauch und es war das schönste, das sie je von ihm gehört hatte.

„Was hast du mit Winston gemacht?", lockte Jon sie ins Gespräch zurück.

„Ich hab ihn in Saint Louis zurückgelassen. Er sollte längst wieder in Raysfield sein." Sie hatte Winston gegenüber ein beachtlich unhöfliches Verhalten an den Tag gelegt. „Bevor wir damals Raysfield verließen, hat er um meine Hand angehalten."

Jon hob den Kopf. „Hat er?"

„Er hoffte, ich sei dazu bereit, eine Ehe mit ihm auf freundschaftlicher Basis einzugehen."

„Freundschaftlich? Er hat nicht gehofft, dass du eines Tages so nah bei ihm sitzt?"

„Ich denke nicht."

Er nahm einen langen, tiefen Atemzug. „Du musst wissen", sagte er und seine Worte waren kaum mehr als ein Flüstern. „Das ist kein Versprechen, das ich gerne geben würde."

Sie verspürte ein Beben in ihrem Inneren. Es war mächtig und es machte sie mutig. „Du hast gesagt, du wünschtest, du hättest mir zeigen können, dass es anders ist, wenn man einander will." Sie stoppte. Mut war ein flüchtiger Begleiter.

Jon saß ganz still, da war nur der beschleunigte Rhythmus seiner Atmung.

„Das hab ich", entgegnete er heiser.

*** *** ***

Alles war so weich an Belle, so glatt und zart, dass es ihn eine große Anstrengung kostete, Zurückhaltung aufzubringen. Für einen Moment hatte er Nervosität verspürt. Die unzähligen Schlaufen ihres Korsetts zu öffnen, ließ seine Finger zittern.

Jetzt lag sie neben ihm und er konnte nicht anders, als sich überwältigt zu fühlen. Ihre Haut war so rein und weiß wie ein unberührtes Blatt exquisiten Papiers und es gehörte ihm allein.

„Darf ich dein Haar öffnen?"

„Mein Haar?" Sie hob den Kopf an, erstaunt, doch ihre Hand wanderte zur Silberspange, die ihr Haar zusammenhielt.

„Nein, lass mich." Dank Jules war er ein erfahrener Haarspangenöffner und Belles Locken flossen in spiralförmigen Wellen über ihre Schultern. *Unglaublich.* Wie sehr er sich gewünscht hatte, diese bernsteinfarbene Pracht durch seine Finger gleiten zu lassen. Mit der Hand folgte er dem verschlungenen Pfad einer Strähne über Belles Schlüsselbein hinweg. Auf ihrer Schulter war ein Fleck gebräunter Haut.

„Der Sonnenbrand … Das war meine Schuld. Ich hab dein Kleid zerrissen." Das schien ihm schon sehr lange her. Er verscheuchte die Erinnerung und begleitete die Locke abwärts. Sein Handrücken strich sanft über die Erhebung einer Brust. Begehren flutete ihn.

„Du hast mein Kleid nicht zerrissen", sagte sie leise und da war ein atemloser Hauch in ihrer Stimme. „Es ging kaputt, als der Tisch zerbrach."

Ihr Haar bildete denselben Feenschleier wie damals in der Hütte. Aber diesmal bekämpfte sie ihn nicht. Da war Anspannung in ihrem Körper, aber keine Abwehr. Sie war mutig, aber das bedeutete nicht, dass sie der Neuheit der Begegnung ohne Furcht entgegentrat.

Er wickelte eine Haarsträhne um den Finger. Hier, ohne Sonnenlicht war es eher ein sattes Nussbaumbraun denn Bernstein. Er gab die Locke frei. „Dein Haar … es ist wunderschön."

Belle kräuselte die Stirn. „Es ist zu dick. Tante Ophelia hat Lottie des Öfteren angewiesen, nachzusehen, ob Vögel begonnen haben, darin zu nesten."

Er lachte und erlaubte seiner Fingerkuppe die feinen Knochen ihres Schlüsselbeins nachzuzeichnen. Gänsehaut folgte seinem Pfad. „Kein Vogel, der noch alle Sinne beisammen hat, würde so etwas tun."

„Tante Ophelia ist kein besonders guter Ornithologe."

Noch ein Wort, das er lernen konnte. Später. Auf Belles Lippen lag ein feiner Glanz. Zweimal war er ihnen bereits begegnet, allerdings hatte er bisher nur ein Aufeinanderschlagen der Zähne zustande gebracht. Kaum etwas, das man einen Kuss nennen konnte. Mit dem Daumen folgte er dem vollen Schwung ihrer Unterlippe. „Ich schulde dir einen richtigen Kuss."

„Ich glaube, das tust du." Sie flüsterte die Worte gegen seinen Daumen und er mochte die Forschheit darin.

Und dann küsste er sie. Richtig. Anfangs zögerlich wurden ihre Lippen weich unter den seinen und als er ihrer Zunge begegnete, ließ die Berührung nur Feuer in ihm. Er brach den Kuss. *Geduld*.

Belle sah ihn fragend an.

„Es ist nur ..." Sein Schwanz pochte fordernd. „... ach, nichts."

Belles Zähne gruben sich in die Unterlippe, als sie seine Erregung betrachtete, interessiert und mit Neugier und lang genug, um Verlegenheit unter seiner Kopfhaut kribbeln zu lassen.

„Ich begehre dich sehr. Ich kann es nicht verbergen. Macht es dir Angst?"

Sie schüttelte den Kopf. Die Kühnheit, die sich aus dem satten Grün ihres Blicks kämpfte, schien ihn herausfordern zu wollen, diese Wahrheit anzuzweifeln.

„Schon gut, ich glaube dir." Er küsste die zarte Mulde an ihrem Hals, wo sich die Schlüsselbeinknochen trafen und die Haut so dünn war, dass ihr Puls kraftvoll unter seinen Lippen schlug. Er schloss die Hand um ihre Brust, die perfekt hinein passte, folgte der Einbuchtung ihrer Taille und glitt über die Rundung ihrer Hüfte. Belle schloss die Augen. Der Anblick schürte seinen Wagemut. Er schickte seine Hand ihr Bein hinauf, spürte kleine Härchen, die sich aufrichteten und dann die unglaublich seidige Weichheit ihres Innenschenkels. Er sollte pausieren, bevor er seinen Pfad fortsetzte, doch es gab nur ein begrenztes Maß an Kontrolle, dessen er fähig war. Die Versuchung war unwiderstehlich. Er setzte einen Kuss in das dunkle Lockenmeer zwischen ihren Beinen und vernahm ein leises, zaghaftes Geräusch. Eine Mischung aus Überraschung und - er sah nach ihr - *Genuss*?

Belle wartete darauf, dass er etwas tat, aber er brauchte einen Moment, um seinen Körper daran zu erinnern, dass er ein Mann war, der sich kontrollieren konnte und kein Junge, der sich bei der ersten Berührung ergoss.

Er rückte zu ihr hinauf. „Du hast mich in der Hand. Ich kann mein Verlangen nicht verstecken. Es gehört dir, wenn du es willst und wenn deines mir gehören darf, dann lass es mich wissen."

Sie verdaute die Worte. Er sah es an der kleinen Falte zwischen ihren Brauen. Als ihr Schweigen seinem Begehren die Entschlossenheit kosten wollte, legte Belle ihre Hand flach auf seine Brust. Die Berührung war genug, um ihn steinhart zu machen. Damals in Fleurs Schuppen, als er ihre Hand auf seinem Kopf spürte, war die sanfte Berührung genug gewesen, um ihn zu entflammen. Damals war es Trost. Als er jetzt ihre Hand auf seiner nackten Brust spürte, mit Begehr, gab es nichts mehr, was ihn hätte stoppen können.

Wenn du willst, dass sie mit Verlangen nach dir in dein Bett kommt, dann musst du dieses Verlangen erwecken. Damals hatte er keine Ahnung gehabt, wovon Fleur sprach, aber nun war er entschlossen, ihre Worte wahr zu machen, auch wenn es ihn umbrachte.

„Schließ die Augen", sagte er.

Nie zuvor hatte er so viel Zeit damit verbracht, einen weiblichen Körper zu erkunden. So viele Pfade, denen er nie gefolgt war. Alles an Belle war um so vieles delikater und betörender, als er es sich ausgemalt hatte. Lust prickelte in seinen Fingerspitzen, als er die zarte Form ihrer Ohrmuschel nachzeichnete und die eleganten Bögen ihrer Rippen malte, die sich unter ihrer Haut erhoben. Er setzte seine Lippen auf die roten Striemen, die das Korsett in ihr Fleisch gezwungen hatte.

Jede Erhebung und jede Kurve machte er mit seinen Händen vertraut, damit sie sich erinnerten, sobald er wieder einen Kohlestift in der Hand halten würde. Belle entspannte sich, ihre Muskeln wurden weich und nachgiebig, ihre Atmung flacher. Rote Flecken glühten auf ihrer Haut und schürten sein Begehren. Er legte seine Handfläche gegen Belles warme, feuchte Mitte. Belle hob sich ihm entgegen. Sie presste gegen seinen Handballen. Einmal. Zweimal. Und das war das Ende seiner Geduld.

Er legte seine Stirn an die ihre. „Belle, ich werde dir wehtun. Ich kann es nicht verhindern."

„Ich möchte ... Hör nicht auf."

Er war weit davon entfernt. Sie hatte keine Ahnung, wie unendlich weit. Und dann empfing sie ihn. Ihre Unberührtheit gab ihm nach, bis er die Barrikade fand, die sich gegen ihn stemmte. Besser schnell. Belle versteifte sich und zog Luft durch die Zähne. Er verharrte einen Moment. Zum einen, um ihr Erleichterung zu verschaffen, zum anderen, um das Gefühl zu genießen mit ihr zu sein, in ihr zu sein und ganz von ihr umschlungen zu sein.

Er bewegte sich und als Belles Körper verstand, dass er

keinen Schmerz mehr zu erwarten hatte, begann er, sich mit dem seinen in der Bewegung zu vereinen. Nie hatte er mehr gewünscht, den Moment unendlich zu machen. Er würde es, all die anderen tausend Male, die Belle von ihm wünschen mochte. Doch jetzt - Verlangen ballte sich in ihm, konsumierte ihn und er ergoss sich mit einer Mächtigkeit, die er nie zuvor erfahren hatte.

*** *** ***

Winzige Staubpartikel tanzten im Sonnenlicht. Sie formten einen transparenten Schleier wie aus feinster Seide, der sich einem Vorhang gleich durchs Zimmer zog. Belle ließ sich von der Schönheit des Schauspiels verzaubern. Da war etwas Beruhigendes im langsamen Tanz der Staubteilchen. *Etwas Friedvolles*, dachte sie.

Sie lag nackt unter dünnen Sommerdecken, die ihren Körper liebkosten, so wie es Jon in der Nacht getan hatte. Alles kam zu ihr zurück. Die Gänsehaut, die ihren Körper überzog bei jeder seiner Berührungen.

Ich werd dir wehtun, Belle, hatte er geflüstert. Er tat ihr weh. Da war ein stechender Schmerz, als er in sie eindrang. Aber er verblasste im selben Moment, in dem ihr Körper ihn tief in sich aufnahm.

Die Erinnerung daran machte ihr eine Befindlichkeit bewusst. Sie fühlte sich wund zwischen den Beinen. Hatte Knowlton Derartiges erwähnt? Wahrscheinlich nicht. Da waren eine Menge Dinge, die er in keiner Weise erwähnt hatte.

Sie hatte seit Langem um den Modus Procedendi gewusst. Sie war vorbereitet gewesen auf den Schmerz. Nur für eine Sache war sie nicht im Mindesten gerüstet gewesen: Genuss. Ihr Körper schien unter Jons Berührungen zu zerfließen. Alles an ihr wurde weich und offen und fordernd und ihm zugewandt.

Überwältigt von der Intensität des Gefühls, war sie überzeugt gewesen, es nicht ertragen zu können. Wie albern von ihr. Relikte dieses Gefühls perlten noch immer unter ihrer Haut und lockten sie erneut.

Sie drehte den Kopf. Jon schlief neben ihr, auf dem Rücken, einen Arm über der nackten Brust. Die Regelmäßigkeit seiner Atemzüge hatte etwas Affirmierendes.

Belle verspürte eine Sehnsucht, die Hand auf seine Haut zu legen und ihn aufzuwecken, um seine Liebkosungen zu empfangen. Doch er sah so friedvoll aus. Sie hatte noch niemals einem Mann beim Schlafen zugesehen. Es traf sie, wie verletzlich er erschien. Und die feine Linie der Narbe auf seinem Hals warnte sie, wie einfach es sein konnte, diesen fähigen, wunderschönen Körper zu verletzen.

Sie konnte einer Berührung nicht mehr widerstehen. Mit der Fingerkuppe folgte sie der Narbe von der Höhe seines Ohrläppchens bis zum Adamsapfel.

„Nur ein Kratzer", murmelte Jon.

Es sah nach weit mehr als einem Kratzer aus. „Warum hat Patterson das getan?"

Jon blinzelte unter den Lidern hervor. Dann schloss er sie wieder. „Ich hatte eine Zeitlang für ihn gearbeitet. Er konnte mir nicht viel bezahlen, aber das war mir egal. Rick und Brody hatten monatelang nichts von sich hören lassen. Ich hatte keine Ahnung, was sie anstellten. Ich schlief in Fleurs Schuppen und war zufrieden."

Er stützte sich auf den Ellenbogen und warf ihr einen

vorsichtigen Blick zu. „Eines Tages war die Bande zurück. Patterson muss mich mit Rick gesehen haben. Da war er mir nicht mehr freundlich gesinnt. Ich lag mit dem Rücken im Dreck und hatte sein Messer an der Kehle, bevor ich ihn begrüßen konnte. Hab gespürt, wie mir das Blut runterlief und wie der Schnitt brannte. Ich hatte Angst, er bringt mich um."

Pattersons Schnitt an Jons Hals war lang. Eine Brandmarkung. „Warum hat er das getan?"

„Er beschuldigte mich, für McLain zu spionieren, seine Familie zu bedrohen, ein Verräter zu sein. Nichts davon hab ich kapiert."

Belle stützte sich ebenfalls auf den Ellbogen. „Aber er hat dich nicht getötet."

Jon wickelte eine ihrer Haarsträhnen um den Finger. „Nein, aber er hat mich nicht für gute Gesellschaft gehalten."

„Warum sind die Pattersons nicht einfach weggegangen?"

„Diese Farm war alles, was sie hatten. Es gab für sie keinen anderen Ort." Er zog sanft an der Strähne, bis ihr Gesicht dem seinen so nah war, dass sie den Hauch seines Atems auf den Lippen spürte. „Wirst du mich jeden Morgen dazu bringen, meine Sünden zu gestehen?"

Seine Lippen waren nur noch ein Flüstern von den ihren entfernt, als ein Klopfen an der Tür sie beide erstarren ließ.

„Miss Belle", rief Mary Anne. „Sind Sie wach?"

Belle raffte die Decke nach oben wie ein ertapptes Kind. „Ja, das bin ich."

Jon grinste.

„Oh, gut. Sie haben einen Besucher."

Alvas Buch

„Einen Besucher?"
„Ein Mr. Winston Hayward."

Alvas Buch

Kapitel 22

Innerhalb von Sekunden war Jon angezogen und die Treppe hinuntergepoltert. Belle hoffte, er würde kein Unheil anrichten. Rasch benutzte sie den Nachttopf, kleidete sich an und wusch sich das Gesicht. Sie kämmte die Haare aus - wie hatten sie nur so durcheinandergeraten können? - und prüfte ihr Antlitz im Spiegel. Da war nichts in ihrem Gesicht, das die letzte Nacht verriet, oder?

Sie platzierte die Silberspange am Hinterkopf. Nach einem letzten prüfenden Blick stand sie auf. *Was in aller Welt willst du, Winston?*

Die Männer erwarteten sie im Salon. Parcy kam ihr entgegen. Ihre Anwesenheit schien ihn zu erleichtern. „Guten Morgen, Belle. Du hast Besuch."

Winston trug Reisekleidung. Sein Haar war zurückgekämmt, doch ohne sein Makassaröl standen ihm Strähnen ab, die ihn derangiert aussehen ließen. Auf Parcys Ankündigung hin schnellte er hoch. „Annabelle, bitte verzeihen Sie mein unangekündigtes Erscheinen."

„Also Hayward", fuhr Jon dazwischen. Er saß auf der Couch, die Beine von sich gestreckt, die Arme vor der Brust verschränkt. „Da ist sie. Was wollen Sie nun?"

„Ich fürchte, ich muss darum bitten, Miss Annabelle privat zu sprechen."

Jon schoss auf die Beine und baute sich neben ihr auf. „Was ist so verdammt privat daran?"

Sie legte ihm die Hand auf den Arm. Sie hätte ihm nicht von Winstons Antrag erzählen sollen. Jon fasste den armen Kerl wie Beute ins Auge.

„Parcy", fragte sie, „wäre es möglich, dein Arbeitszimmer zu benutzen?"

„Natürlich."

Bevor sie voranschreiten konnte, um Winston ins Arbeitszimmer zu geleiten, flüsterte Jon ihr ins Ohr: „Ruf mich, wenn er Schwierigkeiten macht."

„Das werde ich", versicherte sie ihm.

Parcys Arbeitszimmer war eine Kopie von Alvas. Landkarten bevölkerten die Wände, Steine und Fossilien die Vitrinen. Sie schritt über dicke Teppiche und ließ ihre Fingerkuppen über das warme Mahagoni des robusten Schreibtischs gleiten, über dem Alva und Parcy einst die Köpfe zusammengesteckt hatten. Aber das war ein anderes Leben gewesen.

Sie nahm in einem der gepolsterten Besucherstühle Platz und bot Winston den zweiten an. Die Kampfbereitschaft, die er im Beisein Jons aufrechterhalten hatte, war verschwunden. Unter seinen Augen zeichneten sich dunkle Schatten ab. Verloren sah er aus.

„Es tut mir leid", sagte sie, „dass ich Saint Louis ohne ein Wort verlassen habe."

Sie war nicht gänzlich wortlos verschwunden. Bevor sie sich mit McLain auf den Weg machte, hatte sie Winston einen Brief hinterlassen, indem sie ihm erklärte, dringende Geschäfte erledigen zu müssen und ihm nahelegte, allein nach Raysfield zurückzukehren.

„Ich bin nicht hier, um eine Entschuldigung einzufordern", sagte Winston. „Wie Sie sich vorstellen können, ist Ihre Tante außer sich über Ihren Aufenthalt in Philadelphia. Sie hat mich angewiesen, Sie zurückzubringen."

Winston tat ihr leid. Sein Leben war ein ruhigeres gewesen, bevor die Burgess Familie wie ein Sturmwind über ihn hereingebrochen war.

„Auch wenn ich mich Ihrer Tante gegenüber nicht verpflichtet fühle", fuhr er fort, „nehme ich an, Sie sind dennoch an den neuesten Entwicklungen interessiert?"

Das Mitleid in seinem Blick beunruhigte sie. „Das bin ich, Winston."

„Sarah hat ihr Kind verloren. Doktor Wiley war rechtzeitig zur Stelle und es geht ihr gut. Ich war nicht der Vater, wie Sie sicherlich wissen. Ihre Tante hat ihr Bestes versucht, die Heirat zu retten, aber ohne eine Schwangerschaft ist die Dringlichkeit versiegt. Außerdem wünscht Sarah unmissverständlich die Auflösung der Verlobung."

Sarah hatte ihr Kind verloren? Eine schauderhafte Eingebung stahl sich in ihre Gedanken. Ohne Nathanial Hollister, der nicht gekommen war, um mit ihr davonzulaufen, und mit der immer bedrohlicher werdenden Hochzeit vor Augen, mochte sie es für den einzigen Ausweg gehalten haben. „Hat sie es mit Absicht verloren?"

„Doktor Wiley sagt nein."

Die Erleichterung darüber, so befreiend sie sich auch anfühlte, blieb kurzlebig. Ohne Kind gab es keine Notwendigkeit, Sarah zu verheiraten. Und ohne Heirat gab es keine Mühle für Winston.

„Annabelle." Winston rutschte auf dem Leder nach vorn. „In der Tat bin ich nicht hergekommen, um Sie Ihrer Tante zurückzubringen. Ich bin hier, um Ihre Antwort zu erfahren. Ich biete Ihnen noch immer die Ehe."

Schweiß prickelte auf ihrer Stirn. Sie wünschte, sie könnte sich zwischen Parcys Büchern verstecken. „Winston, ich …"

Es war eine Tragödie, dass er seine Mühle verlieren sollte. Winston war ein guter Mann. Er war gebildet und höflich. *Doch er war nicht Jon*.

„Belle, ich stelle Ihnen ein freies Leben in Aussicht. Ich bin noch immer bereit, Ihnen eine Ehe auf dem Papier anzubieten. Wenn Sie es wünschen, muss es keine physischen Verpflichtungen zwischen uns geben."

Die Aussicht auf ein Leben ohne *Verpflichtungen*, so wie Winston es ihr offerierte, lockte sie nicht mehr. Sie wollte Jons Hände auf ihren Hüften und die Hitze seines Atems auf ihrer Haut und sie musste den Gedanken daran loswerden, denn er brachte ein Pochen zwischen ihre Beine. „Es tut mir leid, Winston. Ich fühle mich geehrt, aber ich muss in aller Höflichkeit ablehnen."

„Ist es Cuskers wegen? Was tut er hier? Mit Verlaub, Annabelle, der Mann ist ein Gauner."

Die Anschuldigung stellte ihr die Nackenhaare auf. „Ich kann Ihnen versichern, dass er kein Gauner ist."

„Er ist mit den Männern des Kutschenüberfalls bekannt,

wie kann er da kein Gauner sein?"

„Ja, er ist mit diesen Männern bekannt, aber er ist keiner von ihnen. Außerdem war ich es, die ihn darum gebeten hat, mir Alvas Notizen wiederzubeschaffen."

„Und was mussten Sie ihm dafür versprechen?"

Die Impertinenz war maßlos. Blut schoss ihr heiß in die Wangen. In Winstons ebenfalls.

„Ich glaube", sagte sie und stand auf, „es ist das Beste, wenn Sie jetzt gehen."

Mit einem Ruck erhob er sich und verbeugte sich abgehackt. „Ich kann nicht behaupten, dass die Begegnung mit Ihrer Familie ein Vergnügen gewesen ist, aber ich wünsche Ihnen alles Gute, Annabelle."

Sie verstand seine Wut. Es gab für ihn keine Frau, keine Mühle, kein Leben.

„Was werden Sie jetzt tun?", fragte sie.

„Ich bin im Besitz einer Schiffspassage von New York nach San Francisco. Eine vielversprechende Stadt. Ich werde in drei Tagen aufbrechen. Bis dahin finden Sie mich im Western Union."

Drei Tage, um ihre Meinung zu ändern? „Sie kehren nicht nach Raysfield zurück?"

„Es gibt nichts, was mich dort hält."

Als die Tür hinter ihm ins Schloss fiel, spürte sie eine große Erleichterung. Und eine große Trauer. Winstons Verlust würde ihr für immer auf der Seele lasten.

Die Tür öffnete sich. Jon kam herein. Er nahm Winstons Platz ein, streckte die Beine von sich und sah sie dabei so intensiv an, als versuche er, ihre Gedanken zu lesen. „Was wollte er?"

Das Leben bewahren, das er sich erschaffen hat. „Sarah hat ihr Kind verloren", sagte sie. "Es wird keine Hochzeit geben. Winston verlässt Raysfield, um nach San Francisco zu gehen."

Verlässt Raysfield klang nach freiem Willen, doch das war nicht der Fall. Winston lief vor dem Chaos davon, zu dem sein Leben geworden war.

Ob Jon Winstons Verlust berührte, konnte sie nicht abschätzen. Er hatte einen ungeduldigen Zug um den Mund. "In Ordnung", sagte er. "Aber was hat er *gewollt*?"

Sie ließ die Luft aus den Lungen. Sie fühlte sich wie ein Verräter, der eine schreckliche Tat begangen hatte. "Er hat mich erneut um meine Hand gebeten. Ich habe abgelehnt."

Jons Fingerkuppen klopften auf die Armlehne. Für einen langen Moment blieb er still. Dann sprach er.

"Heirate *mich*."

Alvas Buch

Kapitel 23

Rick McLain klopfte den Inhalt der Pfeife auf die Straße. Eine nette kleine Beute. Genau richtig, ihm die Zeit beim Beobachten eines zweistöckigen Backsteingebäudes mit grünen Fensterläden zu vertreiben. Der steife Buchhalter stürmte gerade heraus, mit einem säuerlichen Ausdruck im Gesicht und dem Marschschritt eines Mannes, der die Straße unter seinen Sohlen mit jedem Schritt prügelte.

Winston Hayward interessierte ihn nicht. Er hatte eigene Dringlichkeiten zu erledigen. Und diese Dringlichkeiten duldeten keinen Aufschub mehr.

Brody verlor den Verstand. Er stank nach Irrsinn, nach Verwesung, nach Blut. Der Gestank gärte unter Brodys Haut und dünstete aus jeder Pore. Manchmal kam es Rick vor, als klebe ihm Brodys Gestank wie eine Patina auf der

Haut.

Ein Messer hatte Brodys Lust am Töten geweckt. Eine schöne Waffe mit einer vier Inch langen Klinge aus Damaszenerstahl.

Brody liebte das Messer. Er durchstreifte die Wälder mit der Klinge, ging zu Bett mit der Klinge und steckte sie in jede lebendige Kreatur, die ihr nicht entkommen konnte. Getrocknetes Blut klebte am Stahl wie ein Zeichen aufziehenden Unheils. Der Anblick hatte Rick einen kalten Schauer über den Rücken gesandt. Jedes Mal.

Brody war nie schlau gewesen. Nachdem ihn der Esel an den Kopf trat, verlor er das letzte bisschen Sinn und Verstand. An der Flanke des Esels tropfte Blut. An Brodys Messer tropfte ebenfalls Blut. Da nahm Vater ihm das Messer ab.

Brody holte es sich zurück. Er machte Vaters Augen groß für einen Moment und dann starr für immer. Und dann steckte Brody das Messer in eine Farmerstochter. Und dann in die Tochter des Bürgermeisters, nachdem er seinen Schwanz in sie hineingesteckt hatte. Und da erkannte Rick, das Brody seiner ganzen Aufmerksamkeit bedurfte.

All das musste ein Ende finden. Amy bestand darauf. Sie war Brodys Besuche auf der Farm leid. Sie fürchtete um Celia und sie ließ keinen Zweifel daran, was sie von ihrem Ehemann erwartete. Rick gab ihr recht. Aus Brody war ein tollwütiger Hund geworden.

Bevor Brody starb, musste er ihm etwas geben. Ein wahrhaftes Geschenk. Es tat ihm leid um Jon, doch es musste enden.

Alvas Buch

Kapitel 24

Belle wandte das Gesicht zur Sonne, die durch die hohen Fenster des Wintergartens schien. Jasmin- und Akaziendüfte verwöhnten ihre Nase, während sie auf weichen Decken lag, ein Kissen unter den Arm gestopft, und Byron las.

Vor zwei Stunden war Parcy mit Julia an den Schuylkill River aufgebrochen. Die beiden wollten Fossilien suchen und Parcy hatte großen Wert darauf gelegt, zu übermitteln, dass sie dafür den ganzen Tag benötigen würden. Mary Anne hatte ergeben versichert, auf unabsehbare Zeit in der Waschküche beschäftigt zu sein. Großmütig gewährte jeder Bewohner des Hauses ausreichend Privatsphäre, um der Sünde auf die Sprünge zu helfen. Mit Ausnahme Jon Cuskers. Er hockte im Schneidersitz vor ihr und kritzelte mit zusammengekniffenen Augen in seinem Zeichenbuch.

Seit er das Bett mit ihr geteilt hatte, blieben seine Berührungen sittsam und spärlich. Vielleicht war es nicht mehr sein Wunsch? Vielleicht war sie nicht halb so erfreulich gewesen wie all die Meggies, die er kannte?

Jon tastete nach einem Stück Melone, die Mary Anne am Morgen vom Markt mitgebracht hatte. Die Frucht war wundervoll süß und seine Zunge würde danach schmecken.

„Halt still", sagte er, ohne aufzublicken. „Nur noch ein paar Striche."

„Ich hab mich nicht bewegt." Sie verlor die Geduld. Was in aller Welt konnte an ihrem Gesicht so aufwendig sein? Tante Ophelia hatte es immer als bemerkenswert schlicht bezeichnet. „Zeig es mir."

„Sitz still."

In der Nacht hatte er ihren Körper auf die gleiche Weise geneckt. Er küsste jeden Flecken ihrer Haut und es konnte keinen Ort geben, den seine Lippen nicht berührt hatten. Sie hatte nie gedacht, dass es so sein konnte. Als Ophelia sie mit Lord Melvin verheiraten wollte, war ihr Ratschlag gewesen, sich zurückzulegen und es zu ertragen. Belle spürte einen Stich Traurigkeit für Ophelia.

„Fertig."

Aus dem Zeichenbuch blickte ihr eine Frau entgegen, mit klaren, mutigen Augen und hohen Wangenknochen. Ein Feld von Sommersprossen zog sich über ihren Nasenrücken. Die Sommersprossen waren das einzige, das ihr wahrhaft erschien. „Das bin ich nicht."

Jon riss entrüstet die Augen auf. „Ich bin ein exzellenter Zeichner."

Dann war Ophelia ein schlechter Beobachter. Nur einer von beiden konnte recht haben.

Jon rollte sich auf den Rücken und legte seinen Kopf auf Byrons Poesie ab. „Belle, ich kann dir nicht das Leben bieten, das du in Boston geführt hast, aber ich kann dir ein Haus bauen und es warm halten und dafür sorgen, dass wir alle satt werden. - Und ich werde deinen Verstand nicht verkommen lassen. Parcy hat es mich schwören lassen."

„Parcy?"

„Er hält sich für deinen legitimen Beschützer und ich schätze, ich kann dich nicht ohne seinen Segen haben."

In ihrem Bauch erwärmte sich etwas für Parcy und krampfte gleichzeitig mit dem Gefühl der Schuld. Seit Tagen hatte sie kaum ein freundliches Wort an ihn gerichtet. „Warum stört es dich nicht?"

Jon hob eine Augenbraue. „Dass die beiden Griechen waren?"

Sie nickte.

Er dachte darüber nach. „Ich habe viele Frauen gesehen, die mit Gewalt genommen wurden. Da ist eine Menge Zwang im Beieinanderliegen und ich denke, wenn zwei Menschen es miteinander mögen, kann es so sündhaft nicht sein. Fleur sagt, die Liebe interessiert sich nur für die Liebe."

Die Bemerkung weckte einen Gedanken. „Warst du mit Fleur zusammen? Auf diese Weise?"

Jon lag mit einem Male ganz still. „Ich war ... jung."

„War sie deine erste Frau?"

„Belle ..."

„Hast du für sie bezahlt?"

Er hob empört den Blick. „So war das nicht."

„Wie dann?"

Er seufzte ergeben. „Also gut", sagte er und setzte sich aufrecht. „Fleur hat es mir gezeigt, ja. Ich hatte nicht erwartet, dass es so sein würde. Von dem was Woodson und Brody erzählten, hätte es nicht annähernd so sein sollen. So langsam und … Ich hatte nicht geahnt, dass Frauen es mögen können. Das schien nicht der Fall zu sein, nach allem was ich gehört hatte."

Auch ihr hatte nie jemand etwas über Vergnügen erzählt. Vielleicht wussten sie es nicht. Und Sarah? Vielleicht hatte sie davon gewusst, vielleicht hatte sie jeden dieser Momente mit Nat genossen und sein Baby gewollt.

Als sie aus ihrem Gedanken auftauchte, begegnete sie Jons vorsichtigem Blick. „Und dir? Gefällt es dir?"

Seine Berührungen gefielen ihr mehr, als sie ihm würde beschreiben können. Aber es war seine Offenheit, ihr Dinge anzuvertrauen, die sie einen Schritt näher an die geheimen Orte seiner Seele führten, die sie überwältigte.

„Das tut es."

Ihr Geständnis schien eine Last von ihm zu nehmen. Mit einem wohligen Seufzer streckte er sich neben ihr aus.

„Dann", sagte er, „ist dir vielleicht danach, meinen Antrag zu beantworten."

Heirate mich. Sie war zu perplex gewesen, um ihm etwas darauf zu entgegnen und er hatte die Angelegenheit nicht weiter verfolgt. Bisher hatte der Gedanke an Heirat sie immer mit Angst erfüllt. Als Ophelia Lord Melvin für sie erwählte und die Angelegenheit mit persistierender Ernsthaftigkeit verfolgt hatte, war Belles Herz von kalter Dunkelheit umklammert worden. Aber Jon Cusker würde sie nicht in einem einsamen englischen Landhaus verstauen, wo ihr nur Schafe für einen intellektuellen Disput bereitstanden.

„Oder", Jons Finger schoben sich sachte zwischen die ihren, „du lässt mich einfach noch für eine Weile auf heißen Kohlen sitzen."

Sie drückte seine Hand. „Ich wäre sehr gern deine Frau."

Mit einem Ruck, der ihr die Luft nahm, zog er sie zu sich heran. Gegen ihren Schenkel spürte sie die Härte seiner Erregung.

„Du bringst mich um, weißt du das?"

Sie verstand nicht.

„Seit zwei Tagen zerbreche ich mir den Kopf, ob es dir gefallen hat. Ich hatte den Eindruck, aber vielleicht … Warum sonst solltest du mir nicht antworten?"

Scham flutete sie. Es war nicht ihre Absicht gewesen, ihn mit Zweifeln zu beschweren. Es war ihr nicht einmal bewusst gewesen, dass sie es tat. Ihre Dummheit glühte wie Feuer in ihren Wangen. Sie wollte um Verzeihung bitten, doch er legte ihr den Finger auf die Lippen.

„Versprich mir etwas", flüsterte er. „Lieg nur bei mir, wenn du es willst. Ich weiß, es ist mein Recht, wenn du erst meine Frau bist, aber es gefiele mir besser, wenn ich sicher sein kann, dass es auch dein Wunsch ist."

„Es ist mein Wunsch." Sie schob ihre Hand in seinen Nacken und zog ihn zu sich herunter. Sie wollte diese Lippen auf den ihren spüren. Ihre Wärme und ihre Kraft.

Jon stoppte kurz vor der Berührung. „Das ist ein Glashaus", sagte er.

„Welches in einem geschlossenen Hof steht." Sie fühlte sich verwegen.

„Und Mary Anne?"

„Macht noch ungefähr einen Monat lang die Wäsche.

Dieses Haus hat eine Menge Sünde gesehen. Unsere wird es nicht mehr als einen Schluckauf kosten."

Die Zeit, die er aufwendete, ihren Worten nachzuhängen, erschütterte ihre Kühnheit. Hielt er sie etwa für wollüstig?

„Du willst mich." Er schien überrascht - oder entsetzt. Was immer es war, es brachte ihre Wangen dazu, wie ein Signalfeuer zu brennen. Sie wandte den Kopf ab. Das war demütigend.

„Nein, Belle. Es ist nur ..." Er klang fast schüchtern. „Nie hat mich jemand *gewollt*."

Sie wollte ihn. Sie hatte ein solches Begehren nicht für möglich gehalten. Es war inständig und machtvoll. Es war beängstigend.

Jons Stirn berührte die ihre und alles, was sie sah, war das Indigo in seinen Augen.

„Ich will dich." Sein Atem streichelte ihre Lippen. „Sehr."

Sie liebte das Gefühl seines Körpers auf dem ihren, seine Schwere, seine Entschlossenheit, seine Erregung.

„Also gut." Jon schob ihren Rock nach oben und in der nächsten Sekunde verfing ihre Unterhose sich in einer Akazie. Und dann konnte sie nicht anders, als die Luft anzuhalten. Sie spürte seine Zunge. Dort. Er konnte doch nicht -

Jon packte ihre Hüfte. „Halt still."

Sie hielt still und mit glühenden Wangen ergab sie sich dem intensiven Gefühl der Intimität, ihn dort zu spüren, wo sie ihn am meisten wollte.

Später lag sie in seinem Arm. Sie spürte die Rastlosigkeit unter seiner Haut. War still liegen und halten eines von den Dingen, die Fleur ihm beigebracht hatte? Wenn es so war, kostete es ihn eine größere Anstrengung des Willens als alles andere.

„Bist du hungrig?", frage sie und erhob sich.

„Bin ich", gab er erleichtert zu.

Sie kleidete sich an, öffnete die Tür einen Spalt und rief nach Mary Anne, sie möge ein paar Sandwiches bringen.

*** *** ***

Porzellan zerschmetterte klirrend und Mary Annes Schrei fuhr Belle in die Glieder. Ein Schrei, der ihr Innerstes aushöhlte. Er brachte das Unheil ins Haus, so wie damals, als Lotties Schrei Alvas Tod verkündet hatte.

Auf Strümpfen stürmte sie hinter Jon aus dem friedlichen Kokon des Wintergartens. Parcy stand im Salon, inmitten von zerborstenem Porzellan und verteiltem Essen. Er stand vor einer kreidebleichen Mary Anne, die noch das leere Tablett in den Händen hielt. Seine Kleidung war dreckbesudelt und hinter seinem Ohr zog sich ein dünner Faden getrockneten Blutes den Hals hinab.

Jons Stimme legte sich wie Blei auf ihre Schultern. „Wo ist Jules?"

Parcy umkrampfte zitternd eine Notiz. „Ich …"

Jon zerrte ihm das Papier aus der Hand. Belle las säuberlich aufgesetzte Worte. *Tennyson Mine, Sonnenaufgang, Komm allein.*

„Wo ist das?", fragte Jon.

„Eine verlassene Silbermine. Drei Meilen den Wissahickon River hinauf."

„Was ist passiert?"

„Wir waren Mineralien suchen. Es war wunderbar. Julia hat einen Almandin gefunden. Dann spürte ich die Mündung einer Waffe in meinem Rücken."

„Ein rothaariger Kerl?"

„Ich konnte ihn nicht sehen. Da war nur dieser Gestank nach Whisky und ..." Parcy suchte hilflos nach einem Wort.

„Pferdescheiße?"

„Ja."

Brody, schoss es ihr in den Kopf.

„Was dann?"

„Ein weiterer Mann hatte Julia bereits auf seinem Pferd, und bevor ich protestieren konnte, traf mich ein Schlag auf den Hinterkopf. Ich weiß nicht, wie lang ich ohne Bewusstsein war. Als ich erwachte, waren die Männer mit Julia verschwunden."

Brody und Woodson. Die Vorstellung ließ Belles Herz rasen. Es pumpte wie von Sinnen in ihrer Brust. Ein Gedanke traf sie. Sie fasste nach Jons Handgelenk und zog das Schreiben so weit herunter, dass sie die Schrift studieren konnte. Die Worte waren gerade aufs Papier gesetzt, mit elegantem Schwung und doch zerbarst bei ihrem Anblick der kurze Funke der Hoffnung wie Mary Annes Porzellan. Nicht Rick McLains Handschrift.

„Wer hat das geschrieben?", fragte sie.

„Woodson", war Jons Antwort.

Wenn es nur Brody und Woodson waren, die Julia bedrohten - ihr Verstand war unfähig den Gedanken zu Ende zu führen. *Ich geb dir Patterson doppelt und dreifach*.

„Wer sind diese Männer?", fragte Parcy hilflos.

Jon knüllte das Papier zwischen den Fingern, als zerquetsche er Brodys Kehle. „Mörder."

Die Klarheit des Wortes streckte Belle nieder. Sie sank auf die Couch, unfähig zu atmen.

„Parcy", hörte sie Jon. „Geben Sie auf Belle acht. Ich bin in einer Stunde zurück."

Und bevor sie etwas sagen konnte, knallte die Tür ins Schloss.

Kapitel 25

Jede Faser seines Körpers brannte vor Scham. Er war so ein Dummkopf! So eingenommen von sich selbst, dass er geglaubt hatte, tatsächlich Frau und Kind beschützen zu können.

Hybris. So hatte Rick Pattersons größte Sünde genannt. Jon hatte das Wort nie zuvor gehört, aber später einmal schlug er es nach, als Julia in seinen Armen fieberte. Es bedeutete, er war ein verdammter Idiot, der sich für großartig hielt. Und so wie Patterson wurde er eines Besseren belehrt.

Bis auf eine Ausnahme. Belle. Brody würde ihr nicht die Haut aufschneiden und sein Messer in ihr Fleisch treiben. Sie würde nicht an ihrem eigenen Blut ersticken und er würde ihr nicht die Kehle aufschneiden, während -

Unwirsch wischte er sich Schweiß von der Stirn. *Nein.* Er würde dafür sorgen, Belle in Sicherheit zu bringen und was er dafür tun musste, musste er jetzt tun.

Er sah die Überraschung in Haywards Gesicht, als er ihn zur Seite stieß. „Schließen Sie die Tür."

„Mr. Cusker, was …?"

„Schließen Sie die verdammte Tür." Für Höflichkeiten blieb ihm keine Zeit. „Ich will, dass Sie Belle hier wegbringen. Sofort."

Winstons Mund klappte auf.

„Bringen Sie sie weg. Bringen Sie sie nach San Francisco."

Hayward starrte ihn entgeistert an. „Warum? Warum würde sie …? Miss Belle hat mehr als deutlich gemacht, dass sie an einer Verbindung mit mir nicht interessiert ist."

„Weil ich dann tot sein werde."

Schock lähmte Winstons Züge, dann zog Verachtung seine Mundwinkel nach unten. „Das halte ich für ein weithergeholtes Szenario, Mr. Cusker. Wenn Sie Ihren Spaß hatten und nicht wünschen, sich Belle gegenüber zu verpflichten …"

Er wollte Hayward die Faust ins Gesicht schlagen, oft genug, um ein blutiges Inferno zu hinterlassen. „Sie haben mich immer für einen Gauner gehalten, nicht wahr? Nun, es ist noch viel schlimmer. Ich habe meine Jugend mit Spielern, Vergewaltigern und Mördern verbracht und jetzt sind sie hinter mir her. Also vertrauen Sie mir, wenn ich sage, dass ich bald tot sein werde."

„Das ist …" Winston zog einen Stuhl heran und ließ sich darauf nieder. Er rieb sich die Hand übers Gesicht. „Und Belle hat der Sache zugestimmt?"

„Die Angelegenheit steht nicht zur Diskussion. Ich werde Belles Leben nicht aufs Spiel setzen und deshalb werden

Sie sie hier wegbringen."

„Und ich nehme an, auch das steht nicht zur Diskussion?"

„Kürzlich haben Sie ihr noch die Ehe angeboten."

„Nun, der Druck zu heiraten ist verschwunden." Er sah auf ein Telegramm, das zerknüllt auf einem Beistelltisch lag. „Ich bin nicht länger im Besitz meiner Mühle."

„Dann heiraten Sie sie nicht Ihrer Mühle wegen, heiraten Sie Belle, um sie zu beschützen. Das, zumindest, wäre ehrenhaft."

„In diesem Fall schulden Sie mir Einzelheiten, Mr. Cusker. Wenn ich Belle schützen soll, muss ich wissen wovor."

„Drei Männer. Brody. Woodson. McLain. Wenn sie die Gelegenheit bekommen, werden sie Belle vor meinen Augen vergewaltigen und töten."

„Warum? Was haben Sie denen getan?"

Brody brauchte keinen Grund. Die Lust, ihm unter Qualen das Lebenslicht auszublasen, kochte seit Anbeginn ihrer Bekanntschaft in seinen whiskyberauschten Adern. „Weil ich bezeugen kann, dass sie Julias Eltern getötet haben."

„Julias *Eltern*? Sie ist nicht ..."

„Nein." Er spürte Haywards Verachtung. Vielleicht sollte er ihm gestehen, ihn beim Faro beschissen zu haben und ihm die fünfzig Dollar zurückgeben. Da war ein schwacher Drang, reinen Tisch zu machen, bevor der Teufel seinen Willen bekam.

„Wer waren ihre Eltern?"

Ein sehr schwacher Drang. Er würde ihm Belle überlassen. Genug Wiedergutmachung für einen mageren Betrug.

„Hören Sie, Hayward. Das ist alles, was Sie wissen müssen. Ich will Ihre Entscheidung."

Winston massierte sich den Nacken. Sein maisgelbes Haar formte einen Wirbel über der rechten Stirn. Er besaß breite Schultern und den Körperbau eines Mannes, dessen gezielter Schlag einen anderen in Dunkelheit schicken konnte - wenn ihm die Manieren nicht dazwischenkamen. Er konnte Belle beschützen - und das Kind.

„Belle könnte schwanger sein."

Winstons Kopf schoss nach oben und mit einem Mal kam Jon sich geschlagen vor. Er würde nicht in der Lage sein, seinen Nachwuchs zu beschützen. Er würde diesen Schutz dem Wohlwollen eines anderen Mannes überlassen müssen. Einem Mann, der keinen Grund hatte, ihm gewogen zu sein - oder dem Kind. „Es wäre nicht nur meins, es wäre auch Belles."

Winstons Ausdruck veränderte sich. Sein Gesicht wurde ernst. „Ich verstehe Ihre Sorge, Sir. Sie ist unbegründet."

Er sollte ein Wort des Dankes sprechen, aber er brachte es nicht über die Lippen. Er würde daran ersticken. „Ich bring Belle heut Nacht zu Ihnen."

Jon war schon fast aus der Tür, als ein Gedanke ihn stoppte. Er fuhr herum und prallte mit Hayward zusammen.

„Belle hat einen fähigen Verstand", sagte er. „Verschwenden Sie ihn nicht."

*** *** ***

Sie saß in Parcys Salon. In Stille - abgesehen von Mary Annes Schlurfen und dem Klacken von Porzellan, als sie die Teetassen abräumte.

„Oh, mein Kind, Sie haben nicht einen Schluck getrunken."

Der Tee war längst kalt. Eine Fliege hatte sich darin ertränkt und trieb am Tassenrand.

Seit einer Stunde warteten sie auf Jons Rückkehr. Sie hatte Parcy nicht sagen können, wohin Jon gegangen war - er würde nicht zu Rick gehen, ohne sich zu verabschieden? Sie würde ihn wiedersehen, ihm die Angelegenheit ausreden, einen anderen Weg finden. Ersinnen konnte sie keinen. Aber sie gab das Nachdenken nicht auf. Ihr Kopf glühte und schien das einzig Lebendige in der Totenstille, in der Jon sie zurückgelassen hatte.

Parcy biss sich die Lippen blutig. Er fragte nicht mehr, weil sie ihm nicht mehr sagen konnte, dass Julias Verschwinden nicht seine Schuld war. Nicht wieder und wieder. Ein gemeiner Gedanke brannte wie ein Splitter unter ihrem Nagel: Warum hast du nicht auf Jules acht gegeben? Warum hast du sie nicht beschützt? Wie konntest du alles durcheinander bringen? Wie konntest du Alva in einen Fremden verwandeln?

Ihre Gedanken waren ungerecht, aber sie gaben ihrer Angst eine Richtung, in die sie entweichen konnte, bevor sie ihr Herz erstickte. Dabei war all das allein ihre Schuld. Sie hatte Jon gezwungen, Alvas Buch für sie zu finden. Sie allein hatte den Zorn der Hölle über sie beide heraufbeschworen, weil sie überzeugt gewesen war, dass Alvas Gedanken es wert wären.

„Wie konntest du nur?"

Parcys Kopf schoss nach oben. Er starrte sie an, als hätte sie den Verstand verloren. Aber nicht sie war der derangierte Geist.

„Wie konntet ihr beide so etwas nur tun?"

Parcy blickte ernst, ein Zug der Bitterkeit um seinen Mund. „Es ist dein Recht, zu fragen. Ich verstehe das Konzept der Sünde, aber ich akzeptiere es nicht. Doch ich bin mir der Konsequenzen für meinen Stand und meinen Ruf bewusst. So, wie dein Onkel sich dessen bewusst gewesen ist."

„Dann frage ich noch einmal: Wie konntest du?"

„Weil ich ihn liebte. Seine Seele. Und seinen Körper."

Parcys Geständnis brannte ihr wie heißes Öl durch die Adern. Sie schoss auf die Beine. Sie konnte eine solche Konversation nicht führen. Sie war jenseits aller Schicklichkeit.

Als sie den Fuß auf die erste Treppenstufe setzte, sprach Parcy: „So, wie du Jon Cusker liebst. Sag mir, kannst du dich dazu bringen, es nicht zu tun?"

Sie schloss ihre Finger um das Geländer, bis ihre Knöchel weiß schimmerten. Sie konnte sich nicht dazu bringen. Aber sie würde es müssen. Sie rieb sich eine Träne von der Wange. Sie brauchte Zeit zum Nachdenken.

Allein.

Alvas Buch

Kapitel 26

Es war dunkel, als Jon zurückkehrte. Alvas Ammonit lag in ihrer Hand. Seit zwei Stunden presste Belle ihre Angst in den Stein.

„Wo warst du?", fragte sie.

Jon lehnte mit dem Rücken gegen die Tür. Er sah erschöpft aus. „Mich um deine Sicherheit kümmern."

Ihre Sicherheit? „*Meine* Sicherheit ist nicht bedroht."

„Du gehst mit Hayward. Er bringt dich nach San Francisco. Dort kann dir nichts geschehen."

Gehen? Ihre Glieder fühlten sich taub an. Keinen einzigen Fuß würde sie je wieder vor den anderen setzen. „*Mein* Leben ist nicht in Gefahr."

„Und ich sorge dafür, dass es so bleibt."

Sie hatte Zeit gehabt, nachzudenken, während Jon sie in Angst um ihn allein ließ. „Auch Julias Leben ist nicht in Gefahr. Sie haben sie vor acht Jahren nicht getötet. Warum sollten sie das jetzt tun? Das ergibt keinen Sinn."

„Sinn oder nicht. Rick hat Jules. Er will, dass ich komme. Also gehe ich da hin. Ich kann Jules nicht allein lassen."

„Woher weißt du, dass Rick beteiligt ist? Was, wenn es nur Brody ist?"

„Brody macht die Drecksarbeit. Rick den Plan. Und Brody braucht keine verlassene Silbermine, um jemanden umzulegen."

Das mochte wahr sein, wenn es um Brody ging. Doch wenn Jon recht hatte und Rick der Kopf dieses Albtraums war, dann war es Unsinn. „Warum jetzt? Rick hatte dich, Julia und mich doch schon beisammen. Warum nicht damals?"

„Aus dem gleichen Grund, aus dem er mich dazu brachte, dich glauben zu lassen, ich würde mich an dir vergehen. Auch das ergab keinen Sinn."

Für McLain ergab es Sinn. Er hatte Jons Gewissen erleichtern wollen. Ein Akt der Freundschaft sozusagen. Er mochte Jon und empfand eine Art ehrfürchtige Bewunderung für dessen Rechtschaffenheit. Sie hatte fast eine Woche in McLains Gesellschaft verbracht. *Ich töte nicht*. McLain unterhielt einen verschrobenen Ehrenkodex, doch wenn sein Kodex bedeutete, dass er nicht tötete, war das alles, was ihr im Moment bedeutsam erschien. „Er wird Julia nichts antun, solange die Möglichkeit besteht, dass sie von seinem Blut ist."

„Es ist mir egal, ob da auch nur ein Funke Wahrheit dran ist."

Sie legte den Ammoniten mit einem lauten Klack auf den Tisch. „Du wünschst dir, es wäre nicht wahr und du würdest allein dafür sterben, es niemals zur Wahrheit werden zu lassen."

Zorn hatte sie hart genug sprechen lassen, um Stille zu erzeugen. Eine kräftezehrende Stille, in der ihr Herz gegen die Vergeblichkeit schlug.

Jons Teint war fahl geworden über ihrer Anklage. „Wenn sie sein ist", sagte er schließlich, „hoffe ich, dass du recht behältst. Deshalb will ich, dass du mit Hayward gehst. Rick mag Jules nicht töten, aber es gibt nichts, was ihn davon abhält, dich vor meinen Augen vergewaltigen zu lassen."

„Ist es das, was sie den Pattersons angetan haben?"

Jon schloss die Augen und schüttelte den Kopf. „Das willst du nicht hören."

„Ich will es hören." Er stand so weit weg an dieser Tür mit einer Erinnerung, die einen Abgrund zwischen ihnen auftat. Jeder Moment der Stille machte ihn unüberbrückbarer. Es war diese Stille, die sie fürchtete, nicht die Wahrheit.

„Ich liebe dich", sagte sie.

Jons Schultern sanken herab. Sie hörte ihn leise seufzen und es erschien ihr wie eine Kapitulation.

„Du hast recht", sagte er. „Ich schulde es dir."

Er suchte sich den Platz vor dem Bett. Wie er es vor ein paar Tagen getan hatte, als sie die Wahl noch seltsam fand und bevor sie sie mutig machte. „Aber sitz bei mir, ja?"

Sie zögerte nicht. Wenn sie ihn berührte, würde seine physische Gegenwart den Abgrund schließen und ihre Angst in die Schranken weisen. Sie presste ihren Rücken gegen die solide Wand seiner Brust.

„Dein Haar …" Jons Atem blies warm auf ihren Nacken. „Es ist wunderschön."

Seine Stimme wurde dunkel, als er zu erzählen begann.

Alvas Buch

„Es hat geschneit. Diese winzigen Flocken, die gleich auf dem Boden schmelzen. Rick hat mir nicht gesagt, wohin wir gehen, doch die Bande steckte bis zu den Zähnen in Waffen und Brody grinste seit dem Morgen wie ein Irrer. Da wusste ich es."

Sein Herz schlug gegen ihre Rippen, heftiger werdend mit der Erinnerung.

„Ich klopfte an Pattersons Tür. Ellen hat sich gefreut. Sie hat mir immer dieses Gebäck gemacht - hab vergessen, wie es heißt. Für einen Moment dachte ich daran, sie zu warnen. Dann fiel mir ein, dass mein Gewehr noch an Mollys Sattel hing. Unsinn", Er tauchte die Nase in ihr Haar, als könne er die Worte darin verstecken. „Mein Revolver hing am Gürtel. Ich hatte nur Schiss, alles noch schlimmer zu machen. Gott, Belle, ich war so feige. Was in aller Welt hätte es *noch schlimmer* machen können?"

Sie schob ihre Finger zwischen die seinen. Sie konnte nichts tun, um seine Qual zu lindern.

„Sie haben Patterson auf einem Stuhl festgebunden. Sie haben Ellen gezwungen, ein Abendessen zu kochen und dann ist Brody über sie hergefallen. Er hat sie geschnitten, mit seinem Messer, überall. Da war so viel Blut … und sie … sie hat mich die ganze Zeit über angesehen. Die ganze Zeit … Ich konnte es nicht mehr ertragen und da hab ich mir gewünscht …" Er senkte die Stimme so weit, dass sie ihn kaum hören konnte. „… *gewünscht*, Brody würde sie endlich umbringen."

Er schluchzte, ein einziges Mal. Dann legte er seine Stirn an ihr Schulterblatt. Ein Beben durchlief ihn. „Und dann hat er's getan. Er hat ihr die Kehle durchgeschnitten, während er noch in ihr war."

Sie erinnerte sich an die Gnadenlosigkeit, mit der Jon Brody die Faust ins Gesicht getrieben hatte. Sie verstand die Wut darin und die Ohnmacht und sie verstand, was Jon vor hatte.

„Du verlangst von mir, dass ich dich gehen und sterben lasse, weil du glaubst, es zu verdienen."

Sein Brustkorb verharrte mitten in einem Atemzug. Als er die Luft langsam aus den Lungen entließ, tat er es mit schwerlich im Zaum gehaltenem Zorn. „Ich verlange von dir, mir zu erlauben, dein Leben zu retten."

Wofür? Damit ihre Seele in absoluter Dunkelheit erodieren konnte?

In San Francisco?

Die Dunkelheit kroch unter dem Bett hervor und griff nach ihr. Sie schloss die Augen. Sie konnte nicht mehr denken. Ihre Gedanken hatten den Verstand verloren. Nur die einfachsten Dinge nahm sie wahr. Jons Atemzüge, das Auf und Ab seines Brustkorbs, die Anspannung in seinen Muskeln, die Wärme seiner Haut, die Schwere seiner Schuld.

Als er sprach, gefror ihr Herz. „Belle? Pack deine Sachen. Ich bring dich zu Hayward."

*** *** ***

Die Nacht war dunkel und nebelfeucht, der Mond blass und ohne Kraft. Das Hotel lag vor ihnen. Nur noch ein paar Schritte und sie würde Jon Cusker niemals wiedersehen.

Er ging neben ihr. Er trug ihre Tasche. Alvas Ammonit war darin und der Kamm ihrer Mutter und Jons Dampfschiffe. Sein Atem stieß feine Nebelwolken in die klamme

Alvas Buch

Nacht. Steine knirschten unter seinen Sohlen, seine Kleidung raschelte. Sie schien über die Maßen sensibilisiert für jedes Geräusch von ihm, denn sie fürchtete die Stille, die kommen würde.

Jon tastete nach ihrer Hand.

Nein. Sie konnte ihn nicht mehr berühren. Denn wenn sie ihn berührte, würde sie sich wie eine Hysterikerin an ihn klammern und aller Sinn und Verstand würde aus ihr herausbersten und einen grässlichen Fleck auf dem Boden hinterlassen.

„Verflucht!" Jon packte ihr Handgelenk. Er zog sie in die absolute Dunkelheit einer Seitengasse und presste sie mit dem Rücken gegen die Holzwand des Hotels. Sein Atem schlug heiß auf ihre Lippen. Sein Schmerz brannte auf ihren rohen Nerven.

„Verlass mich nicht ohne eine Berührung."

Sie krallte ihre Finger in sein Hemd. Sie spürte den Schlag seines Herzens gegen ihre Brust, die Härte seiner Erregung gegen ihren Schritt. Ihr Mund öffnete sich für eine Antwort, aber erlaubte ihr nur ein hässliches Geräusch. Jons Lippen schlossen sich um die ihren. Voller Kraft. Und voller Qual.

„Belle - womöglich habe ich dich geschwängert und falls es so ist … erzähl dem Kind von mir, ja?"

Sie bezweifelte, jemals die Kraft dazu aufbringen zu können. Tränen stürzten über ihre Wangen.

„Belle, nicht." Er schloss sie in die Arme, während sie all ihre Tränen in sein Hemd ergoss und all ihr Verstand auf den Boden plätscherte.

*** *** ***

Alvas Buch

Belle presste ihre Reisetasche vor die Brust. Ihre Augen brannten trocken, ihre Lippen waren geschwollen von der Heftigkeit von Jons Kuss, ihr Verstand betäubt.

Winston saß am Tisch und schrieb einen Brief an Ophelia Burgess. Er hielt es für seine Pflicht und Belle ließ ihn gewähren, da es nichts bedeutete. Nichts bedeutete noch irgendetwas.

„Ich werde Ihrer Tante mitteilen, dass ich Sie selbstverständlich ehelichen werde, sobald wir San Francisco erreichen."

Sie blickte ihn verständnislos an.

„Mein Angebot ist noch immer gültig", sagte er.

„Warum?" Ihre Stimme erklang tonlos. Winston war ihr ein Mysterium.

„Weil es unter den Umständen das einzig Ehrenwerte ist."

Ehrenwert? „Warum wollen Sie das tun? Sie können annehmen, dass ich mit Jon Cusker das Bett geteilt habe. Ich bin nicht für die Ehe geeignet."

Winstons Mundwinkel zuckte. „Mein Angebot steht."

„Aber Ihre Mühle ist verloren, selbst mit einer Heirat."

„Selbst mit."

Das war absurd. Es war absurd und grotesk und so vermessen, dass nur ein Mann für die Aberwitzigkeit der Idee in Frage kam. „Hat Jon Cusker Ihnen diese Dummheit aufgetragen?"

Winston schluckte. „Mr. Cusker ist außerordentlich um Ihre Sicherheit bemüht."

Sie krallte die Finger um den Messinghenkel der Tasche. Was hatte Jon sich dabei gedacht, sie an Winston zu überreichen, als wäre sie eine Hinterlassenschaft, die einen Erben suchte? Hatte sie nicht Winstons Antrag abgelehnt und Jons akzeptiert? Es war ihr nicht klar, wo sich Raum für ein Missverständnis hatte auftun können.

„Und sollten Sie guter Hoffnung sein -"

Sie hob abrupt die Hand. *Humbug*. Was sollte sie dem Kind erzählen? *Dein Pa hielt es für seine Pflicht zu sterben und ich, Annabelle Louise Stanton, habe ihn gelassen?*

Sie schluckte gegen die Panik, die ihr die Kehle verklebte. Oh Gott. Sie wusste nicht einmal, wo die Tennyson Mine lag. Sie wusste nicht, was sie tun sollte.

Fast eine Woche hatte sie mit Rick McLain verbracht. Tage, in denen es ihm leicht gewesen wäre, seine Männer zu versammeln, um ihr anzutun, wovor Jon sich fürchtete. Doch nichts davon war geschehen.

Ich bin nicht in Gefahr.

Und Julia war das Kind einer Frau, für die McLain einst Gefühle gehegt hatte. Er ließ es nicht zu, dass Jon das Kind nach Boston brachte, er hatte nicht die leisesten Zweifel in Julia geweckt, dass Jon nicht ihr Pa war. *Julia ist nicht in Gefahr. Nur Jon.*

Jon, der eine Strafe wollte, und es war ihr zweifellos klar, dass er sie nicht von Rick McLain bekommen würde. Was immer McLain plante, Jon war nicht im Mindesten darauf vorbereitet.

Sie stellte die Tasche auf den Boden. Draußen dämmerte es.

„Ich komme nicht mit nach San Francisco."

Alvas Buch

Kapitel 27

Jon strich sich den Schweiß von der Stirn. Der Morgen war klar und bei Weitem nicht heiß genug, um ihn ins Schwitzen zu bringen. Trotzdem stieß ein saurer Geruch in seine Nase bei jedem Schritt, den er tat. *Angst*.

Bei Gott, er hatte Angst. Sollte Brody sein Mörder sein, würde sein Sterben lang und qualvoll werden. Bei allem Mut, den er aufbringen konnte, bezweifelte er, Mann genug zu sein, es mit Anstand ertragen zu können. Gott sei Dank wäre Belle bereits auf dem Weg nach New York, wenn er mit dem Betteln anfing.

Mit einem Male kam er sich unglaublich jung vor. Dreiundzwanzig. Er war gerade dreiundzwanzig. Wie alt war Ma gewesen, als sie starb? Seit Jahren hatte er nicht an sie denken müssen. Würde er ihr begegnen? Belle sagte, dass es weder Himmel noch Hölle gab. Wenn sie recht hatte, was dann?

Alvas Buch

Er zog das nasse Hemd von der Brust. Belle war in Sicherheit. Niemand außer ihm würde heute sterben. Unter den Umständen war das mehr, als er erhoffen konnte.

Er stoppte. Die Tennyson Mine lag vor ihm. Ein schwarzes Loch in einer Wand aus Fels. Gottverlassen. Den Eingang der Mine befestigten morsche Holzbretter. Drinnen würde es feucht und kalt sein.

„Jules!"

Das harte Echo seiner Stimme prallte vom Fels ab. Aus dem Dunkel des Mineneingangs schlurfte Brody hervor. Grauer Staub hüllte ihn ein. „Hör auf zu brüllen, Mann."

Brody zerrte einen Holzstock hinter sich her. Er war fetter geworden. Und irrer. „Wo ist meine Tochter?"

„Willst sie zusehen lassen?"

„Ich will wissen, wo sie ist."

Blutunterlaufene Blicke bohrten sich in ihn hinein. „Trägst immer noch die Nase hoch, was?"

Jon stemmte sich gegen den Gestank aus Fäulnis und Tabak. „Wo ist Rick?"

„Rick ist nicht hier." Woodson hüpfte hinter einem Busch hervor. Er schloss die Hose, bevor er sich zwischen ihn und Brody drängte. „Waffen dabei?"

„Nein." Nur das Messer in seinem Stiefel. Die Lüge ließ sein Herz rasen. „Wo ist Jules?"

Woodson schlang ihm einen grobfasrigen Strick um die Handgelenke und zog fest. Das Seil brannte sich in seine Haut, als Woodson ihn zu einem Holzpflock zerrte, der aufrecht im Boden steckte.

„Runter mit dir." Ein grober Ruck am Seil brachte ihn aus der Balance und auf die Knie. *Bastard*.

Woodson band den Strick durch ein Loch im Pfahl. Die

Länge des Seils ließ Jon genug Raum, um zu sitzen. Sie gestattete ihm nicht, aufrecht zu stehen.

Jon zog die Beine in den Schneidersitz. Er hockte mitten im Nichts, angebunden wie ein verdammter Köter. Brody pirschte heran. Sein Gesicht rot und aufgedunsen, seine Kleider verklebt mit Pferdescheiße und Kautabak und weiß Gott was. Der Anblick des Kerls hatte ihm früher kalte Schauer über den Rücken gejagt. Er tat es mehr denn je.

„Ich sag dir, wo Rick ist." Brodys feuchter Atem blies ihm in den Nacken. „Holt dein Weib, das macht er."

Panik kribbelte durch seine Adern. *Nein.* Belle befand sich auf dem Weg nach New York. Rick würde sie nicht finden.

Brody schoss herum. Gier entblößte die Stumpen schwarzer Zähne. „Hast sie nicht angerührt in der Hütte, stimmt's? Macht nichts, Jonny. Ich werd's ihr schon beibringen."

Brodys Nase formte einen Bogen, der unnatürlich aussah. „Nase gebrochen?"

Unter schwarzen Dreckschlieren färbte sich Brodys Hals rot. Er drückte ihm den Holzstock auf die Brust.

„Brody, Mann", rief Woodson. „Gönn Cusker 'ne Pause."

Wut blitzte über Brodys Gesicht. „Rick sagt, er gehört mir."

„Sobald Rick da ist, gehört er dir."

Jon drehte sich nach Woodson um. Mit übereinandergeschlagenen Beinen lag er im Schatten einer Weide. Woodson war ihm schon früher weder Freund noch Feind gewesen. Er war einfach immer da, wie ein Geist, und hielt ihm Brody vom Leib.

Der verschwand vor sich hinbrabbelnd in der Mine. Jon

suchte den Boden ab. Keine Spuren kleiner Füße. Vielleicht hatte Belle recht und McLain war vernünftig genug, Julia davor zu bewahren, ihm beim Sterben zuzusehen.

Die Sonne stieg. Allmählich wurden ihm die Hände taub. Staub verschandelte seine Stiefelkuppen. Er putzte ihn herunter. Würde Belle seine alten Stiefel behalten? Die, *die ein bisschen zu groß* für sie waren? Er atmete nach den Spuren von Lavendel an seinem Hemd. Sie waren kaum noch auszumachen.

Er hatte Belle gebeten, einem möglichen Kind von ihm zu erzählen. Was hatte er sich dabei gedacht? Besser, es war ihm nicht gelungen, sie zu schwängern. Ein Bastard wäre keine ehrenwerte Hinterlassenschaft. Sollte Hayward sie allerdings heiraten … Jon presste die Handballen vor die Augen. Die Vorstellung von Haywards Händen auf Belles Haut machte ihn rasend.

Schmerz explodierte in seinem Kopf. Weiße Punkte tanzten vor seinen Augen. Er tastete nach dem Brennen an der Schläfe. Blutverschmiert kam seine Hand zurück. Die Haut war aufgeplatzt und brannte wie die Hölle. Zwischen seinen Stiefeln lag ein Stein. Ein faustgroßer, grauer Klumpen. Belle kannte alle Steine der Welt. Sie hätte ihm sagen können, womit Brody ihn erwischt hatte.

„Verdammt", rief Woodson. „Schlag ihm nicht den Schädel ein, bevor dein Bruder da ist."

Brody trug seinen Gestank heran. Er beugte sich herab, um sein Werk zu begutachten. „Übel. Und jetzt mal mir was."

Jon strich Blut aus den Augen. Sein Schädel pochte. Früher hatte er für Brody gezeichnet. Frauen, zu denen er wichsen konnte. Bis er ihn dabei erwischte, wie er nichts dergleichen tat und nur sein Messer in die Bilder steckte.

„Hab nichts dabei."

Brody kramte in der Hose und präsentierte ein Stück speckiges Papier und einen Kohlestift. „Mal mir ein Weibsbild."

Jons Sitzposition erlaubte es, das Messer zu erreichen. Ein schneller Griff, um es herauszuziehen und durch Brodys wabbelndes Fett zu stecken, tief genug, um ihm die Leber aufzureißen.

„Mach schon." Brody drückte ihm Papier und Stift in die Hand. Er hätte nach dem Messer greifen sollen, doch ein Funke trotzigen Vergnügens kribbelte in seinen Fingern.

Die Fesselung machte das Zeichnen schwierig. Das Motiv blieb dennoch eindeutig. Er hatte ein Händchen für unzüchtige Darstellungen.

„Gib her." Brody riss den Papierfetzen aus seiner Hand. Ein grinsender Esel, der es nicht erwarten konnte, begattet zu werden. Jon glaubte, den Funken sanfter Zuneigung in Brodys aufgedunsenem Gesicht zu sehen, bevor dessen Faust sein Jochbein brach.

Der Hieb ließ Jons Sicht verschwimmen. Schläge hagelten auf seinen Kopf. Tritte krachten in seine Rippen. Er rollte sich zusammen. Die Schläge stoppten. Hände packten ihn und zerrten ihn auf den Rücken. Woodsons Faust krallte sich in sein Hemd. „Hast du den Verstand verloren?", schrie er.

Wo ist Jules?"

„Nicht hier. Und du wirst sie auch nicht wiedersehen, wenn du nicht aufhörst, Brody zu piesacken."

Brody piesacken? Er blutete von einem Steintreffer. Es war *sein* Jochbein, das sich gebrochen anfühlte.

Jon stemmte sich auf die Knie. Seine Wange pulsierte, doch seine Zähne waren noch alle an Ort und Stelle. Das war gut, obwohl er nicht wusste, warum.

„Ich will Cuskers Stiefel", verlangte Brody.

„Was willst du mit seinen Stiefeln, verdammt noch mal?"

„Ich will sie."

Woodson gab ein frustriertes Knurren von sich. „Cusker, zieh die verdammten Stiefel aus."

Jons Herz tat einen Sprung. Das Messer war seine einzige, winzige Chance. Er hätte danach greifen sollen, anstatt Brody einen Esel zu zeichnen. Hybris. Panik trieb seine Stimme hoch. „Nein."

„Zum Teufel noch mal." Woodsons Arme schlossen sich um seine Brust. „Gib ihm die verdammten Schuhe, bevor er dir den Schädel einschlägt."

Woodsons Umklammerung quetschte ihm die Luft aus den Lungen. Dem eisernen Griff hatte er nichts entgegenzusetzen. Er strampelte wie ein Baby. Seine Beine waren nicht gefesselt. Ein Magentritt warf Brody zurück. Nicht für lang. Mit glühendem Schädel und Geifer am Mund stürzte sich Brody auf seine Beine und begrub sie unter einer wabbelnden Fettmasse. Er bekam den Stiefel zu fassen und zerrte ihn vom Fuß.

Das Messer landete im Dreck. Brody starrte die Klinge an. In seinen Schweinsaugen flackerte das Unheil, als er sie ehrfürchtig aufhob.

Woodsons Stimme blies in Jons Ohr. „Verdammt, Cusker, ich denke, es gibt keine Waffen?"

„Warum, zum Teufel, hast du nicht nachgesehen?"

„Idiot." Woodson gab ihn frei und trat zu Brody heran. Ruhig streckte er die Hand nach dem Messer aus. „Gib es mir, Mann."

Die Bewegung war schnell. Die Klinge drang unter dem Rippenbogen ein und schoss mit einem kraftvollen Hieb hinauf ins Herz. Woodsons Augen weiteten sich schockiert, während sich ein Schwall Blut über Brodys Hand ergoss. Woodson sackte zusammen und schlug dumpf auf den Boden.

Jon starrte den Getöteten an. Der Ausdruck der Überraschung stand eingebrannt in Woodsons leblosen Augen. Jon verspürte den Drang, wegzusehen, doch sein Blick klebte an dem feuchtroten Flecken auf Woodsons Brust.

Brodys Stiefelspitze tippte gegen sein Bein. „Jetzt gibt es nur noch dich und mich, Jonny."

Jons Blick überflog die Gegend. Wo zum Teufel steckte Rick? Brody verschwand in der Mine. Jon zerrte am Strick. Er gab nicht nach. *Herrgott!* Er zerrte, bis seine Handgelenke bluteten.

In der Mine schepperte Blech. Brody kam zurück, in der Hand eine rostige Schaufel. Auf dem Messer am Gürtel klebte Woodsons Blut.

Oh Gott! Wieso hatte er es nicht gesehen? Dieses Messer war die einzige Waffe. An den Sätteln der Pferde hingen keine Gewehre. An Woodsons Gürtel kein Revolver.

Brody schwang die Schaufel. Jon riss die Arme über den Kopf. Der Schlag krachte gegen seinen Schädel. Dann war es dunkel.

*** *** ***

„Ich brauche dein Gewehr."

Wie ein Wirbelsturm war Belle ins Haus gefegt. Sie fühlte sich wie einer, als sie die Fäuste gegen die Tür hämmerte, erst Mary Anne weckte, dann Parcy. Beide starrten sie mit aufgerissenen Augen an.

„Dein Gewehr." Sie drängte an Parcy vorbei.

„Belle, was hast du vor?"

Sie wusste es nicht, doch sie brauchte diese Waffe und sie musste die Tennyson Mine finden.

„Bring mich zur Silbermine." Ihre Worte kamen scharf.

„Auf keinen Fall wirst du -"

Unbarmherzigkeit flutete ihre Adern. „Bring mich zur Tennyson Mine oder ich werde deinen gesellschaftlichen Stand ruinieren."

Parcys Augen weiteten sich. Belle verspürte eine Skrupellosigkeit in sich, die bereit war, ihm weitaus mehr weh zu tun.

„Wer sind diese Männer? Was hat Jon ihnen getan? Er sagte, die Männer wären Mörder."

McLain war ein Dieb. Woodson hatte bisher nur die Waffe erhoben, um Brody vor Jons Faustschlägen zu bewahren. Er tat, was Rick McLain ihm befahl. Es gab nur einen Mörder - Brody. „Gib mir dein Gewehr und dann bring mich zur Mine."

Eine halbe Stunde später hielt Belle die Waffe auf ihrem Schoß. Parcy hatte Pferd und Wagen aus dem Mietstall holen lassen. Schweigend verließen sie die Stadt und folgten dem Wissahickon. Parcy lenkte den Wagen nördlich. Nach einer halben Meile hielt er vor einem Birkenwäldchen, das sich den Hang hinaufzog.

„Belle …" Sein Blick flehte sie an.

„Ich kann ihn nicht Rick überlassen."

„Und ich kann es nicht zulassen, dass du dich in Gefahr

bringst."

„Mein Leben ist nicht in Gefahr." Sie sprang vom Wagen. „Wage nicht, mich aufzuhalten."

Belle folgte dem steilen Pfad aufwärts. Der steinige Weg trieb ihr den Schweiß aus den Poren. Immer wieder schlitterten ihre Stiefel über lose Kiesel und die scharfen Kanten faustgroßer Steine. Parcys Gewehr rutschte in ihren schweißnassen Händen. *Zweifle, Belle, prüfe, ob deine Gedanken gegen die Logik bestehen.*

Nichts an Richard Alistair McLain ergab Sinn. Wenn sie tatsächlich glaubte, dass er nicht Jons Tod wollte, was, um alles in der Welt, tat sie dann hier? Die Sicherheit, die sie in Parcys Gegenwart gespürt hatte, bröckelte wie die Kiesel unter ihren Sohlen. Was, wenn Jon doch recht hatte? Wie sollte sie sein Leben retten? Parcys Gewehr erlaubte ihr nur einen einzigen Schuss, bevor sie nachladen musste.

Belle klemmte die Waffe unter den Arm. Komme, was wolle, sie würde Jon nicht Ricks Plänen überlassen. Sie raffte den Rock, tauchte unter Geäst hindurch und erstarrte.

McLain lehnte gegen den Stamm einer Birke. Seine Kleidung strahlte makellos, graugestreifte Hose, glänzende Samtweste, polierte Schuhe. „Bisschen früh für einen Spaziergang."

Ihre Stimme zitterte. „Wo ist Jon?"

Lachfältchen umschlossen McLains Augen. „Eine echte Überraschung, Sie hier anzutreffen. Jon wird nicht begeistert sein."

Sie richtete die Gewehrmündung auf das Herz hinter der samtgrünen Weste. „Was wollen Sie von ihm?"

McLain zupfte einen Fussel vom Hemdsärmel. „Haben

Sie vor, mich zu erschießen?"

Sie hatte einen Schuss. McLain stand nah genug.

„In Anbetracht der Tatsache, dass ich kürzlich keine Mühen gescheut habe, Ihnen Jon wiederzubringen", sagte er, „finde ich Ihr feindseliges Verhalten fast unhöflich."

Unhöflich? Noch hatte sie nicht abgedrückt. Das war Höflichkeit genug. „Nur das Abendessen bei Ihnen machte Ihre *Mühen* überhaupt erst notwendig."

McLain zog die Mundwinkel herunter. „Das war Brodys Schuld. Aber da Brody meiner Verantwortung untersteht, habe ich die Angelegenheit wieder gerichtet, nicht wahr? - Haben Sie je eine Waffe abgefeuert?"

Sie hatte Parcy und Alva beim Tontaubenschießen zugesehen.

„Ich glaube nicht." McLain wand ihr das Gewehr aus der Hand. Er ließ sie wie ein kleines Mädchen dastehen. Sie fühlte sich wie eins.

McLain legte die Waffe an Schulter und Wange. Mit der Mündung folgte er einem Eichhörnchen den Birkenstamm hinauf. „Nett."

„Sie sind ein Mörder." Sie kam sich verletzlich vor ohne Parcys Gewehr.

„Das bin ich nicht. Brody ist einer."

Sie mochte sich wie ein kleines Mädchen fühlen, doch sie war keins. „Weil Sie es zulassen. Ihn benutzen. So, wie Sie ihn für den Mord an Patterson benutzt haben."

McLain schwang die Mündung auf Höhe ihres Kopfes. Der Blick in den schwarzen Schlund stoppte ihr Herz.

„Heraus mit Ihnen", rief McLain.

In ihrem Rücken knackten Zweige. Belle fuhr herum. Parcy kroch hinter einem Busch hervor, weiß im Gesicht.

„Und Sie sind?", fragte McLain.

„Parcival Dalton. Ich bin hier, um mich zu vergewissern, dass Belle wohlauf ist." Parcy klang mutiger, als er aussah.

„Dann kommen Sie her und vergewissern Sie sich, Mr. Dalton."

Mit geradem Rücken schritt Parcy heran. Auf seiner Oberlippe perlte Schweiß.

„Haben Sie sich vergewissert? Denn ich fürchte, Sir, Ihre Mitwirkung wird nicht benötigt. Ein paar Meter hinter mir finden Sie mein Pferd. Bringen Sie mir das Lasso vom Sattel. Tun Sie es nicht, erschieße ich Sie auf der Stelle."

Parcy rang mit den Optionen und sie betete, dass er McLains Anweisung Folge leistete. Er tat es. Ein paar Minuten später hatte McLain ihn fest an den Stamm einer Birke gezurrt.

„Kann ich mich darauf verlassen, dass Belle nichts geschieht?"

„Nicht durch meine Hand, Sir." McLain tippte an den Hut und winkte ihr, zu folgen. „Beeilen wir uns."

Sie folgten einem überwachsenen Pfad. Der steile Anstieg war überwunden und der Wind trocknete ihren Schweiß. Auch wenn der felsige Untergrund keine Fußspuren preisgab, musste Jon diesen Pfad gelaufen sein.

„Wo ist Julia?", fragte sie.

„Bei Amy und Celia. Nicht weit von hier."

Er hatte Frau und Tochter mitgebracht? Dann hatte er nicht vor, Julia zusehen zu lassen. Belle bog einen Zweig beiseite. „Was haben Sie ihr gesagt?"

„Das ihr Pa sie in ein paar Stunden abholt."

Wenn McLain die Wahrheit sprach, waren ihre Überlegungen richtig und er plante nicht, Jon zu töten. Der Gedanke hätte sie beruhigen sollen, doch eine düstere Ahnung zog ihr den Magen zusammen. „Was wollen Sie von Jon?"

„Sie hätten ihn schießen lassen sollen, nicht wahr? Als er den Revolver an meiner Stirn hatte, hätten Sie ihn ermutigen sollen."

Wollte er ihre Moral ködern? „Jon sagt, dass Brody ihn töten will."

„Das ist weniger persönlich, als Sie glauben. Aber ja, Brody lechzt danach und wenn wir uns nicht beeilen, ist er vielleicht schon dabei."

Panik beschleunigte ihre Schritte. „Warum?"

McLain seufzte. *„Er erscheint mir recht brutal*. Waren das nicht Ihre Worte?"

Er wartete ihre Bestätigung ab.

„Wissen Sie", McLain zuckte die Schultern, „Pa glaubte, der Esel war schuld. Ich nicht. Brodys Blutdurst war schon immer da. Wurde ihm in die Wiege gelegt. Vom Teufel, wenn Sie an so was glauben."

„Sie sind nicht wie er."

„Ein blutdurstiger Schlächter? Vielleicht nicht. Aber - wie Sie sagten - bin ich ein Mörder, nicht wahr?" Er warf einen Blick über die Schulter. Er genoss die Unterhaltung.

„Hören Sie zu, Miss Stanton. Brody ist wahnsinnig, aber er kann nichts dafür. Ich habe mich um ihn gekümmert, solange ich es konnte, doch er ist gefährlich und ich habe eine Familie zu beschützen."

Eine Familie zu beschützen. Wenn McLain Brody nicht zu dieser Höhle geschickt hatte, um sie anzugreifen und wenn er ebenso wenig darauf vorbereitet gewesen war, dass sein Bruder auf der Farm auftauchte, dann war Brody tatsächlich gefährlich. Gefährlich für Richard McLain.

Die Erkenntnis sank in ihren Magen und Belle verstand, wie Rick plante, seine Familie zu beschützen. „Sie wollen, dass Jon Ihren Bruder tötet."

McLain drehte sich langsam zu ihr um, ein selbstzufriedenes Lächeln auf den Lippen. „Ich fürchte, Sie haben recht."

„Warum Jon?"

„Er ist überzeugt, dass ich die Pattersons nicht hätte töten sollen. Aber auch er wird töten. Für seine Tochter und für Sie. Und er wird es gern tun."

„Sie sind ein Feigling."

„Weil ich Brody das Messer nicht eigenhändig ins Herz ramme? Wenn Sie glauben, dass mich der Tod meines Bruders nichts kostet, dann bin ich ein Feigling. Vermutlich haben Sie recht, ich hätte Brody vor Jahren das Lebenslicht ausblasen sollen. Bevor er die Chance hatte, Vater ein Messer in die Brust zu jagen."

McLain wich ihrem Blick nicht aus. Die Intensität darin forderte sie heraus, die Frage zu stellen. Also fragte sie: „Warum hat er das getan?"

McLain zog ein Messer aus der Scheide. Eine Vier-Inch-Klinge mit einem Griff aus Hirschhorn. „Weil Vater ihm das hier weggenommen hat."

Die Klinge schmückte ein Muster aus zarten, wellenförmigen Linien. Es sah wunderschön aus. „Warum haben Sie das nicht dem Sheriff gemeldet?"

„Damaszener Stahl. Ich hab es einem betrunkenen Spieler abgenommen und dann hab ich es Brody geschenkt." Er steckte die Klinge zurück. „Ich hab ihn von der Leine gelassen und ich werde es beenden."

„Aber *Sie* beenden es nicht. Sie wollen, dass Jon es tut."

McLain drehte sich abrupt um. Mit ausladenden Schritten stapfte er voran. Sie hatte Mühe, ihm zu folgen. „Warum soll Jon ihn töten? Warum nicht Woodson?"

McLain drückte einen Zweig beiseite. Sie duckte sich, als er wie ein Peitschenhieb zurückkam.

„Sie sind ein Feigling!" Belle packte die samtgrüne Weste und zerrte daran. „Warum Jon?"

McLain wirbelte herum, die Haut unter seinen Sommersprossen glühte. „Woodson genügt nicht. Brody ist mein Bruder und ich schulde ihm etwas."

Ihre Knie wollten nachgeben. „Und was ist das?"

„Ein Abschiedsgeschenk, schätze ich."

*** *** ***

„Wach auf!"

Wasser plätscherte auf sein Gesicht. Jon leckte spärliche Tropfen vom getrockneten Blut auf seinen Lippen. Er war so durstig.

„Rick hatte immer 'ne Schwäche für dich, obwohl du zu nichts getaugt hast. Hast nie eine Kugel oder ein Messer oder deinen Schwanz in irgendjemanden reingesteckt."

Wo war er? Ein Gewicht drückte auf seine Körpermitte. Vermutlich lag er unter dem Kadaver eines Pferdes. Es stank danach. Sein Kopf hämmerte. Er zwang die Augen auf. Sonnenlicht blendete ihn.

„Hab der kleinen Göre gesteckt, wer du bist."

Jules? Er hob den Kopf. Es gelang ihm nur ein paar Millimeter. Er lag auf dem Rücken. Sein Hemd war aufgerissen, die Arme ausgestreckt über seinem Kopf an dem

Holzpflock festgebunden, seine Hände taub. Verschwommen sah er Brody, der auf ihm saß und sabberte.

„Ich schneid ihr die Kehle auf, ja, das tu ich." Brodys Kichern hüllte ihn ein. Er spürte die Kälte von Stahl auf seiner Brust. „Aber vorher mal ich dir was."

Patterson hatte ihn gelehrt, wie es sich anfühlte, wenn eine Klinge ins Fleisch schnitt. Ein scharfer, heißer Schmerz, der die Haut aufriss. Der warme Schwall Blut, der im langsamen Zug der Schneide hervorquoll. Es trieb ihm die Tränen in die Augen. Damals und jetzt wieder.

Brodys Messer - *sein Messer* - schnitt ihn in Stücke. Er würde sterben. Und er würde es nicht wie ein Mann tun. Als Brody die Klinge beim zweiten Schnitt tiefer setzte, schrie er.

Er zählte die Schnitte nicht, die Brody in seine Brust trieb. Der Schmerz war unerträglich. Und er war endlos. Übelkeit packte ihn. Sein Körper krampfte. Gallige Masse verstopfte seine Kehle. Er konnte den Kopf nicht weit genug zur Seite drehen. Keine Luft. Er bekam keine Luft.

*** *** ***

Das also war McLains Abschiedsgeschenk. Der Gedanke war der letzte, den Belles Geist erfasste, bevor er erstarrte.

Jon lag auf dem Boden. Überall war Blut. In seinem Gesicht, seinen Haaren, auf seiner Brust. Erbrochenes lief aus seinem Mund. Er lag unter Brody, der ein Messer in der Hand hielt, von dem ebenfalls Jons Blut tropfte.

„Brody!" McLain packte ihr Handgelenk. Panik erfasste sie. McLain war ein Lügner. Wie hatte sie ihr Gewehr an

ihn verlieren können? Sie stemmte die Fersen in den Boden. McLain zerrte sie dessen ungeachtet hinter sich her.

Als sie Jon erreichten, gab er sie so abrupt frei, dass sie das Gleichgewicht verlor und schmerzhaft auf dem Hosenboden aufsetzte.

„Runter von ihm!", herrschte McLain seinen Bruder an.

Brody gehorchte. Wie ein gescholtenes Kind krabbelte er von Jon herunter.

McLain durchschnitt Jons Fesseln und rollte ihn auf die Seite. Mit dem Finger holte er Blut und Erbrochenes aus Jons Mund. Er drückte ihr eine Wasserflasche in die Hand. „Kümmern Sie sich um ihn."

Die Flasche zitterte in ihren Händen. Sie arbeitete sich auf die Knie, strich blutverschmiertes Haar aus Jons Gesicht und ließ Wasser über seine Lippen laufen. Er hob den Kopf.

„Jon." Sie presste die Flasche an seinen Mund.

Er trank, hustete. „Mein Messer ... Er hat mein Messer."

Sie blickte über die Schulter. Brody und McLain standen einander gegenüber. Tabakschlieren liefen aus Brodys Mund. „Du hast gesagt, er gehört mir."

Parcys Gewehr hing mit der Mündung nach unten in McLains Hand. „Was ist Woodson passiert?", hörte sie ihn fragen, seine Stimme hart wie Granit.

„Cusker hat ihn umgelegt."

„Hat er das?" McLain hob die Mündung auf Hüfthöhe.

Brodys Blick wechselte zwischen seinem Bruder und ihr. Schließlich verweilte er auf ihr und die rohe Gier ließ sie frösteln. „Kann ich sie zuerst haben?"

McLain legte das Gewehr an die Wange. „Ich fürchte nicht."

Alvas Buch

Der Schuss zerfetzte die Stille. Brodys Körper schlug dumpf auf den Boden. Blut tränkte sein Hemd.

Belle wandte den Blick ab. Sie presste ihren Handballen auf Jons blutende Brust. Er brauchte Hilfe. Sie konnte ihn nicht allein von hier wegbringen und sie konnte ihn ebenso wenig hier liegen lassen, um Hilfe zu holen. Verzweiflung drückte ihr Tränen in die Augen.

Parcy! Sie brauchte Parcy. Belle schoss auf die Beine. McLain hievte Woodsons Körper auf den Rücken eines Schecken.

„Ich hole Parcy", sagte sie laut.

McLain fuhr herum, sein Gesicht aschfahl. „Ich hole ihn."

Ohne eine Antwort zu dulden, marschierte er davon und ließ sie allein mit zwei toten Männern und einem, der nur noch halb am Leben war. Sie kauerte sich neben Jon, strich ihm die blutnassen Haare aus der Stirn, versuchte, ihn zum Trinken zu animieren.

Er reagierte nicht auf ihre Versuche. Sie folgte seinen flachen Atemzügen, um sicherzugehen, dass er am Leben war. Seine Brust sah furchtbar aus. Tiefe Schnitte klafften in seinem Fleisch. Blut sickerte heraus. Es wollte einfach nicht aufhören. Wieder presste sie den Handballen darauf. Sie drückte, bis ihr die Arme zitterten. Irgendwann spürte sie Parcys Hand auf ihrer Schulter. „Bringen wir ihn nach Hause."

Er erzählte ihr von einem Weg, mit dem er den Wagen näher an die Mine bringen konnte. Sie hörte ihm nur mit halbem Ohr zu. Eine Dinglichkeit ließ sie nach McLain suchen. Er war dabei, sein Pferd zu besteigen. Hinter sich führte er die Leichen zweier Männer auf ihren Pferden.

Kaum im Sattel setzte ein Zungenschnalzen das Tier in Bewegung.

Sie rappelte sich auf die Füße und rannte zu ihm. „Wo ist Jules?"

„In Sicherheit. Mein Wort: Bis heute Abend haben Sie das Mädchen wieder."

Sie griff in die Zügel. „Wie lautete der Name ihrer Mutter?"

McLains Gesicht war fahl und ohne jegliche Spur der Vorwitzigkeit. Er drehte sich nach Jon um und es dauerte lange, bis sein Blick zu ihr zurückkam.

„Madeline Tilly. Lassen Sie die Zügel los."

Sie tat es.

Alvas Buch

Kapitel 28

Belle massierte ihre Schläfen. Lyells Geologie bereitete ihr Kopfschmerzen. Sie ließ das Buch in den Schoß sinken und lauschte in die Stille. Mary Anne hatte es zur Kunstform erhoben, ihren Pflichten lautlos nachzugehen. Parcy hockte lautlos in seinem Arbeitszimmer und Julia zeichnete lautlos die Blumen im Wintergarten. Jeder verhielt sich mausestill, damit Jon schlafen konnte.

Er war am Leben. Während ihm das Blut aus dem Gesicht gewaschen worden war und der Doktor seine Wunden versorgt hatte, hielt Parcy ihr die Hand. Immer wieder hatte er ihr versichert, dass Jon leben würde und er wiederholte es, bis sie es glaubte.

Parcy war ihr ein unerschütterlicher Freund geblieben. Er sah über ihre harschen Worte und ihre kalte Schulter hinweg. Hätte sie nur einen Funken Schicklichkeit in den Adern, hätte sie es längst zustande gebracht, ihn um Verzeihung zu bitten.

Belle klappte das Buch zu. Sie stieg die Treppen hinunter und klopfte an Parcys Tür.

„Belle." Ihr Besuch überraschte ihn.

„Wie geht es Jon?", fragte er. Die Wärme in seinem Blick löste ihre angespannten Nerven.

„Er spricht nicht." Sie sank in den Besucherstuhl. Das gebrochene Jochbein bereitete Jon große Schmerzen. Der Arzt hatte sie vorgewarnt, dass Essen und Sprechen ihm ebenfalls Schmerzen bereiten würden.

„Das wird er." Parcy legte den Federkiel beiseite.

Dass Jon sprechen würde, erschien ihr unwahrscheinlich. Abgesehen von einem gemurmelten Danke, wenn sie ihm Essen brachte, und der Versicherung es gehe ihm gut, sagte er kein Wort. Er vermied es, sie anzusehen. Meistens gab er vor, zu schlafen.

Belle richtete sich auf. Sie war nicht hier, um zu lamentieren.

„Es tut mir leid", sagte sie.

Parcy hob überrascht die Brauen.

„Ich habe unmögliche Dinge zu dir gesagt. Es tut mir wahrhaftig leid."

„Belle -"

„Nein, ich hatte kein Recht, dich zu verurteilen. Ich war nur ..."

„Schockiert?"

„Betrogen. Ich fühlte mich von euch betrogen."

Er nickte bedächtig. „Du warst zu jung, um zu verstehen. Und Alva, er fürchtete, du würdest ihn verachten. Deine Liebe zu ihm, er hat sie wertgeschätzt. Und dein kluger Verstand ... Er hat dich als seine wahre Erbin gesehen. Du hast ihm Hoffnung gegeben, dass alles einen Wert hatte. Du warst die einzige in seiner Familie, die das wertvollste Geschenk, das er zu geben hatte, annehmen konnte."

Onkel Alva war ihre ganze Welt gewesen. Und er hatte seine ganze Welt mit ihr geteilt. Die unerschöpflichen Reiche seines Verstandes, geteilt mit einem Kind, das weder die Großzügigkeit seiner Gabe noch die Courage darin hatte begreifen können.

Parcy tätschelte ihre Hand. „Es war nicht meine Absicht, dich traurig zu stimmen."

Sie empfand Trauer. Trauer um den immensen Verlust, der Alvas Tod für immer für sie bedeuten würde.

„Er wäre stolz auf dich, Belle. Und er würde dir seinen Segen geben."

Sie schaute auf. „Seinen Segen?"

„Ich weiß nicht viel über Jon Cusker. Aber wenn du ihn wählst, ist er es wert."

Keine Einstellung, die Tante Ophelia unterstreichen würde. Aber Tante Ophelia verfügte nicht mehr über sie. Belle fühlte sich frei, in Körper und Geist. Es war ein überwältigendes Gefühl. Ja, Alva wäre tatsächlich stolz auf sie.

Mary Anne klopfte. „Mr. Hayward erwartet Sie im Salon."

Belle erhob sich. Eine Welle der Zuneigung erfüllte sie und sie drückte Parcy einen Kuss auf die Wange. Zunächst perplex, wechselte sein Ausdruck zu tiefer Zufriedenheit.

„Da ich niemals eine Tochter haben werde, fühle ich mich geehrt, dich als solche zu verhätscheln. Du hast für immer ein Zuhause hier, Belle."

Auch Winston würde vermutlich niemals eine Tochter haben. Jeden Tag kam er vorbei, um sich nach Jon Cuskers

Alvas Buch

Genesung zu erkundigen. Dann verbrachte er den Nachmittag mit Parcy. Belle hatte nicht lange gebraucht, um zu verstehen, warum Winston San Francisco aufgab, um sein Glück in einer so *vielversprechenden* Stadt wie Philadelphia zu suchen.

Winston wartete im Salon. Sein Haar war weich. Kein Tropfen Öl, der es nach hinten zwang. Er sah jünger aus. Vielleicht war es nicht das Haar, das ihn gelassener wirken ließ. Es konnte genau so gut dieses Haus sein und die Befreiung, die es bot.

Sie legte ihm die Hand auf den Arm. „Parcy ist in seinem Arbeitszimmer."

„Geht es Mr. Cusker besser?"

„Das tut es. Ich werde gleich nach ihm sehen."

*** *** ***

Das Pochen in seinem Kopf hatte ihn vor drei Tagen verlassen, doch die linke Seite seines Gesichts schmerzte noch immer wie die Hölle. Sobald er den Kopf auch nur einen Millimeter bewegte, schoss ihm ein sengender Schmerz vom Scheitelansatz bis zum Kiefer. Besser er rührte sich nicht.

Die Schwellung unter seinem Auge hatte nachgelassen und ließ ihn den Teller mit Mary Annes Hühnersuppe sehen. Essen war eine Qoälerei. Er bekam nichts hinunter, was er hätte kauen müssen. So blieb ihm nur Mary Annes Suppe, zu salzig für seinen Geschmack.

Sprechen bereitete ihm Probleme, aber das war nicht der Grund, warum er außer einem gemurmelten Danke nichts über die Lippen brachte, wenn Belle ihm die Salzsuppe servierte. Er vermochte nicht, ihr in die Augen zu sehen. Scham hielt ihn ab. Rick hatte ihn nicht töten wollen. Belle hatte die ganze Zeit recht gehabt, aber er hatte es nicht gesehen. Er hatte überhaupt nichts verstanden, bis er Brody sein Messer gab. Er war so ein Dummkopf gewesen.

Er konnte Belle nicht mehr in die Augen sehen. Was wollte sie mit einem Mann, der blindlings unter die Klinge eines Wahnsinnigen rannte, weil er glaubte, eine ordentliche Tracht Prügel würde ihn von seiner Schuld befreien?

Sein Ringfinger ruhte in einer Schiene. Gebrochen. Keine Ahnung, wann das geschehen sein mochte, aber er wusste, was die Leinenbandage auf seiner Brust verbarg. Als der Arzt den Verband wechselte, hatte er das Gemetzel sehen können. Seine Brust sah aus wie ein Schneidebrett. Die Narben würden ein unregelmäßiges Netz auf seiner Haut zeichnen, ganz so, als hätte ein Irrer versucht, ihn in Stücke zu schneiden.

Wie lang lag er schon in diesem Bett? Er befühlte sein Kinn. Borstige Stoppeln kratzten unter seinen Fingerkuppen. Bestimmt der Wuchs einer guten Woche. Jules konnte es nicht leiden, wenn er stachelte.

Jules war unverletzt. Kein Kratzer an ihr. Belle hatte es ihm versichert. Sein Herz begann zu rasen, sobald er darüber nachdachte, was Brody ihr erzählt haben mochte. Er musste endlich den Mut aufbringen, mit ihr zu sprechen.

Stiefel stapften die Treppe nach oben. Jemand war auf dem Weg zu ihm. *Belle.* Er zerrte die Decke hoch und kniff die Augen zusammen.

Alvas Buch

Kapitel 29

Belle öffnete die Tür. Das Fenster stand offen. Die leichte Seidengardine tanzte im letzten warmen Hauch des Sommers. Hufschläge und ratternde Karren trugen das Leben der Stadt herein.

Jons Gesicht sah furchtbar aus. Die linke Seite war noch immer geschwollen. Ein schwarzlila Hämatom prangte unter seinem Auge. Für Tage hatte er das Auge nicht öffnen können. Auch jetzt waren seine Lider geschlossen, doch der unregelmäßige Rhythmus seiner Atmung verriet, dass er nicht schlief.

„Jon."

Er rührte sich nicht. Auf Kinn und Wangen sprossen dunkle Stoppeln. Die Veränderung gab seinem Gesicht etwas Rohes, aber sie war nicht bereit, sich davon beeindrucken zu lassen.

„Jon Cusker."

Mit einem unwilligen Brummen quälte er sich aufrecht. Die Decke rutschte von seiner Brust und legte Leinenbinden frei, die seinen Oberkörper umschlossen. Noch hatte sie nicht gesehen, was sich darunter verbarg. Der Arzt bestätigte eine ausgezeichnete Heilung. Dennoch würde das Ergebnis ein brutaleres Zeichen bleiben als Pattersons klarer Schnitt. Weniger sichtbar allerdings.

„Wie geht es dir?"

Jon zuckte halbherzig mit den Schultern. Seine Finger fanden einen abtrünnigen Faden der Überdecke und zupften daran.

Belle zog einen Stuhl neben das Bett. Sie setzte sich und legte die Hände in den Schoß. „Ich werde hier nicht weggehen, bevor du etwas sagst."

Das Zupfen stoppte. Jon sandte ihr einen Blick. Sie sah das Brennen der Scham darin. Und sie sah etwas anders – Wut. Genug, um ihn murmeln zu lassen: „Dann hast du dir hoffentlich was zu essen mitgebracht."

Sie zog einen Hartkeks aus der Rocktasche.

Frustration schwappte über Jons Gesicht. „Herrgott, Belle, was soll ich denn sagen? Ich hab dich beinahe umgebracht!"

Es kostete sie Mühe, ob dieser Ansicht nicht die Augen zu verdrehen. „Nicht mich. Nicht Jules. Nur dich selbst."

Hinter dem Grün und Blau seines Antlitzes war es schwierig, das Rotwerden zu erkennen. Aber es war da, auf der gesunden Wange spross ein Hauch von Karmesin.

„Ich bin ein Narr", sagte er.

Auf seinem unteren Rippenbogen prangte ein dunkler Fleck. Ein Faustschlag oder Stiefeltritt vielleicht, doch keine gebrochenen Rippen.

Alvas Buch

„Es macht mir nichts aus, dass du ein Narr bist."

Er verharrte für einen Moment, dann warf er ihr einen Blick unter halbgesenkten Lidern zu. „Rick wollte mich nicht töten und er wollte auch Jules nicht für sich haben. Alles was er wollte, war, dass ich Brody für ihn umbringe." Seine Hand ballte sich so fest zur Faust, dass die Knöchel weiß schimmerten. „Ich hätte es getan, Belle. Ich hasste Brody genug dafür. Ich hätte ihn getötet. Und ich wäre nicht ehrenhaft gewesen. Ich wäre brutal gewesen."

Wie McLain es mit den Pattersons war. „Ich weiß."

Diese Heftigkeit war auch in ihr gewesen. Eine brutale Skrupellosigkeit, von der sie nicht geglaubt hatte, sie zu besitzen und in der Rick McLain sich gewünscht hatte, verstanden zu werden.

Jons Blick sank auf die Bandage und eine tiefe Furche formte sich zwischen seinen Brauen. „Du hattest recht. Ich wollte bestraft werden. Und ich war dämlich genug, Brody dafür mein Messer in die Hand zu legen."

Sie schob ihre Hand über seine Faust. Ein schwacher Trost, doch er akzeptierte ihn. Es gab etwas Furchtbares, das sie ihm sagen musste. „Julia hat gefragt, ob du ihr Pa bist."

Jons Faust verkrampfte. Seine Stimme kam rau. „Was hast du gesagt?"

Sie hatte nichts sagen können. Die Beantwortung der Frage gehörte nicht ihr. „Dass du mit ihr sprechen wirst, sobald es dir besser geht."

Er presste die Lippen zu einer schmalen Linie zusammen. Sie wusste um das Opfer, das es ihn kosten und die Unveränderlichkeit, die es mit sich bringen würde. „Ich habe Rick nach dem Namen ihrer Mutter gefragt. Willst du ihn hören?"

Er nickte, überrascht.

"Madeline Tilly. Kanntest du sie?"

"Nein." Er schüttelte den Kopf. "Fleur vielleicht."

Jon blieb still und sie lauschte den Stimmen und Geräuschen, die durch das offene Fenster an ihr Ohr schwebten. Dieser Sommer hatte ihr Abenteuer sein sollen. Sie hatte geplant, ein Buch zu retten. Eine Verwegenheit. Nur war sie auf den Inhalt nicht im Mindesten vorbereitet gewesen. Alvas letztes Geschenk. *Liebe.* Seine großzügigste Gabe. Und die am meisten beängstigende.

Sie betrachtete Jons zerschlagenes Gesicht und Wut prickelte unter ihrer Haut. "Jon Cusker, wage es niemals wieder, einfach so sterben zu wollen."

Er rührte sich nicht, da war nur der kräftige Schlag seines Pulses unter der Narbe am Hals. Dann gab er ihrer Hand einen festen Druck. "Ich verspreche es. Leg dich zu mir, ja?"

Sie wünschte nichts mehr als das. Sie hatte ihn so lange nicht berührt. Sie schlüpfte aus den Stiefeln und kroch unter die Decke.

"Leg deinen Kopf ab."

Sie würde ihn auf der Verletzung ablegen müssen. "Es wird dir weh tun."

"Nein, wird es nicht."

Sie legte den Kopf ab, vorsichtig. Durch die Bandage pochte der dumpfe Schlag seines Herzens. Er war zu ihrem liebsten Geräusch geworden.

"Ich werde nicht immer so dumm sein." Jon schlang die Arme um sie. "Auf der anderen Seite …"

Er verlor sich in Gedanken, bis sie die Neugier nicht

mehr aushielt. „Was ist auf der anderen Seite?"

Jon zog sie fest an sich und gab sich Mühe, nur leise Luft durch die Zähne zu ziehen, als ihre Wange auf die Bandage drückte.

„Als du damals in Docs Scheue kamst und wolltest, dass ich dein Buch zurückhole, da hätte ich ablehnen sollen, weil es zu gefährlich war."

Nicht, dass er es nicht versucht hätte.

„Aber ich dachte, wenn du bereit bist, mit mir zu kommen, vertraust du mir. Und wenn ich dich erst allein bei mir hätte, würde es mir gelingen, dich für mich zu gewinnen. Und irgendwann - mit viel Glück - könnte ich wie Patterson eine feine Lady aus dem Osten mein Eigen nennen." Er stieß einen zufriedenen Seufzer aus. „Wie es aussieht, war das ganz und gar nicht dumm."

Wenn auch nicht dumm, so doch äußerst riskant. Es hätte ihn weitaus mehr kosten können als eine zerschnittene Brust.

„Unter diesen Umständen", sagte sie, „muss ich meine Worte korrigieren und dich schwören lassen, in Zukunft kein Narr mehr zu sein."

„Ich fürchte", sagte er und sie konnte das Grinsen in seiner Stimme hören, „das wäre ein Versprechen, das ich auf Dauer wohl unmöglich halten kann."